U0009733

John le Carré

The Spy Who Came in from the Cold

ECUS
Publishing House

冷戰諜魂

約翰・勒卡雷——著
譯——宋瑛堂

03——勒卡雷作品

目次

五十年後（二〇一三）

我在三十歲的年紀以專注、不對外分享的個人壓力以及極大的私密性寫下了《冷戰諜魂》。當我在波昂英國大使館以資淺外交官的偽裝擔任情報官時，我的身分對我同事是祕密，多數時間對我自己也是。我在這之前寫了兩本小說，不得不採用假名，而雇用我的情報局也得在它們出版前先審核過。

他們經過漫長的反省後，也核可了《冷戰諜魂》的出版。倘若他們沒有同意，我直到今天也想像不到我會走到什麼地步。

結果他們似乎正確但老大不願意地做出結論，認為這本書是徹頭徹尾的虛構作品，與個人經驗無關，因此不會構成洩密。然而，全球媒體卻未採用這種觀點，反而異口同聲認為本書不僅真實，還是某種啟示性的「來自另一邊的訊息」，使我束手無策、只能靜坐以觀，陷入某種麻痺的敬畏，看著書爬上排行榜和停在那兒，而一個接一個權威宣布它是真實故事。

除了我的敬畏，光陰也帶來某種無力的憤怒。

我氣憤是因為打從我的小說出版那天起，我就意識到我今後將永遠被標記為改行作家的前間諜，而不是像一群同伴作家摸透了諜報世界，決定動筆寫下來。

只是當時的記者不肯這樣看待。我被當成浮上檯面的英國間諜，告訴世人內幕究竟為何，而我說的任何反駁都只會加強迷思。且既然我的寫作對象是著迷於詹姆士・龐德、急於尋找解毒劑的大眾，這種迷思也就固定下來了。在此同時，我得到作家們夢寐以求的注意力；我唯一的問題是我不相信自己的公開名聲，我即使認同它的同時也不喜歡它，而我就算想要，也根本沒有任何事情能阻止這股浪潮。我亦不確定我是否真的想阻止它。

在一九六〇年代，以及直到今日——英國情報局成員的身分不論今昔都是國家機密，洩露之便是犯罪。情報局想要的話可以選擇洩露名字，他們能讓一、兩位情報大亨亮相，給我們一窺他們的神通廣大——等我說完——還有他們的開放性。可是洩密的前成員呢，他們就等著遭殃了。反正，我有我自己的顧忌，而且跟外界猜想的正好相反，我跟前雇主沒有過節。我在這本小說於美國成為暢銷書的幾個月後接受紐約媒體訪問，我忠誠但緊張地吐出否認：不，不，我從沒做過諜報行業。不，這只是一場惡夢：它實際上也的確是。

這種矛盾近一步複雜化，因為一位有人脈的美國記者偷偷告訴我，我的現任情報局長通報前中情局局長說我是他麾下的軍官，而他說他沒告訴任何人，只跟他為數極為龐大的好友隨扈講過，所以那房間裡的任何人都曉得我在撒謊。

這五十年來，我面對的每場訪談似乎都有意鑽開不存在的真相，這或許便是我為什麼對這種過程產生反感的理由之一。

《冷戰諜魂》這本作品脫胎自被政治厭惡及個人困惑消磨殆盡的倔強想像力。五十年過去，我從沒將本書連結到任何發生在我身上的事，只除了一次在倫敦機場的無言偶遇：一位身穿斑駁雨衣、精疲力盡，像是軍人的中年男子將一把混雜的外國零錢拍在吧檯上，用粗啞的愛爾蘭口音點威士忌，一直喝到把錢用光為止。就在那一刻，艾列克．利馬斯誕生了，或者我的記憶（不見得是可靠的線人）是這樣告訴我的。

如今我認為，這本小說是在我的人生永遠大不同後掩飾得不太好的內心爆發，不是第一次爆發，也不是最後一次。還有，沒錯，是的，我寫這本書時正捲入斷斷續續進行十年的情報工作；這十年對我個人影響很大，因為我繼承了年紀沒大到能參加二次大戰的罪惡感——以及更重要地，我是戰爭牟利者的兒子，這是另一樣我感覺得守密的事，直到我父親過世為止。

可是我一直不是幕後首腦，也不是幕後無腦，而早在我踏進情報世界之前，我對小說就擁有一股天分，使我變成半信半疑的事實收集者。我在我的間諜工作從沒冒過個人風險；我經常被它弄得百般無聊。要是實情並非如此，我的雇主就不會准許我出版我的小說了，就算他們事後會對於放行這件事搥胸頓足；但他們懊悔是因為他們認為太多人過度認真看待它，以及任何對於英國情報局會出賣自己人的暗示都有損於該局的道德原則，對招募新血不利，因此對大英帝國就是「壞事」，是個沒有明確解答的指控。

這本小說並不「真實」的證據——我這輩子到底得重複多少次啊？——就在它得以出版的事實裡。的確，某部門雇用過我的前主任，在出版後正式宣稱我在部門內的貢獻微不足道，這我也能相信。另一人則描述這本小說「是唯一成功過的該死雙面諜行動」——此話雖然不實，但很有趣。麻煩在於，當專業間諜跑來對他們自己人做出明確陳述時，大眾傾向會相信相反的事：這害得我們被丟回一開始的境地，連同我在內。

假如間諜們在那個年代沒有吸收我，某個同樣運氣不佳的組織也會，而我過了幾年後必定就會自掘生路。

•

那麼小說的深入背景呢？戰後十五年持續感染東西德每個角落的景觀、氣味與噪音？利馬斯棲身的柏林是人類愚行與歷史矛盾的典範。我在一九六〇年代早期於波昂英國大使館的疆界內觀察到這點，偶爾則能親眼見證。但是我看著柏林圍牆從鐵絲網進展到空心煤渣磚，看著冷戰的堡壘在猶有餘溫的血戰灰燼上建立起來。我也完全沒察覺一場戰爭到下一場之間的轉變期，因為在情報世界裡幾乎只有一場戰爭。對強硬派而言，二次世界大戰不過是分散注意力用的，現在它打完了，他們可以著手真正的戰爭，這場仗始於一九一七年布爾什維克黨人革命，從那之後就一直在不同的旗幟與偽裝下交火。

難怪艾列克・利馬斯會發現自己跟西方情報單位一些相當令人厭惡的同僚共事了。擁有吸引人條件的前納粹不僅在同盟國家得到容忍，他們還因擁有反共資歷而大受寵溺。美國選來主持西德剛起步的情報局的第一人是誰？萊茵哈德・蓋倫（Reinhard Gehlen）將軍，希特勒東線情報處（「俄國劇院」）的前頭子，他在蘇聯的進襲中給自己挖了塊棲身之地。將軍預測到德國會戰敗，便集結他的檔案與人手，一有機會就把它們呈給美國人，後者也張開雙手接受。被招募的蓋倫巧妙地放棄「將軍」頭銜，改稱Herr Doktor（博士先生）。

但是要在哪裡收藏這些珍貴資產跟他的至寶呢？美國人決定把蓋倫跟他的人安置在舒適的巴伐利亞小村普拉赫，位於慕尼黑城外八哩遠處，對情報局總部而言也很方便。

那麼他們又選了哪座此時空出來、富麗堂皇的鄉村莊園給「博士」居住？馬丁．鮑曼（MartinBormann）是希特勒最信任的密友和私人祕書，當元首定居在那一條路過去的鷹巢時，他的好夥伴就匆匆在旁邊蓋了房子。蓋倫與他的人住進馬丁．鮑曼的別墅，這別墅處於巴伐利亞政府的保護令下。

就在幾年前，德國聯邦情報局一位當今名人出於破例禮遇，親自帶我參觀那裡。我很推薦會議室裡的一九三〇年代家具，以及後花園的新藝術派雕像，但主要景點絕對是往下通到地窖的巨大綠色旋轉梯，以及那座裝潢齊全的碉堡，就跟元首的一樣，只是比較小。

艾列克．利馬斯會是普拉赫村的常客嗎？他別無選擇。很少深入東德的特務行動能在沒有西德聯邦情報局的默許下進行。而利馬斯的經常拜訪，是否可能會遇見「博士」寶貴的反情報主任海因茨．費爾費（Heinz Felfe），前納粹親衛隊與親衛隊保安服務處成員？絕對會有。費爾費是傳奇探員，他難道沒有隻手揭發一狗票蘇聯間諜嗎？

他當然有，這也不奇怪。等他終於露出真面目時，他已經替莫斯科臥底了十四年，卻只被拿來跟一群運氣不好、關在莫斯科的西德探員交換。

利馬斯是否會很享受透過黃金行動（Operation GOLD）取得的超高機密「特別資料」——這行動耗費天價挖了四分之三哩的英美隧道，竊聽柏林東區路面幾呎下方的俄國通信電纜？早在第一把鏟子挖進地下之前，黃金行動就早已被名為喬治．布萊克（George Blake）的蘇聯間諜洩密，此人為英勇的北韓前囚犯，也是英國情報局的驕傲。

直到今天，許多黃金行動的推手都希望我們相信，他們的行動不僅是工程上的勝利，也是一場智力妙計；他們依據的可議論點是蘇聯人實在不想掀自己間諜的底，所以讓通訊照常通行。

黃金行動在幾年後解散[1]，而一度是局長人選的金．費爾比（Kim Philby）[2]也被揭露是莫斯科的間諜。難怪可憐的利馬斯在倫敦機場會需要喝猛烈的威士忌了。擁有他不變忠誠的英國情報局正處於集體腐敗當中，得再花一個世代的時間才能治癒。他知道這點嗎？我想他內心深處很清楚。

我想我想必也曉得，否則我就不會在幾年後寫下《鍋匠裁縫士兵間諜》了。

•

那麼來說這本小說的優點——或者它的冒犯，全看你的立場——並不是在於它真實，而是它可信。這場惡夢事實證明是全世界最多人共有的惡夢，畢竟它問起我們五十年後仍會捫心自問的同一個老問題：我們在正當捍衛自己西方價值的路上可以走到多遠，卻不會連帶拋棄它們？我筆下虛構的英國情報局局長——我稱他為老總——毫無疑問有答案：

「我認為啊，總不能因為自己政府採取仁慈親善的政策，我們在心狠手辣的程度上就甘願被敵人比下去了吧？」在今天，你能聽見同樣的男人（有一口更好的牙齒和一身更俐落的西裝）在辯解伊拉克災難性的非法戰爭，合理化二十一世紀偏好的中古世紀拷問手法，或捍衛讓關在櫥櫃裡的精神病患攜帶半自動武器的權利，以及使用零風險的無人機暗殺人們察覺到的敵人，任何站在目標身邊的人都是倒楣鬼。

或者，這人會是他企業的忠誠僕人，對我們保證吸菸不會危害第三國家的健康，而大銀行的存在都是要服務大眾。

我過去五十年來究竟學到了什麼？回首想想，其實也沒什麼。只有特務世界的道德跟我們自己世界的道德非常相像罷了。

約翰·勒卡雷

1 黃金行動的隧道在一九五五年完成，但蘇聯士兵在一九五六年「發現」隧道而使之關閉。但由於記錄下來的竊聽內容太過龐大，所以計畫仍進行到一九五八年。一九六一年，波蘭人民共和國軍事情報局副局長 Michael Goleniewski 投奔西方，因而揭發喬治·布萊克跟海因茨·費爾費等蘇聯臥底，英美才得知計畫為何失敗。

2 費爾比出賣勒卡雷的身分給蘇聯，使他在一九六四年退出情報界和成為全職小說家。

推薦序（二〇一〇）

新讀者請注意，本序內含劇透。

「妳以為間諜是什麼樣的人？難道是神父、聖人和烈士嗎？他們只是一列道德敗壞的人，是愛慕虛榮的傻瓜，也是叛徒。他們是娘娘腔、虐待狂、酒鬼，靠著玩牛仔抓紅番的遊戲來替墮落的生活增添樂趣。」吐出這段痛苦叫囂的人是艾列克．利馬斯，他是約翰．勒卡雷一九六三年小說《冷戰諜魂》的五十多歲面無表情主人翁。為了簡潔起見，我們以下簡稱本書為《冷》；不過我們值得用個思想實驗來對這本小說進行任何現代評估。《冷》設定在一九六〇年代早期，早在約翰．甘迺迪被暗殺之前，而嬉皮、越戰、「搖擺六〇年代」跟所有令人熟悉的相關反文化包袱都還未現身。它的口吻——假如有的話——是陰鬱的五〇年代風格，色調灰暗，氣氛沉重。讀者應該記住英國的糧食配給終於在一九五四年結束，二次世界大戰仍是鮮明的回憶（利馬斯就是二戰老兵）；確實，那時任何七十多歲的人都會是一九一四到一八年大戰的倖存者。小說的事件發生在超過半世紀之前，屬於一個與我們熟知世界全然不同的國度。

然而，這也許是對於《冷》的第一個重要評論，那就是該書的譏諷口吻十足地 de nos jours（當代）。

人們會忘記這本書有多嚴厲，忘掉它描繪的人類動機、人性牌局、人性脆弱似乎預知了我們在這數十年間學會和遺忘的教訓。表面上，一九六〇年代早期的世界顯得更無辜、更直接：世上有好人跟壞人，也很容易辨認。在《冷》剛問世時閱讀它的震撼效果之一，想必是它那近乎虛無主義的訊息；它黑暗得毫不鬆懈，或者幾乎是如此——而我相信，這點便是本書之所以偉大的根源。

《冷》的故事非常簡單地說，就是一場致命的三重唬弄戲碼，由英國情報局對德意志民主共和國發動，後者也就是當時人們所知的共產東德。故事核心是艾列克．利馬斯，他相信他被送去發動巧妙的暗中復仇任務，但實際上卻是渾然不覺的卒子，被更聰明和另有動機的大英帝國智囊團操控。這一切相對很單純，但是閱讀一級諜報小說的樂趣就在於揭露多層面的複雜情節，而勒卡雷在掌握視角與動機的抽絲剝繭時，其沉著堪稱為模範。

《冷》的第二個傑出之處在於它建構與撰寫的技巧。《冷》是勒卡雷的第三本小說（接續備受讚譽的《死亡預約》以及《上流謀殺》），但《冷》書中卻能清楚感受到作者以全然的自信邁出步伐。迥異於普通間諜小說，勒卡雷採取的是全知觀點——這是個危險的選擇，因為在作家的全知角度下，你就不能魚與熊掌兼得。假如你告訴讀者，你能進入任何角色的思緒、能用你自己的聲音評論他們的行為或事件，那麼你隱瞞資訊的任何刻意舉動就會被視為汙點。敘事的紙牌屋會開始崩潰；讀者對作者控制力的信任瞬間蒸發。技術上就純粹的寫作分析而言，我感覺勒卡雷似乎是在最高層級運作。書中從來沒有讓我們發現被過度操縱的感覺——他選擇拿來跟我們分享內心思緒的人物似乎十分恰當，我們永遠不會感覺我們在敘事上被欺騙了。此外，就一本相對較短的小說而言，它包含的事物多得驚人；第二章跟第三章之間的省略就示範了觀點轉換能如何省去好幾頁的吃力闡述。利馬斯刻意演出的三個月獄期只用三頁帶過——然而我們能從中完全感受到他想必承擔過的體驗：單調、喪失自尊、麻痺的獸性。古老諺語「以小容大」這句話從來沒有這麼成功展示過。甚至在逐字逐句的層級內，文體更是平靜地簡練，引發人們的想像。舉個例子：「有個小姐表演了脫衣舞，年紀很輕，了無生趣，大腿上有塊瘀青。她裸體的模樣可憐、骨瘦如柴，讓人看了心覺尷尬，因為一點也不性感，缺乏藝術性質也無法令人怦然心動。」或者：「機場令利馬斯回想起二次大戰……那些一大早上班至今的人產生一種共謀的氣氛，幾乎像是自視高人一等的感覺——因為他們共同目睹夜色消散、晨曦降臨的經驗。」

這兒展現了貨真價實的自信，讓人感覺作者完全懂他在講什麼。當然，我們現在曉得約翰．勒卡雷（即大衛．康威爾）非常熟悉諜報與反諜報的祕密世界，但是話說回來，這種自信在一九六三年會有如一陣凜冽寒風。間諜小說因為《冷》而被改寫面貌——這個文類產生典範轉移，從此面貌不再相同，在文學小說的廣大影響力也確實更加多樣化。不過就和許多藝術革命一樣，這種體悟來自於後見之明。

我想我初讀《冷》想必是在七〇年代早期，之後又讀了三、四次。而我認為我欣賞它的地方——這也或許就是勒卡雷如何讓本文類改頭換面的關鍵——在於他暗中給予讀者的致意。《冷》讀來刺激萬分，但也極為複雜，有很多挑戰性的弦外之音，其中許多是暗示，許多則起先似乎教人不解。換言之，它寫得非常精妙，而精妙藝術的訴求之一便是將此種精準度、品味、價值跟低估分享給讀者。勒卡雷的小說在說：我知道這看起來過度複雜混亂，可是讀者您是個聰明人，你能夠跟下去——你會懂究竟發生什麼事，我不必明白吐出來或替你解釋清楚。因此閱讀的強烈美學樂趣就大大提高了。

但我想這還不能完全解釋，我這些年來為何重讀這本小說。在你的個人萬神殿裡，你會重讀的小說跟你單純崇敬或敬畏的小說有著不一樣的角色。《冷》有個惱人的特色，會一而再再而三把你拉回去；一部分的感覺是你可能錯失了什麼線索，覺得你還沒徹底解開書中的錯綜複雜與微妙細節。這本小說一直讓我不安的方面之一在於結尾：利馬斯──為了別洩露整個故事，這邊就只簡單說──終於意識到他如何被自己人利用，如何被愚弄、操縱跟誤導，使他製造的結果跟他加入串通的目的南轅北轍。他得到逃命機會，能逃走和爬過柏林圍牆，帶著算是他某種情人的年輕女孩逃回西柏林。他和那年輕女孩被載到圍牆的一處「安全」地點，車是一位雙面諜提供的。就行動和程序上，我感覺這是天大的錯誤。就我認為，一位像利馬斯這種有龐大資歷又世故的探員想必會察覺這種逃命方式將遭受的風險摧殘。但他仍照逃不誤，並付出了代價。

我錯過什麼了嗎？現在我重讀本書，我感覺我懂了──但這種體悟講求密切的觀察。被出賣、哄騙、疲勞到極點的利馬斯在書末處於生死關頭的絕望狀態，逃亡的機會對他毫無意義──可是這對於跟他在一起的女孩麗姿．金德卻意義非凡，她是無辜之人，毫不自知被拉進圓場的計謀，當然應該逃走。利馬斯明確曉得他在書末會再被出賣一次（有個很重要、很容易沒注意到的細節，講說一輛車在不應該離開時離開了），可是仍然試圖擊敗背叛。他只要能把麗姿送回西德──這對他是唯一重要的事──他自己的命運如何都無所謂。所以他試著把麗姿拉過圍牆。我對最後一頁的解讀是，英國情報局（殘暴又毫無憐憫地利用了麗姿，正如他們利用利馬斯那樣）一直有意讓利馬斯逃脫──他應該要從寒冷的外面進來──而麗姿應該要死在圍牆上，她知道太多內幕了：她若來到西方就會成為太大的累贅，就諜報而言會是個災難。她試著爬牆時就照計畫被槍殺了；然而利馬斯仍有機會奔向自由。

喬治．史邁利，這場邪惡的唬弄與反唬弄行動的幕後首腦，正在牆下等他，利馬斯聽見他喊：「女孩子呢？那個女孩子在哪裡？」但是史邁利想確定的不是女孩是否安全，而是她死了沒有。這是個關鍵暗示（或者就我讀來是這樣）——她永遠不能跨過來，從來就沒有打算讓她這樣。利馬斯突然搞懂了——這就是他承受的最終背叛——於是他爬回東德並面對自己的死期。

有兩個因素取決於這個陰暗的解釋，兩者都需要讀者記住小說早期埋下的線索。首先，本書最後一句話在大多數讀者眼裡想必令人困惑：「利馬斯倒地時，看見一輛小轎車被兩輛大卡車擠得稀爛，車上的孩童越過車窗揮手，神情愉快。」這句話在回想小說裡第十二章的一段回憶。

利馬斯將這看成某種頓悟跟啟示，當他在稍早某次任務中、於德國高速公路上開得太快時，差點撞上一輛後面有四個孩童的小汽車。這次險些釀禍使他留下創傷，並評論說「據說人被判死刑之前，會突然感到一陣暢快，如同飛蛾撲火，他們的毀滅與功成名就會同時降臨。」勒卡雷在小說的最後一句話中，引領我們回到這幾個段落，好提供必要的完整淨化。

其次，「間諜從寒冷的外面回來／解凍」的概念似乎相當容易理解——意思就是間諜的雙重人生結束了，不自在的警惕跟冗長無盡的口是心非劃下句點了：他或她可以回家了。勒卡雷在這本小說運用了這個用語，但也早在敘事一開始就提供我們另一種解讀方式，藉由情報局老大「老總」對利馬斯簡報任務時說出口。「我們必須在毫無同情心之下過活，是吧？」老總打趣地說，然後補充：「當然了，沒有同情心是不可能的。這些鐵石心腸的舉止，是我們演給彼此看的；然而我們其實並不是那種人，我是說啊……一個人總不能一直在外面挨寒受凍；一定要從寒冷的外面進來解凍一下……你看出來我在講什麼嗎？」

所以，「從寒冷的外面進來」也意味著展現人性同情的基礎，過著對他人有同理心的生活，這和「無情」是全然相反的意義。這本卓越、強悍、高度複雜小說的結尾的矛盾處在於，利馬斯拒絕以間諜的身分自寒冷歸來，因為事實上他是以凡人的身分回來。他的毀滅正巧與他的成就相符合。他在刻意尋死的過程中，展示了自己是個有血有肉的人。

威廉．波伊（William Boyd），二〇一〇年

威廉．波伊出生於一九五二年，是十本小說與三本短篇集的作者，作品已在全世界出版並翻譯成三十種語言。此外，他有大約十五部劇本被拍成電影。他最新的小說是二〇一三年出版的詹姆斯．龐德小說《Solo》。

1 檢查哨

美國人再度遞給利馬斯一杯咖啡，對他說：「你乾脆回去睡吧。他要是出現，我們再打電話通知你。」

利馬斯不發一語，只是透過檢查哨的窗戶盯著空曠的馬路。

「一直等下去也不是辦法嘛，先生。也許他會另外找時間來也說不定。他一出現，我們會請警方聯絡貴局，你二十分鐘後就能回到這裡。」

「不必，」利馬斯說，「就快天黑了。」

「可是，一直等下去也不是辦法；他已經遲到九個鐘頭了。」

「你想走就先走吧。你已經幫夠多忙了，」利馬斯接著說，「我會告訴科雷馬，說你仁至義盡。」

「可是，你還要再等多久？」

「等到他來為止。」利馬斯走到瞭望窗，站在兩位靜止不動的警察之間。警察的雙筒望遠鏡盯牢東德檢查哨。

「他是在等天黑，」利馬斯喃喃說，「錯不了。」

「你今天早上才說過，他會跟著工人通過檢查哨。」

利馬斯轉頭看他。

「情報員又不是飛機，不會按照時刻表行動。他的身分曝光，逃命要緊，心裡很害怕。穆恩特此刻正在追他。他只有一次機會。讓他自己決定什麼時候來。」

年紀較輕的男人遲疑了一下，想離開卻找不到時機。

小屋裡鈴聲響起，眾人倏然警覺起來，等待著。有位警察以德語說：「黑色歐寶瑞寇車，西德車牌。」

「天色快暗了，他才看不了那麼遠，一定是用猜的，」美國人低聲說，然後繼續問：「穆恩特怎麼會知道？」

「閉嘴。」利馬斯在窗前說。一位警察離開小屋，走到沙包掩體處。沙包距離白色分界線只有兩英尺，而畫在路中間的分界線有如網球場的底線。等到他彎腰湊著掩體裡的單筒望遠鏡觀察時，另一位警察放下自己的望遠鏡，從門上的掛鉤取下黑色警盔戴上，仔細調整位置。檢查哨上方某處高掛的弧光燈亮起，如聚光燈般投射在他們前方的路面上。

掩體裡的警察開始記述，利馬斯早就把那段說詞牢記在心。

「車子停在第一控制亭。裡面只有一人，女性，被帶到東德民警室檢查證件。」他們保持緘默等著。

「他在講什麼？」美國人問。利馬斯沒有回答。他拿來一副沒人使用的雙筒望遠鏡，視線盯著東德的控制亭。

「證件檢查完畢。放行進入第二控制亭。」

「利馬斯先生，你在等的就是這個人嗎？」美國人不肯罷休。「我應該要打電話回中情局了。」

「等一下。」

「車子開到哪裡了？在做什麼？」

「貨幣檢查，海關。」利馬斯怒回。

利馬斯看著車子。有兩個民警站在駕駛座旁的車門前，一人負責盤問，另一人保持距離，還有一人則在車子周圍打轉，先停在後車廂前，然後走回駕駛身邊索取鑰匙。警察打開了後車廂，查看裡面的東西，接著闔上車廂蓋，將鑰匙交還駕駛，沿路步行三十碼來到兩座檢查哨中間，有個東德哨兵獨自在此站哨，只看得出矮胖輪廓，身穿寬鬆的長褲與皮靴。兩人站在一起交談，在弧光燈的強力照射下顯得不太自在。

他們對車子隨便揮揮手，讓它通過。車子開到馬路中間兩個哨兵站著的地方再度停下。兩人繞過車身，站到遠處又交談起來。最後似乎才百般不情願地讓車子駛過界線，進入西德。

「你在等的是男人嗎，利馬斯先生？」美國人問。

「對，男的。」

利馬斯豎起外套領子，走進冰冷的十月寒風中。他記得當時那些人群。你待在檢查哨小屋裡時就會遺忘這種事，那群困惑的臉孔。人變了，但是表情沒變。正如發生車禍時，聚集在事故現場周圍的無所適從人群，沒人知道車禍是怎麼發生的，也不曉得該不該移動屍體。煙塵穿越弧光燈的光柱，在光線邊緣之間形成不斷游移的黑幕。

利馬斯走到車子那邊，對著女駕駛說：「他人在哪裡？」

「他們來抓他，他跑了。他騎腳踏車。他們不可能知道有我這個人。」

「他往哪裡跑？」

「我們在布蘭登堡附近有個房間，在一間小酒館樓上。他在房間裡放了一些東西，錢和證件。我認為他會回那裡。然後再過來。」

「今天晚上嗎？」

「他說他今晚會來。其他人全被抓了——保羅、韋雷克、藍澤、薩洛蒙。輪到他是遲早的事。」

利馬斯靜靜盯著她看了半晌。

「藍澤也被抓了？」

「昨天晚上。」

一位警察站到利馬斯身旁。

「請你離開這裡，」他說，「任何人都不許阻礙管制邊境哨。」

利馬斯半轉身過去。

「去你的。」他破口大罵。德國警察僵住了，不過女人說：

「上車吧，我們送你到轉角。」

他上了車，坐在前座，車子緩緩沿路開至一個轉彎處。

「妳有車，我怎麼不曉得？」他說。

「是我先生的車，」她回答的口吻很冷淡。「我已經嫁人了，卡爾沒告訴過你，對吧？」利馬斯不吭聲。「我先生和我在一家光學鏡片公司上班。他們讓我們過來這邊辦公事。卡爾只跟你講過我的娘家姓。他不希望你跟我……混在一起。」

利馬斯從口袋裡掏出一把鑰匙。

「妳大概需要一個過夜的地方，」他的口氣平淡呆板，「在杜勒街那邊有個公寓，旁邊是博物館。住址是二十八A。裡面應有盡有。他來的時候，我會打電話通知妳。」

「我跟你在這裡過夜就行了。」

「我沒有要在這裡過夜。妳去公寓那邊，我再打給妳。在這裡一直等下去也不是辦法。」

「可是，他要來這個邊境哨。」

利馬斯驚訝地看著她。

「他這樣告訴妳？」

「對。他認識那邊一個民警，是他房東的兒子。或許幫得上忙。所以他才選這條路線。」

「他跟妳講了這些事情？」

「他信得過我。他什麼都跟我說。」

「天啊。」

他把鑰匙交給她，然後回到檢查哨的小屋，躲避寒風。他走進來時，幾個警察正喃喃交談著；比較高大的一個警察故意轉身背對他。

「對不起，」利馬斯說，「抱歉剛才對你大吼大叫。」他打開一個破舊的公事包，在裡面東翻西找，終於找到他要的東西：半瓶威士忌。年紀較大的一個點點頭，表示想喝。每個馬克杯都斟了半滿的酒，上頭再加上黑咖啡。

「那個美國人哪裡去了？」利馬斯問。

「誰？」

「那個ＣＩＡ的小子。剛才跟我在一起。」

「睡覺時間到了。」年紀較大的一個說，然後所有人笑了起來。

利馬斯放下馬克杯，說：

「你們如果要開槍保護一個過來這邊的人，一個在逃命的人，有沒有什麼規定？」

「如果民警朝我們的疆界開槍，我們只能提供掩護射擊而已。」

「換句話說，你們要等到人越過國界才能開槍？」

年紀較大的一個說，「我們不能提供掩護射擊……請問貴姓？」

「湯瑪斯，」利馬斯回答，「我姓湯瑪斯。」他們握握手，兩名警察也在握手時報上自己的姓氏。

「我們不能提供掩護火力。這是真的。他們告訴我們，如果我們開槍，就會引發戰爭。」

「簡直是胡扯，」年紀較輕的警察說。他喝了威士忌後臉皮厚起來。「要是同盟國不在這裡，柏林圍牆現在早就不見了。」

「柏林也會跟著不見，」年紀較大的一個喃喃說。

「我在等的人，今晚會過來，」利馬斯突然說。

「這裡？從這個哨口通過？」

「把他弄出來很有價值。穆恩特的人在找他。」

「可以翻牆的地方不是沒有啊。」一年紀較輕的警察說。

「他不是那種人。他會用唬人的方式通關；他有證件，如果證件還沒過期的話。他有輛腳踏車。」

檢查哨裡只有一盞帶綠色燈罩的閱讀燈，但弧光燈的亮光如同人造月光般灑滿了小屋。夜幕低垂，寂靜的氣氛也隨之籠罩下來。他們講話時很小心，彷彿擔心被人偷聽。利馬斯走到窗戶邊等著，眼前即是道路，兩側是柏林圍牆——骯髒醜陋的煤渣磚牆，圍上一條條帶刺鐵絲網，點著低俗的黃燈，有如集中營的背景。圍牆的東西邊是柏林尚未復原的地區，廢墟遍地的半個世界，被劃分成兩個維度，是戰爭留下的斷崖。

那個可惡的女人，利馬斯心想，還有卡爾那個笨蛋，竟然謊報她的背景。以故意遺漏不說的方式來撒謊，是全世界情報員都懂的招數。你教導他們騙人，教他們隱瞞行跡，結果他們反過來連你也騙倒。他只讓她露過一次臉，是去年在舒茲街用過晚餐之後的事。當時卡爾剛挖出重大的獨家情報，老總希望見他一面。每次一有所斬獲，老總一定會進場沾光。他們三人共進晚餐：利馬斯、老總以及卡爾。卡爾很喜歡這類事情。他出現時像個上主日學校的男生，梳洗整潔、容光煥發，脫帽敬禮，表現得畢恭畢敬。老總跟他握手握了五分鐘，一直說：「我想讓你知道我們有多高興，卡爾，高興得要命啊。」利馬斯邊看邊想，這下子又花掉我們一年兩、三百塊了。晚餐後，老總再度跟他們兩人用力握手，意味深長地點頭，暗示說他得離開、去其他地方冒生命危險，然後回到配有司機的轎車裡。

隨後卡爾大笑起來，利馬斯也跟著他笑，兩人喝完香檳，還是繼續笑著老總。之後他們去了「老木桶」——卡爾堅持那裡有個四十歲的金髮女郎艾薇拉在等他們，是個鐵石心腸的女人。

「這是我守得最好的一個祕密，艾列克。」卡爾當時這麼說，利馬斯因此火冒三丈。隨後他們大吵一架。

「她知道多少？她是什麼人？你跟她是怎麼認識的？」卡爾臭著一張臉，拒絕回答。之後兩人的關係惡化，利馬斯想更改例行程序，改變見面地點跟密語，卡爾因此很不高興。他知道利馬斯此舉的用意。

「就算你信不過她，現在也已經太遲了，」卡爾說。利馬斯聽出弦外之音，於是乖乖閉嘴。但在這之後利馬斯變得謹慎，不再對卡爾透露各種內情，運用更多間諜掩人耳目的技巧。結果現在她人就在車子裡，什麼都知道，整個間諜網絡、安全藏身處全瞭若指掌。利馬斯發誓，再也不要相信任何一個情報員；這已經不是他第一次像這樣發誓了。

他走向電話，撥了自己公寓的號碼。接電話的人是瑪莎女士。

「我們有客人要住進杜勒街，」利馬斯說，「一男一女。」

「夫妻嗎？」瑪莎問。

「算是吧。」利馬斯說。她一聽，以她可怕的招牌笑聲大笑起來。他放下聽筒時，其中一名警察轉身面對他。

「湯瑪斯先生！快！」利馬斯步向觀察窗。

「是個男人，湯瑪斯先生，」年紀較輕的警察低聲說，「牽著腳踏車。」利馬斯拿起雙筒望遠鏡。是卡爾，即使在這麼遠的距離，他的身形也錯認不了，身上披了件老舊的納粹國防軍雨衣，推著腳踏車前進。他成功了，利馬斯心想，他一定是成功了，他通過證件檢查，只剩下貨幣和海關而已。

利馬斯看著卡爾將腳踏車倚在柵欄上，看似漫不經心地走向海關小屋。別做得太誇張呀，他想。最後卡爾終於走出來，對著看守柵欄的人欣快地揮手，紅白相間的柵欄桿也緩慢向上揚起。他過關了，正朝他們的方向過來；他闖關成功。只有民警站在道路中間，站在分界線與安全區前面。

這時卡爾似乎聽見什麼，察覺到危險；他向後瞥了一眼，上身挨近車把，開始猛踩腳踏車。橋上仍然只有一個哨兵，轉身過來看著卡爾。接著在完全出乎意料的情況下，探照燈亮起，白亮耀眼的光束打在卡爾身上，讓卡爾停下單車，宛如被車燈嚇得不敢動彈的兔子。這時傳來此起彼落的警報聲，也聽見大聲吆喝的命令。利馬斯前面的兩名警察迅速跪下，透過沙包的縫隙向外監看，以熟練的身手彈開機關槍上的快速裝彈裝置。

東德哨兵開了槍，以相當謹慎的方式避開西德疆界、朝自己人的方向開火。第一槍似乎讓卡爾猛撲向前，第二槍則似乎將他往後拉。不知什麼原因，卡爾繼續前進，仍然坐在腳踏車上，通過哨兵身邊，而哨兵持續對他射擊。然後他癱了下來，滾到地上，腳踏車倒下時發出的鏗鏘聲響，他們也聽得很清楚。利馬斯對天祈禱，希望他已經死透了。

2 圓場

他看著柏林騰泊霍夫機場的跑道在底下沉遠。

利馬斯不善於內省，也不特別講究人生哲學。他知道自己在局裡的利用價值已盡，這是他今後必須接受的事實，一如那些罹患癌症或遭到囚禁的人。他知道從過去到現在之間的鴻溝，不論做哪種準備都無法跨越。他面對失敗的態度，如同總有一天會面臨死亡的心情：憤世嫉俗的厭惡，加上隱士的勇氣。他比多數人撐得都還久；現在輪到他被擊倒了。俗話說，狗只要還有牙便能活；若對照到利馬斯身上，利馬斯的牙齒被拔掉了，而且動手的人是穆恩特。

十年前，利馬斯本可選擇另一條路——在劍橋圓場那棟無名政府大樓裡有坐辦公桌的差事，他大可接下，一直工作到老骨頭一把為止；然而利馬斯生來卻不是坐辦公桌的料子。如果要勸利馬斯拋棄特務行動的生活，改投入白廳的特定立場推論與暗中的利益，倒不如去勸賽馬師改行當賭盤計算員。他繼續待在柏林，因為他明白人事部在他的檔案上做標記，每年年底時會一一重新審核——頑固、任性、蔑視上級指示，還有說服自己好東西一定會出現。情報工作有一項道德法則：由成果決定正當理由。即使是喜歡強詞奪理的白廳也謹守不悖，而利馬斯也的確能弄到戰果。直到穆恩特出現。

說也奇怪，利馬斯很快就意識到穆恩特是個惡兆。

漢斯狄特．穆恩特生於萊比錫，現年四十二。利馬斯對他的檔案瞭若指掌，很熟悉檔案封底那張相片，亞麻色頭髮下方的臉孔默然又冷酷。利馬斯對穆恩特的崛起也倒背如流，知道他如何成為東德衛民部的二號人物，實際上也等於是行動部門的頭子。穆恩特還在自己的部門時就遭人痛恨。利馬斯是從投誠者聽來端倪的，還有從瑞梅克那裡。瑞梅克是德國統一社會黨主席團的一員，與穆恩特同屬安全委員會，而且很怕穆恩特。後來才知道這恐懼不是沒有道理：穆恩特最後殺了他。

直到一九五九年，穆恩特都還是部門裡的低階職員，在倫敦活動時的掩護身分是東德鋼鐵代表團團員。他為了自保，殺掉自己兩個情報員，接著匆匆回到德國，有一年多的時間音訊全無。他相當突然地於東德衛民部位於萊比錫的總部現身，擔任財政部主任，負責替特別任務分配貨幣、器材與人員。那年年底，局裡的權力鬥爭浮上檯面，蘇聯聯絡官的人數與影響力大幅減少，幾名老衛兵因意識形態不合遭到罷黜，三個人則順勢崛起：費德勒擔任反情報主管，楊恩從穆恩特手中接管了器材部，而穆恩特本人則以四十一歲的年紀獲得人人垂涎的職位──行動部副主任。新官上任後作風丕變。利馬斯失去的第一個情報員是女性，只是情報網的小卒，負責跑腿傳消息。她走出西柏林一家電影院時，被他們當街射殺身亡。警方查不出兇手，而利馬斯也傾向認為此事件與她的工作無關，未再繼續深究。一個月後，德勒斯登一名火車搬運工被人發現陳屍於鐵軌旁，屍體慘遭支解。他是彼得．貴蘭姆情報網廢棄的情報員。利馬斯這才瞭解案件並非巧合。事情過了沒多久，利馬斯底下另一個情報網的兩人遭到逮捕，立刻被判死刑。事件如此持續下去，冷酷無情又令人不安。

如今他們收拾了卡爾，利馬斯也要離開柏林，與他去柏林時的情況一樣──手下沒半個情報員有絲毫價值。穆恩特贏了。

•

利馬斯身材不高，一頭鐵灰色短髮，有游泳選手的體型，非常強壯，從他的背部、肩膀、脖子、粗壯的雙手與手指都看得出來。

對於衣服，他偏好實用耐穿，其他東西也採取相同原則，連他偶爾戴的眼鏡都是鋼框。他的西裝衣料多半是人造纖維，全都沒有搭配西裝背心。他偏好美國式襯衫，衣領的尖端縫有鈕釦，也喜歡橡皮鞋跟的仿麂皮鞋。

他的臉孔英俊結實，固執的線條延伸到薄薄的嘴唇。他的小眼珠是棕色；有人會說那是愛爾蘭人的眼睛。外人很難說得準利馬斯是哪裡人。他如果走進倫敦的俱樂部，服務生當然不會誤把他當成會員；如果在柏林的夜總會，他們通常會給利馬斯最好的桌子。他外表看來像是會製造麻煩的人，或是把錢包看得緊緊的人，不太像是紳士。

空中小姐覺得他很有意思，猜利馬斯是英格蘭北部人，這點是有可能；她也猜利馬斯很有錢，但其實不然。她猜他今年五十歲，這沒差太多。她猜他單身，也算半對。她猜他很久以前離過婚；從前在那邊有過兒女，現在是青少年，從倫敦某家相當古怪的私人銀行領取零用錢。

「如果您想再點一杯威士忌，」空姐說，「最好快點。我們二十分鐘後就要降落倫敦機場了。」

「不用了。」他沒有看著空姐；他望向窗外，看著肯特郡的綠灰色原野。

•

佛利到機場接他，開車送他到倫敦。

「老總對於卡爾的事一肚子火。」他邊說邊斜眼看著利馬斯。利馬斯點點頭。

「怎麼發生的？」佛利問。

「槍殺。被穆恩特逮到。」

「死了嗎？」

「我想現在已經死了。他最好別活著。他差一點就闖關成功。他不應該急的，不然他們也沒法確定他有嫌疑。他們讓他通過沒多久，衛民部就來到檢查哨。他們按下警報，一個民警開槍打中他，離邊界線只差二十碼。他在地上動了一下子，然後就不動了。」

「可憐的狗雜種。」

「說的正是。」利馬斯說。

佛利並不欣賞利馬斯，就算利馬斯知道這一點，他也不在意。佛利是俱樂部之流人士，繫著代表出身的領帶，喜歡高談闊論運動員的技巧，回覆公文時會為自己大名冠上軍階。他認為利馬斯有猜到他的厭惡，利馬斯則認為他是笨蛋一個。

「你屬於哪個部門？」利馬斯問。

「人事。」

「喜歡嗎？」

「棒透了。」

「接下來要送我上哪裡？冷凍起來嗎？」

「最好由老總告訴你，老兄。」

「你知情嗎？」

「當然。」

「你幹麼不乾脆告訴我？」

「對不起了，老兄。」佛利回答。利馬斯突然差點動了肝火。接著他想到，反正佛利大概是在撒謊。

「好吧，回答我一個問題，你不介意吧？我有沒有必要在倫敦找間該死的公寓？」

佛利抓抓耳朵：「我覺得不必，老兄，不必。」

「不必？謝天謝地。」

他們將車子停在劍橋圓場附近，停在停車計時器旁邊，兩人一起走進大廳。

「你沒有通行證對不對？最好先填一下表格，老兄。」

「我們哪時候有通行證了？麥考爾跟我很熟，像跟他自己的老媽一樣。」

「只是新的例行程序而已。圓場在擴張中，你也知道。」

利馬斯什麼也沒說，對麥考爾點頭，沒拿通行證就直接進入電梯。

•

老總以相當謹慎的態度與他握手，像醫生在摸骨那樣。

「你一定累壞了，」他語調充滿歉意，「趕緊坐下來。」還是同樣那種陰鬱沉悶的嗓音，那種學究式刺耳的音調。

利馬斯坐在椅子上，面對橄欖綠色的電暖爐，上面平放著一盆水。

「你會冷嗎？」老總問。他彎腰在暖爐上搓揉雙手。他在黑色西裝外套裡面穿了件模樣寒酸的棕色羊毛衣。利馬斯記得老總的妻子是個愚笨的小個頭女人，名叫曼蒂，似乎以為丈夫服務於英國煤礦理事會。他猜毛衣是他太太織的。

「問題是空氣很乾燥，」老總繼續說，「想趨走寒意，卻讓空氣乾透了。一樣危險。」他走到辦公桌旁，按下按鈕。「我們想辦法弄點咖啡來喝，」他說，「麻煩的是吉妮休假。他們派了某個新來的女孩給我。真是太糟糕了。」

利馬斯記憶中的他沒有這麼矮，其他部分則都和以前一樣。同樣做作的疏離感，同樣學究式的自大，同樣怕冷風。他遵從的禮數原則，與利馬斯本身的經驗相隔十萬八千里。同樣毫無意義的微笑，同樣刻意裝出的羞怯，同樣道歉連連地恪遵一套自己假裝認為很荒唐的行事準則。同樣的陳腔濫調。

他從辦公桌裡取出一包香菸，遞給利馬斯一支。

「你會發現香菸越來越貴，」他說，利馬斯乖乖點頭。老總將香菸放進口袋後坐下。現場沉默片刻；最後利馬斯開口：

「瑞梅克死了。」

「對，我知道，」老總高聲說，彷彿利馬斯講得很有道理，「實在是很不幸。非常……我猜是那個女的害他暴露身分吧？她叫艾薇拉？」

「我想是。」利馬斯不打算問他怎麼會知道艾薇拉的事。

「穆恩特也派人去槍殺他。」老總補充說。

「對。」

老總站起來，在辦公室裡四處慢慢走動，尋找菸灰缸。他找到一個，彆扭地放在兩人椅子中間的地板上。

「你覺得還好嗎？我是說，瑞梅克被槍殺那當下。你看到了，對不對？」

利馬斯聳聳肩。「我是很不爽。」他說。

老總偏著頭，雙眼半閉。「一定還有其他的感受吧？一定很難過吧？那樣的反應會比較自然。」

「我當時是很難過。誰不難過？」

「你喜不喜歡瑞梅克？我是說就一個普通人而言？」

「應該吧，」利馬斯口氣很無助，「現在談這個，好像也沒有多大必要。」

「瑞梅克被槍殺後，當晚你是怎麼過的？當天接下來的時間你怎麼過的？」

「喂，這是怎樣？」利馬斯火爆地問，「你到底想講什麼？」

「瑞梅克是最後一個，」老總回顧說，「是一連串死亡事件的最後一人。如果我沒記錯，第一個是那個女孩，被他們在韋丁的電影院外面槍殺。之後是德勒斯登那個男人，然後是在延納逮捕的幾個人。就像克莉斯蒂小說裡的十個小黑人，一個接一個死掉[3]。如今保羅、韋雷克與藍澤——全死了。最後是瑞梅克。」他以輕蔑的表情微笑著，「這種耗損率未免太高了吧。我想知道，你是否受夠了。」

「受夠了？什麼意思？」

「我想知道你是不是累了。精疲力盡了。」之後是好一陣沉默。

「這由你決定。」利馬斯最後終於回答。

「我們必須在毫無同情心之下過活，是吧？當然了，沒有同情心是不可能的。這些鐵石心腸的舉止，是我們演給彼此看的；然而我們其實並不是那種人，我是說啊……一個人總不能一直在外面挨寒受凍；一定要從寒冷的外面進來解凍一下……你看得出來我在講什麼嗎？」

利馬斯看出來了。他看見的是鹿特丹城外長長的道路，在沙丘旁邊又長又直的馬路，還有沿著馬路走的綿延不絕難民；他也看到了數英里外的小飛機，路人停下腳步，朝飛機的方向望去；他也看到了飛機靠近，幾乎削過沙丘頂端；他看到了一顆顆炸彈墜落路面，引發混亂的場面，毫無意義的人間煉獄。

「我實在沒辦法這樣聊下去，老總，」利馬斯最後說，「你想要我做什麼？」

「我希望你能在外面多挨寒受凍一陣子。」利馬斯不發一語，所以老總繼續說：「就我理解，我們這一行的工作倫理根據的是唯一一條假設，就是我們永遠不要當主動侵略者。你覺得這種信條公平嗎？」

利馬斯點點頭。只要能避免開口，什麼都行。

「正因為如此，我們做了令人不敢苟同的事，卻是採取防衛姿態。我認為這樣仍然算公平。我們做了令人不敢苟同的事，讓這裡和其他地方的老百姓晚上可以高枕無憂。這樣算是太浪漫了嗎？當然了，我們偶爾會做出非常邪惡的事情。」他像個學童咧嘴笑。「而且在衡量道德輕重時，你我會寧願改比誰最不老實；畢竟，你總不能拿一邊的理想來和另一邊的手段比較，對不對？」

利馬斯聽糊塗了。這人在一刀刺進去之前，他總會聽到對方講很多廢話，但他從來沒聽過老總講這一類的事。

「我是說啊，要比較的話，非得拿手段來和手段比較、拿理想和理想比較才對。我敢說，二次大戰後，我們的手段——我們和敵人的手段——已經變得大致相同。我是說，總不能只因為自己政府採取仁慈的**政策**，我們在心狠手辣的程度上就必須遜敵人一籌吧？」他靜靜笑給自己聽，「那樣**絕對**不成。」

看在老天份上，利馬斯心想，這簡直就像在替該死的神職人員效勞。他到底在打什麼算盤？

3 阿嘉莎·克莉斯蒂出版於一九三九年的推理小說《一個都不留》（*And Then There Were None*），原名《十個小黑人》（*Ten Little Niggers*），描述八位素不相識的人來到島上，連同廚子與管家一一遭神祕兇手殺死的故事。受害者們在屋內發現十個小瓷人，以及預言他們會如何死去的詩，而每回有人死時瓷人就會消失一個。

「所以啊，」老總繼續說，「我認為我們應該試試看除掉穆恩特……搞什麼，」他說，面帶慍色轉向門口，「該死的咖啡怎麼還沒送來？」

老總走到門口，打開門，對辦公室外側房間某個看不到臉的女孩說話。他走回來時說：「我真的認為，若我們有能力辦到，我們就應該把他解決掉。」

「為什麼？我們在東德什麼也不剩了，一丁點都沒有。你剛才就是這樣講的——瑞梅克是最後一個。我們沒有東西好保護了。」

老總坐下來，盯著自己的雙手半晌。

「你說的不完全對，」他最後說，「可是我覺得沒有必要拿枝節的事情來煩你。」

利馬斯聳聳肩。

「告訴我吧，」老總接著說，「你是不是厭倦了當間諜？原諒我再問一次。我是說，這種現象我們都瞭解，就像飛機設計師所謂的……金屬疲乏，我想是這個說法。如果你厭倦了，務必明講。」

利馬斯回想起那天早上回國的那班飛機，心裡思忖著。

「如果你累了，」老總繼續說，「我們就不得不想其他辦法來處理穆恩特。我考慮的做法稍微跳脫常軌。」

女孩端著咖啡進來。她把盤子放在辦公桌上，倒滿兩個杯子。老總等她離開辦公室才開口。

「這女孩**好笨**。」他說，幾乎是說給自己聽。「說來真奇怪，他們好像再也找不到優秀的女助理了。我真的希望吉妮不要選在這種時機休假。」他鬱鬱寡歡地攪動咖啡一陣子。

「我們不敗壞穆恩特的名聲真的不行了。」他說。「老實講，你喝得多嗎？威士忌之類的？」

利馬斯本來還以為自己適應了老總的思考方式。

「我會喝一點。大概比多數人喝得還多吧。」

老總點點頭表示理解。「你對穆恩特瞭解多少？」

「他殺人不眨眼。他一兩年前跟著東德鋼鐵代表團來這裡。那時我們在這裡有個顧問：馬斯頓。」

「沒錯。」

「穆恩特掌握了一名情報員，是外交部職員的妻子。穆恩特殺了她。」

「他試過要殺掉喬治·史邁利。他當然也開槍殺了那女人的丈夫。他做人不講情理。前希特勒青年團成員之類的，完全不是知識分子共產主義者那種人。是冷戰的實踐者。」

「就跟我們一樣。」利馬斯冷冷搭腔。老總沒有露出笑容。

「喬治·史邁利很瞭解這個案子。他已經退出我們圈子了，不過我認為你應該去把他找出來。他在研究十七世紀德國的東西。他住在切爾西，就在史隆廣場後面。貝瓦特街。你知道在哪裡吧？」

「知道。」

「貴蘭姆之前也在處理這個案子。他在二樓的衛星四處。恐怕現在所有東西都和你那個時代不一樣了。」

「對。」

「你跟他們相處個一、兩天。他們知道我有什麼打算。之後不知道你有沒有興趣跟我共度週末。我太太啊，」他緊接著說，「可惜她要照顧她母親。只會有我們兩個了。」

「謝謝。我很樂意。」

「到時候我們講起話來也比較自在。一定很不錯。我認為你可能會因此大賺一筆。賺多少全歸你。」

「謝謝。」

「當然啦，前提是如果你**確定想要**的話……沒有金屬疲乏之類的問題吧？」

「如果問題是要不要殺掉穆恩特，那我奉陪到底。」

「你真的有這種感覺嗎？」老總很客氣地詢問。他若有所思地盯了利馬斯半晌後說：「沒錯，我真的認為你想。不過你絕對不能覺得非得這樣說不可。我是說，我們在我們的世界裡移動得太快，愛與恨的知覺稍縱即逝，就像狗聽不見有些頻率的聲音。到最後只剩下噁心的感覺，你這輩子會再也不想製造痛苦。請原諒我，可是卡爾．瑞梅克被槍殺的時候，你的感覺不正是這樣嗎？不是對穆恩特的恨意，也非對卡爾的欣賞，卻是一種噁心的震撼，如同一拳打在麻木的肉體上……他們跟我說你走了一整晚──就只是一直走過柏林的大街小巷。對不對？」

「沒錯，我是去散個步。」

「散了整晚的步？」

「正是。」

「艾薇拉發生什麼事了？」

「老天爺才知道……我是很想揍穆恩特一拳。」他說。

「很好……很好。對了，萬一你這段時間碰到老朋友，我認為無需跟他們討論此事。事實上，」老總過了一會兒才繼續說，「我會以傲慢粗暴的態度對待他們，讓他們以為我們對你很刻薄。反正是我們打算繼續的事，不如就現在開始，對吧？」

3 江河日下

冷凍利馬斯的舉動，並沒有讓人大感意外。他們說，多年來柏林大體上就是個失敗，一定要有人背罪；更何況，他的年紀太大，不適合從事情報行動，因為情報從業人員的反應必須與職業網球選手一樣靈敏。戰爭期間利馬斯表現優異，這一點人盡皆知。在挪威與荷蘭時，他顯然不知如何仍設法保住了性命，最後他們頒發動章表揚他、請他走路。後來，他們當然是又找他回來。他在退休金這部分的運氣很背，確實是背到極點。這是會計處傳出來的，透露風聲的人是愛希。愛希在員工餐廳說，可憐的艾列克．利馬斯每年只能領四百英鎊度日，因為他的服務年資中斷過。愛希認為這種規定真有必要改革；畢竟利馬斯先生確實是服役過啊，不是嗎？話說回來，他們上面有財政部在盯著，完全今非昔比，他們又能怎麼辦？就算是在馬斯頓領導下的慘澹年代，他們管事情的方式也比現在好。

較新進的人聽說，利馬斯是個守舊派；野蠻、激烈、喜歡板球、中學畢業。通法語。這樣的敘述對利馬斯其實不盡公允，因為他同時精通德語與英語，而且荷蘭文也不錯；此外，他不喜歡板球。他缺乏大專學歷倒是真的。

利馬斯的合約再過幾個月才會失效，所以被派到出納處消磨所剩時光。出納處與會計處不同，後者處理的是海外付款、資助情報員與情報活動。出納處的很多工作若非涉及高度機密，否則其實辦公室小弟就可以勝任。因此出納處公認是局內安置不久後要埋葬的情報員的單位之一。

利馬斯向下沉淪墮落。

一般人認為沉淪墮落的過程不是一朝一夕的事，然而利馬斯的例子並非如此。利馬斯在同事的眾目睽睽下，從一個光榮打入冷宮的人轉變為滿腹苦水的酒鬼，而這些轉變全在短短數個月內發生。酒鬼具有一種愚蠢的模樣，特別是在酒醒之際，那種不懂狀況的神態會讓缺乏觀察力的人詮釋為呆滯木然，而利馬斯似乎以快得不自然的速度學到了酒鬼的這些舉止。他開始習慣做出一些不老實的事情，例如向祕書借小錢卻忘了還，用些支支吾吾的藉口遲到早退。起初同事姑息養奸；或許他江河日下的樣子嚇到了同事，如同我們害怕瘸子、乞丐與身心障礙人士，因為我們唯恐自己有可能變成他們；然而到最後，利馬斯這種疏忽、野蠻、毫無緣由的惡意使得大家因此對他敬而遠之。

讓大家訝異的是，利馬斯自己似乎不太介意被冷凍。他的意志力似乎在一夕之間瓦解。花樣年華將盡的祕書，原本很不願意相信情報局的職員是區區凡人，這時很驚訝地發現利馬斯變得百分百邋遢。他不如以往注重外表，對周遭環境也不太留意。他會去通常保留給資淺員工使用的員工餐廳吃午餐。此外也有人謠傳他在酗酒。他成了獨行俠，成了那種被永恆剝奪活動的人，宛如喜歡游泳的人被禁止下水，或是演員遭禁止登臺那樣。

有些人說，他在柏林時做錯事，所以手下的情報網才被破獲；沒人清楚真正的情況為何。大家都能同意的一點是，儘管人事部門原本就並非以和善著稱，但他受到的待遇仍算是嚴苛得極不尋常。利馬斯走過身邊時，他們會偷偷對著他指指點點，像對待過氣運動選手一般，說：「他就是利馬斯。他在柏林捅出過大婁子。看他自暴自棄的樣子真可悲。」

接著有一天，利馬斯消失了，沒有向任何人道別，顯然包括老總。這件事本身不太令人驚訝；情報局的工作性質不適合盛大送舊，無法頒贈金錶給退休人員；然而即使將上述因素列入考量，利馬斯的不告而別仍顯得突然。就大家判斷，利馬斯離去的時機，正好就在合約依法失效之前。會計處的愛希透露了幾條小道消息：利馬斯以現金提領了薪資帳戶餘額。在愛希看來，這表示他與銀行有些過節。他的資遣費是在每個月結束時發放，詳細數目愛希恕難說明，但不是四位數，真可憐。他的國家保險卡已經轉寄給他。愛希吸鼻子並接著說，人事單位有留個住處給他，可是不肯透露。人事部才不做這種事。

此外也傳出了與錢有關的說法，一如往常，沒人知道是從那邊洩露出來的——說利馬斯突然人間蒸發，是與出納處的帳戶出現異常有關。一筆不算少的數字不翼而飛（根據電話總機室一位頭髮染成藍色的女士說，不是三位數，而是四位數），後來他們追回了將近全數款項，並扣住利馬斯的退休金。其他人說他們不相信這種說法，說如果艾利克想捲款潛逃，不會笨到去動總部戶頭的腦筋。這並不是說他辦不到，而是他的做法會更漂亮。然而對利馬斯犯罪傾向不表認同的人指出他飲酒過量的現象、必須負擔另一個家庭的生計、在國外的津貼與國內的薪水有天壤之別，而最重要的誘因是他明瞭自己在情報局的時日無多，結果剛好就經手大筆熱錢。大家都同意的一點是：如果艾列克真的監守自盜，這輩子就玩完了，因為安置處的人不會理他，而人事單位也不會幫他寫推薦函，就算寫了，也會寫得冷酷無情，連最有心招聘的雇主看了也要發抖。盜用公款是人事單位永遠不會讓你淡忘的過錯，他們自己也永遠不會遺忘。如果艾列克真的侵占了圓場的款項，人事單位對他的怨恨會一輩子如影隨形、至死方休，連幫他買壽衣的錢都不會掏出來。

利馬斯離開後一、兩個星期之間，有幾個人曾想知道他究竟下落如何，但他從前的朋友已經學乖了，知道應當保持距離。他成了一個滿腔苦水的人，了無趣味可言，三句話不離批評情報局和其主管階層，也喜歡批評他所謂的「騎兵隊小子」，說他們管理自己的事好像在管地區俱樂部那樣。一逮到機會，他必定大肆抨擊美國人與美國情報機構。他對他們的痛恨程度，似乎高於東德衛民部，後者就算有提起也次數甚少。他會暗指是美國情報人員破壞了他的情報網；他像中邪般抱怨個不停，旁人要是想安慰他，往往會自討沒趣，讓大家不喜歡跟他相處，也令認識他、甚至暗自欣賞他的人跟他撇清關係。利馬斯的不告而別只在水面上泛起微微漣漪；在其他事情帶來的變遷下，大家很快就淡忘了。

•

他的公寓又小又骯髒，塗的是棕色油漆，貼著小鎮卡弗利的風景相片。公寓直接面對三座岩石砌成的倉庫的灰色背面，窗戶為講求美觀漆上了雜酚油。其中一間倉庫樓上住了一家義大利人，晚上吵個沒完，早上則拍打地毯。利馬斯家徒四壁，這樣反而使他的房間更顯明亮。他買了幾個燈罩蓋住電燈泡，也買了兩套床單取代房東給的粗麻布方塊墊。其他東西，利馬斯就忍耐著用：花朵圖樣的窗簾，既沒有襯裡也沒有摺邊；脫線的棕色地毯，以及模樣笨拙的深色木頭家具，活像是從水手旅店裡搬來的東西。他可以花一先令的錢，從一只破舊的黃色鍋爐裡弄到熱水。

他需要一份工作。他身無分文，一貧如洗，所以或許侵占公款的傳言屬實。情報局裡的重新就業部門開給他的職位，在利馬斯眼裡看來缺乏熱忱又極不適才適所。他起先想在商業界上班，有家生產工業黏著劑的公司看上了他的應徵函，他應徵的是襄理兼人事管理員。儘管情報局對利馬斯的推薦函寫得毫不起眼，但這家公司不以為意，也不要求任何資歷，開出年薪六百英鎊的條件。他待了一個星期，而這段期間腐敗魚油發出的惡臭味已經滲進他的衣服與頭髮，在鼻孔間縈繞不去，宛如死亡的氣味，任憑他如何用力刷洗也無法消除，所以利馬斯最後乾脆理了超短的小平頭，丟掉兩套他最好的西裝。後來他又花了一個星期向郊區家庭主婦推銷百科全書，可惜他這個人不討家庭主婦喜歡，家庭主婦也搞不懂他；她們不想要利馬斯，更別提百科全書了。夜復一夜，他疲憊地返回公寓，腋下夾著可笑的樣書。他在那個星期結束時打電話給百科全書公司，報告他一本也沒賣出去。對方完全不訝異，提醒他如果要停止代表公司推銷百科全書，就有義務退還樣書，隨即掛斷電話。他一氣之下走出電話亭，把樣書留在裡頭，然後到小酒館點了二十五先令的酒喝個爛醉，卻拿不出錢來。有個女人想勾引他，被他大罵一頓，他也因此遭酒館的人踢出門外，警告他別再光顧，結果才過一個星期，酒館的人就忘了這件事。他們開始跟利馬斯混熟了。

其他地方的人也開始認識他，知道他是一個住在公寓大樓、相貌寒酸的男人。他不多說一句話，沒有朋友，男女寵物皆然。大家猜他大概是闖了禍，拋棄妻子離家出走之類的。任何東西的價格他一概不知道，被告知時也從來記不住。每次在找零錢時，總是在全身上下拍拍口袋。每次購物，也從來不記得攜帶手提籃，總是另外付錢買購物袋。街坊居民不喜歡他，卻幾乎為他感到有點難過。他們也認為他很骯髒，週末時不刮鬍子，襯衫也全都髒兮兮的。薩貝瑞街有個麥肯德太太幫他打掃過一個星期，卻從來沒聽他說過一句好話，後來索性就不去打掃了。她是附近街坊的重要消息來源，商家聽來後再彼此口耳相傳，以防利馬斯一旦要求賒帳時知道該如何對付。麥肯德太太建議大家不要讓他賒帳。她說從來沒有人寄信給利馬斯，大家因此同意事態嚴重。他沒有相片，書籍也只有寥寥幾本；她認為其中一本是黃色小說，卻因為寫的是外文而無法確定。依她看來，利馬斯是有點小錢可以過活，不過已經花得差不多了。她知道利馬斯每個星期四會去領救濟金。貝瓦特街的人接到了警告，不需要別人再講一次。他們從麥肯德太太那裡得知，利馬斯灌酒像喝水一樣凶，酒館老闆也證實了這點。酒館業者與打雜女傭通常不通融客戶賒帳，但這消息卻讓同意這麼做的商家如獲至寶。

4 麗姿

最後他終於接下了圖書室的工作。每個星期四早上他去職業介紹所領取失業救濟金時，他們會派給他一份工作，每次都被他回絕。

「和你的興趣是有點差距，」皮特先生說，「不過薪水還算合理，而且對一個受過教育的人來說，工作相當輕鬆。」

「什麼樣的圖書室？」利馬斯問。

「貝瓦特靈異研究圖書室。是別人遺贈的。他們有幾千冊藏書，各種類型都有，前陣子又收到一大堆書，所以想再請一個人去幫忙。」

他領取了救濟金，也接下字條。「那群人有點怪，」皮特先生接著說，「不過話說回來，反正你也一向待不久嘛，對不對？我覺得你現在應該過去試試看。」

皮特這人有點不尋常。利馬斯相當確定以前在某處見過他。在圓場，在二次大戰期間。

圖書室很像教堂的大廳，非常冷，兩端的黑色油爐讓整個圖書室帶有煤油氣味。圖書室中間有個狀似證人臺的小隔間，裡面坐著圖書室管理員柯雷爾小姐。

利馬斯從來沒有想過自己竟然會為女人工作。職業介紹所的人對這件事隻字未提。

「我是新來的幫手，」他說；「敝姓利馬斯。」

柯雷爾小姐猛然從索引卡中抬起頭來，彷彿聽見有人出言不遜。「幫手？你說幫手是什麼意思？」

「助理。職業介紹所介紹的。皮特先生。」他將用複寫紙複印的履歷表推過櫃檯，表格上是他以潦草筆跡填寫的個人資料。她拿起履歷表來端詳。

「你是利馬斯先生。」這話不是問句，而是吃力背景調查的第一階段。

「你也是職業介紹所的人。」

「不對。我是介紹所派來的人。他們說妳這裡在找助理。」

「原來如此。」僵硬一笑。

這個時候電話響起。她拿起話筒，開始跟對方火爆爭論。利馬斯猜這兩人大概每講話必吵，連熱身都省了。她的嗓音提高一度，開始嚷著音樂會門票的事。他聽了一、兩分鐘，然後晃到書架那邊去。他注意到圖書室其中一個凹室裡有個女孩，正站在梯子上整理大部頭書籍。

「我是新來的，」他說，「敝姓利馬斯。」

她爬下梯子，以有點正式的態度與利馬斯握手。

「我叫麗姿．金德，幸會。你見過柯雷爾小姐了嗎？」

「見過了，可是她現在正在講電話。」

「我猜是在跟她媽媽吵架吧。你要做什麼？」

「我不知道。開始上班作工吧。」

「我們正在做記號；柯雷爾小姐在推行一套新的索引系統。」

她身材高挑，模樣笨拙，腰身與雙腿修長，踩著芭蕾舞鞋式的平底鞋，以免更顯高挑。她的臉蛋與身材一樣，有著大號的五官，似乎在平凡與美麗之間猶疑不定。利馬斯猜想她的年齡在二十二、三歲，是猶太人。

「現在的問題只是檢查是不是所有書都在書架上。這是檢索號的部分。檢查過後用鉛筆註明新的檢索號，並在索引卡上做記號。」

「之後呢？」

「只有柯雷爾小姐才可以用鋼筆寫下檢索號。這是規定。」

「誰訂的規定？」

「柯雷爾小姐。這樣好了，你從考古學類開始檢查吧？」

利馬斯點點頭，兩人一起走向下一個凹處，那裡有個鞋盒裝滿卡片，放在地板上。

「你以前有沒有做過這種工作？」她問。

「沒有。」他彎腰拾起一把卡片，在手中翻著。「是皮特先生叫我過來的。他是職業介紹所的人。」

他把卡片放回原位。

「只有柯雷爾小姐才可以在這些卡片上用墨水寫東西嗎？」利馬斯詢問。

「對。」

說完她就離開利馬斯。他遲疑了一會兒，從書架上取來一本書，看著扉頁。書名是《小亞細亞的考古發現》，第四冊。他們這裡似乎只有第四冊。

•

下午一點，利馬斯飢腸轆轆，所以他走到麗姿．金德正在整理書籍的地方，問：

「午餐怎麼辦？」

「噢，我帶了三明治。」她顯出稍微尷尬的神情。「如果你要的話，我可以分一點給你吃——方圓幾哩內都沒有餐館。」

利馬斯搖搖頭。

「我出去吃好了，謝謝。反正我也有一些東西要買。」她看著利馬斯推開雙扉門出去。

他回來圖書室時已經是兩點半，渾身威士忌酒味。他抱著一大袋蔬菜，另外一袋裝著雜貨。他把東西放在凹室一角，疲憊地繼續整理考古學書籍。就這樣做了大約十分鐘的記號後，他察覺到柯雷爾小姐正在一旁看著他。

「利馬斯先生。」這時他正站在梯子不上不下的地方，所以轉頭向下看，說：

「什麼事？」

「這兩個購物袋是哪裡來的，你知道嗎？」

「是我的。」

「原來如此。是你的東西。」利馬斯等著她接下去。「可惜呀，」她最後繼續說，「把買來的東西帶進圖書室的行為，我們並不允許。」

「不然要放到什麼地方去？我沒有其他地方能放啊。」

「就是不能放在圖書室裡。」她回答。利馬斯不理會她，把注意力轉回考古學區。

「如果你的午休時間正常，」柯雷爾小姐接著說，「就不會有時間去買東西。我和金德小姐，我們都不會出去；我們兩個都沒有時間出去買東西。」

「妳為什麼不乾脆多休息半個鐘頭？」利馬斯問，「那樣不就有時間去買東西了？如果工作太趕，晚上再加班半小時不就成了？要是妳在趕工的話。」

她繼續逗留了半晌，只是盯著利馬斯看，顯然是在思考應該講什麼。最後她大聲說：

「我得跟鐵賽德先生談談這件事。」然後走開。

五點三十分整，柯雷爾小姐準時穿上外套，刻意地說聲「晚安，金德小姐」就離開。利馬斯猜想她一定是整個下午都在盤算怎麼對付那兩袋東西。他走進隔壁的凹室，麗姿・金德正坐在梯子最下一階，讀著看似小冊子的東西。她一看到利馬斯，立刻像做錯事般將小冊子丟進手提袋，然後站起來。

「誰是鐵賽德先生？」利馬斯問。

「我覺得根本沒這個人，」她回答，「每次她找不到答案，都會搬出這個靠山。有一次我問她這人到底是誰，結果她支吾其詞，故作神祕，推說『妳別管』；我覺得他根本不存在。」

「我不確定柯雷爾小姐是不是也不存在。」利馬斯說，麗姿・金德聽了微笑起來。

她六點鐘鎖上圖書室，將鑰匙交給保管員。保管員年紀非常大，第一次世界大戰時患過砲彈驚嚇症，麗姿說他整晚坐著不睡，以免德軍發動反擊。外面寒冷刺骨。

「妳住得很遠嗎？」利馬斯問。

「走路二十分鐘。我都是用走的。你呢？」

「不太遠，」利馬斯說，「晚安。」

他慢慢走回公寓，開了門進去，打開電燈。燈沒亮。他也試了小廚房裡的電燈，最後試試看插座在床邊的電暖爐。門口腳墊上擺著一封信。他拾起來，拿到樓梯間湊著昏黃的燈光看。寄件人是電力公司，在信中表達遺憾之意：地區經理別無選擇下令斷電，直到他的九英鎊四先令八便士積欠款項付清為止。

•

他成了柯雷爾小姐的敵人，而柯雷爾小姐最喜歡的事就是樹敵。面對利馬斯時，她不是擺出臭臉，就是對他視而不見。每次利馬斯一靠近，她就開始發抖，左顧右盼，若不是想找東西來自我防衛，大概就是想設法逃開。她偶爾會暴跳如雷，原因是利馬斯把他的雨衣掛在她的衣鉤上，她也會站在衣鉤前發抖，一抖就是整整五分鐘，最後是麗姿看到並叫利馬斯過來。利馬斯走過去對她說：

「什麼事讓您不高興了，柯雷爾小姐？」

「沒事，」她以喘氣、急促的嗓音回答，「什麼事也沒有。」

「是我的雨衣怎麼了嗎？」

「完全沒事。」

「那就好。」他回答，走回剛才的凹室。那天她抖了一整天，早上有一半的時間壓低嗓門在講電話，卻像在舞臺演戲那樣故意提高到旁人聽得見的程度。

「她是在跟老媽告狀，」麗姿說，「什麼事她都會跟媽媽報告。她也會對她媽媽數落我。」

柯雷爾小姐對利馬斯變得恨之入骨，發現自己不可能與利馬斯溝通。到了發薪日，他吃午餐回來時會發現薪水袋擺在梯子的第三階上，外面寫著他的姓，而且還拼錯。這種事第一次發生時，利馬斯拿著錢連同信封去找柯雷爾小姐，說，「柯雷爾小姐，敝姓開頭的拼法是L－E－A，而且只有一個S。」

這時她簡直就像中風了，雙眼翻白，手中的鉛筆奇怪地晃來晃去，等到利馬斯走開才恢復正常。事後她對著電話訴苦了好幾個小時。

利馬斯開始在圖書室上班的三個星期後，麗姿約他出去吃晚餐。她假裝這是突如其來的想法，正好在當天五點的時候想到；她似乎想到，如果她邀他明天或後天吃飯，屆時他不是忘記，就是放她鴿子，所以她特意在五點整的時候問他。利馬斯似乎不太願意答應，不過最後還是點頭了。

他們冒雨走到她的公寓，一路上的情景可以置換成世界各地——柏林、倫敦或任何城鎮，這些地方鋪著石頭的馬路會在夜雨中形成發光的湖泊，落寞的車流在潮濕的街道上穿梭前進。

利馬斯之後在麗姿公寓用餐多次，只要她開口問，他就會過來，而她也經常邀請他。他總是沉默寡言。當她發現他願意來她的住處時，她會在早上擺好餐具後才前往圖書室上班。她甚至會事先準備好蔬菜、在餐桌上擺蠟燭，因為她很喜歡燭光。她一直明白，利馬斯內心必定深感困擾，總有一天可能會基於她無法理解的原因而精神崩潰，從此再也見不到他。她試圖告訴他，她其實很瞭解他。有一天晚上她對他說：

「你想走的時候就一定得離開。我不會追著你不放的，艾列克。」他棕色的眼珠逗留在她臉上一陣子。「等時候到了，我會告訴妳。」他回應。

她的公寓是臥室兼客廳，有一個廚房。客廳裡擺了兩張扶手椅，一張沙發床，還有一個擺滿平裝本的書架，多數是她從來沒讀的經典書籍。

晚餐後，她會跟他聊天，他會躺在沙發床上抽菸。他聽進了多少，她從來不知道，也不管。她會屈膝坐在床邊，將他的手貼在自己臉頰上說話。

後來有一天晚上，她對他說：

「艾列克，你信的是什麼？別笑我——講給我聽。」她等著他回答。最後利馬斯終於說：

「我信的是，搭十一路公車可以到哈莫斯密區。我不信的是，開公車的人是聖誕老公公。」

她似乎在考慮他講的話，最後再問一次：

「可是，你信的到底是什麼？」

利馬斯聳聳肩。

「你一定信些什麼吧，」她追問：「比如說信上帝——我知道你信，艾列克，你有時就有那種表情，好像你有什麼特別的事情要做，像神職人員那樣。艾列克，別笑，這是真的。」

他搖搖頭。

「對不起，麗姿，妳誤會了。我不喜歡美國人，不喜歡公立學校。我不喜歡軍事閱兵，不喜歡假扮阿兵哥的人。」他毫無笑意地繼續說，「我也不喜歡談論人生的對話。」

「可是，艾列克，你大可以乾脆說——」

「我應該補充，」利馬斯打斷她，「我不喜歡別人叫我應該怎麼思考。」她知道利馬斯動怒了，但她再也壓抑不住。

「那是因為你不想去思考，你沒那個膽！你腦子裡有某種毒藥，某種仇恨。你是個狂熱分子，艾列克，我知道，可是我搞不懂你狂熱的是什麼。你是個不想改變他人信仰的狂熱者，這樣很危險啊。你就像是……一個發誓要報仇還是怎樣的人。」那雙棕色眼珠停留在她臉上。他一開口，麗姿被他嗓音中的威脅意味嚇住了。

「如果我是妳，」他以粗暴的語氣說，「我不會去管別人的閒事。」

講完後他微笑起來，是淘氣的微笑。他以前從來沒有這樣微笑過，麗姿知道他是故意擺出迷人的表情。

「麗姿呢？妳信的又是什麼？」他問。麗姿回答：

「我可沒有那麼容易被人唬弄，艾列克。」

那晚稍後他們再度談到同樣的話題。是利馬斯提起的——他問麗姿信不信宗教。

「你錯看我了，」她說，「全看錯了。我不信上帝。」

「那妳信什麼？」

「歷史。」

他以訝異的神情看了她半晌，然後大笑。

「噢，麗姿……喔，不會吧。妳不會是該死的共產黨吧？」她點點頭，被利馬斯的大笑弄得臉紅，活像個小女生，心裡雖然不高興，卻又因他毫不放在心上而鬆了一口氣。

那天晚上她要利馬斯留下來過夜，兩人成了一對戀人。他早上五點離開。她無法理解的是，她覺得很光榮，而他卻似乎感到羞恥。

•

利馬斯離開麗姿的公寓，轉向空曠的街道走往公園。霧氣很重。路過去一段距離——沒有多遠，二十碼吧，也許再遠一點——有個人影穿著雨衣站在那兒，身材矮小，相當福態，倚在公園欄杆上，輪廓浮現在飄移的霧氣中。利馬斯朝他接近，霧氣也轉濃了，團團圍住這個欄杆邊的身影。等到霧氣散去，這人已經不知去向。

5 賒帳

大約一個星期過後，某天利馬斯沒有進來圖書室。柯雷爾小姐可高興了；她早上十一點半就已經向母親報告這件事。午餐回來，她站在利馬斯負責的考古學書架前，以做作的模樣專心看著一排排的書。麗姿知道她是在假裝檢查利馬斯是否偷走了任何東西。

當天後來的時間，麗姿完全對她置若罔聞。她對麗姿說話時，麗姿也不搭腔，自顧自地兢兢業業工作著。傍晚一到，她就步行回家，哭著睡去。

隔天早上她提早到圖書室，因為她不知為何覺得，要是她越早到，利馬斯或許會越快出現；可惜隨著早上一分一秒過去，她的希望也逐漸破滅，心知他永遠不會再來了。這一天她忘記幫自己準備三明治，所以決定搭公車到貝瓦特路，到無酵母麵包公司的咖啡店。她覺得身體不舒服，感覺空虛，肚子並不餓。該不該去找他？她答應過，絕對不會追著他，可是他也答應過，要走的話會先通知她；她該不該去找他？

她攔了一輛計程車，報上利馬斯的地址。

她爬上骯髒的樓梯，按下利馬斯的門鈴。門鈴似乎故障了；她什麼聲音也沒聽見。鞋墊上放了三瓶鮮奶，以及一封電力公司的信。她猶豫了一陣，然後敲門，聽見裡面傳來微弱的男人呻吟聲。她衝到樓下的公寓，按門鈴又敲門，無人應門，於是再往下一層，來到雜貨店的後房。有位老婦人坐在角落的椅子裡前後搖動。

「頂樓的公寓，」麗姿幾乎是大叫，「有人病得很嚴重。誰有鑰匙？」

老婦人端詳她半晌，隨後才對著雜貨店所在的前面房間呼喚。

「亞瑟啊，過來，亞瑟，有個女孩要找你幫忙！」

一個身穿棕色連身工作服、頭戴灰色軟氈帽的男人探頭進門來，四處張望一下，說：

「女孩？」

「頂樓有人生了重病，」麗姿說，「沒辦法走到前門來開門。你們有鑰匙嗎？」

「沒有，」雜貨店老闆回答，「榔頭我倒是有。」說完，兩人一起快步上樓。老闆頭上還是戴著軟氈帽，拿著一把沉重的螺絲起子與鐵錘。他用力敲門，兩人上氣不接下氣等著回應。沒有人應聲。

「我剛才有聽到呻吟聲，我發誓真的有。」麗姿低聲說。

「如果我撞開門，妳願不願意付錢修理？」

「願意。」

鐵錘弄出很可怕的聲響，老闆敲了三下，挖出一片門框跟裡面的門鎖。先走進去的人是麗姿，老闆隨後跟進。房間裡冷得令人受不了，漆黑一片，不過兩人可以看出角落的床上躺著一個人。麗姿心想：

噢，天啊，要是他死了，我大概不敢碰他。但是她走到他身邊，發現他還活著。她拉開窗簾，跪在床邊。

「我有事需要你幫忙的話會叫你，謝謝。」她說話時並沒有轉頭，雜貨店老闆聽了點點頭，轉身下樓去。

「艾列克，怎麼了？你生了什麼病？怎麼了，艾列克？」

利馬斯的頭在枕頭上動了一下。他凹陷的雙眼緊閉，深色的鬍鬚在蒼白的臉孔上顯得格外突兀。

「艾列克，你非告訴我不可，拜託，艾列克。」她用雙手握住他一隻手，眼淚滑落臉頰。她絞盡腦汁想該怎麼辦；隨後她起身，跑到小廚房去燒一壺水。她不太清楚自己能煮什麼，不過做一點事可以讓自己安心。她讓水壺在瓦斯爐上繼續燒，拿起自己的提包，從利馬斯的床邊小桌拿走鑰匙，往樓下跑，下了四層樓來到馬路上。過了馬路，她走進斯利曼先生的藥房。她買了一些牛腳凍、一些牛肉高湯、一瓶阿斯匹靈，買完後走到門口，又轉身回去再買一包乾麵包片。總共花了十六先令，讓她手提袋裡只剩下四先令。郵局帳戶裡還有十一英鎊，不過要等到明天才可以提款。她回到利馬斯的公寓時，水正好煮開。她學母親以前的做法泡了牛肉茶[4]，在玻璃杯裡放湯匙，以避免杯子破裂。她這整段時間不時瞟向利馬斯，彷彿害怕他死去。

她必須讓他靠著身體坐起來，才有辦法餵他喝茶。利馬斯只有一個枕頭，房間裡也找不到軟墊，所以她從門後取下他的大衣，捲成一團，安放在枕頭後面。麗姿很害怕摸到他，因為他全身冒汗，灰白短

4 用切片牛肉泡水加鹽的飲料，會用茶杯喝，充當生病時的補飲。

髮因此又濕又滑。她把杯子放在床邊，一手按住他的頭，另一手餵他喝茶。喝了幾口後，她壓碎兩顆阿斯匹靈，用湯匙餵他吞下。她把他當作小孩對他講話，坐在床邊看著他，有時用手指輕撫他的頭與臉，一次又一次低聲唸著他的名字：「艾列克，艾列克。」他的呼吸逐漸規律，從高燒的劇痛漸漸沉入睡夢，身體也更加放鬆。麗姿觀察著他，意識到危機已過。突然間，她發現天幾乎全暗下來了。這時她覺得很羞愧，因為她知道自己早該開始打掃整理。她跳起來，找來一個掃毯器，並從廚房裡拿條抹布，開始用狂熱的精力打掃。她找到一塊乾淨的擦碗巾，好好攤開放在床邊小桌上，然後清洗了散落在廚房裡的少數咖啡杯與碟子。一切清理妥當後，她看了一下手錶，發現已經八點半。她再燒一壺水，走回床邊。利馬斯正看著她。「艾列克，別生氣，拜託，」她說，「我就走，我跟你保證會，可是讓我幫你煮一餐像樣的東西吃。你生病了，不能一直這樣下去，你……噢，艾列克。」她情緒失控啜泣起來，雙手摀住臉，淚水從指間流下，一如孩童的眼淚。他讓她哭個夠，以自己的棕眼凝望著她，雙手則緊抓被單。

•

她幫利馬斯梳洗和刮鬍子，也找到幾件乾淨的睡衣幫他換上。她給他服用一些牛腳凍，以及一些她從斯利曼先生藥房買來的雞胸肉罐頭。她坐在床上看著他進食，覺得自己從來沒有這麼開心過。

沒過多久，他呼呼睡去，麗姿替他將被單拉到肩頭，然後步向窗前。她拉開破舊襤褸的窗簾，向上打開窗框，往外望去。天井裡另有兩扇窗戶裡面亮著燈，她看得見其中之一閃爍著電視螢幕的藍光，電視機周圍的幾個身影被迷住了，動也不動；另一個窗戶裡有個相當年輕的女子，正在調整頭髮上的捲髮器。他們的夢想有股難以理解的妄想，麗姿很想為他們的幻夢哭泣。

她在扶手椅上睡著了，直到朝陽即將東昇才醒來，全身僵硬冰冷。她走到床邊，利馬斯在她注視時微微抖動，她則用指尖碰觸他的嘴唇。利馬斯沒有張開眼睛，卻輕輕握住她的手臂，拉她躺到床上，這時她忽然慾火高漲，什麼也顧不得了，一遍又一遍吻著他。她停下來看著他時，發現他似乎在微笑。

•

她隨後連續六天都過來探望利馬斯。他對麗姿總是沒說什麼話，有一次麗姿問他愛不愛她，他便說他不相信童話故事。她會躺在床上，頭靠在他的胸口，而他有時會以粗大的手指伸進她的頭髮，相當用力壓著，麗姿會因此大笑和喊疼。星期五晚上，麗姿發現他穿好衣服卻沒有刮鬍子，心裡納悶他為什麼不刮。不知何故，這使她感到緊張。房間裡有些小東西不見了——他的時鐘，以及放在桌上的廉價手提式收音機。她想開口問卻又不敢。她買了一些雞蛋和火腿，為兩人煮晚餐，而利馬斯則坐在床上，菸一根接著一根抽。開飯時，他走進廚房拿來一瓶紅酒。

晚餐期間他幾乎不發一語，她則在一旁看著他，恐懼感不斷增強，最後終於忍無可忍，突然大叫：

「艾列克……噢，艾列克……怎麼一回事？是要分手了嗎？」

他從餐桌前起身，握住她雙手，以他從來沒用過的方式親吻她，低聲對著她說了很多話，告訴她一些她只稍微懂的東西，她也只聽進去一半，因為她一直曉得兩人情分到此為止，講什麼都無關緊要了。

「再見了，麗姿，」他說，「再見。」接著又說，「別跟著我。別再來找我了。」

麗姿點點頭，喃喃說：「一如我們約定的。」她很感激外頭街上的凜冽寒意，還有讓路人看不見她流淚的黑夜。

•

就在隔天早上，也就是星期六，利馬斯在雜貨店要求賒帳。他沒什麼美化手法，希望以非蓄意的態度提高得手的機率。他點了六、七項東西，總價不超過一英鎊，然後等它們包好、放進購物袋時，他才說：

「我看你還是把帳單寄給我好了。」

雜貨店老闆露出面有難色的微笑：

「恐怕辦不到。」敬語「先生」明顯被省略掉。

「他媽的為什麼辦不到？」利馬斯問，在他後面排隊的人不安地騷動起來。

「我不認識你。」老闆回答。

「該死的別傻了，」利馬斯說，「我光顧你的店已經四個月了啊。」老闆臉紅了起來。

「我們在讓顧客賒帳之前，會先請銀行擔保。」他說。利馬斯一聽就脾氣失控。

「少給我胡說八道，」他大罵，「你的顧客有一半從來沒看過銀行裡面長什麼樣，這輩子也該死的不會進去。」這是句讓人聽不下去的異端邪說，因為字字屬實。

「我不認識你，」老闆口氣沙啞地重複，「而且我也不喜歡你。現在給我滾出我的店。」並且試圖收回雜貨，但不幸的是利馬斯已經抓在手上。大家對隨後發生的事情眾說紛紜：有人說老闆想奪回袋子時推了利馬斯一把，其他人則說他沒有。不管有沒有推人，利馬斯確實打了老闆，多數人認為打了兩拳，右手甚至拿著雜貨袋沒有鬆手。他似乎沒有動用拳頭，而是以左手手刀劈擊，然後再用同樣迅雷不及掩耳的速度以左手肘頂了對方一下；老闆於是直直向後倒地，像塊石頭般躺著不動。稍後法庭說老闆受到兩處傷，第一擊劈碎頰骨，第二擊讓他下巴脫臼，這一點被告選擇不抗辯。各家日報對本案的報導雖然夠多，但沒有大加渲染。

6 聯絡人

夜裡，他躺在床鋪上，聽著囚犯們發出的聲響。有個男孩在啜泣，有個老囚在唱《在伊爾克利草原上沒戴帽子》[5]，敲打錫罐伴奏。每段結束時，一個獄卒會高喊「給我閉嘴，喬治，討人厭的老東西。」卻沒有人理會。有個愛爾蘭人在唱關於愛爾蘭共和軍的歌曲，只不過其他人說他犯的其實是強姦罪。

利馬斯白天盡可能多做運動，希望夜裡能夠睡得安穩些，可惜毫無助益。你到了晚上就會知道自己人在監獄：入夜後什麼東西也看不見，沒有視覺幻象，沒有自欺欺人的想法讓你擺脫囚牢令人作嘔的桎梏；你無法逃離監獄的味覺、躲不掉囚衣的氣味，避不開監獄噴灑強烈消毒水的惡臭，遮不住被囚之人製造的噪音。就是在夜半時分，遭到監禁的憤慨才變得令人難以忍受，讓利馬斯更渴望走在倫敦公園和煦的陽光下。就是在此時，他才更加痛恨囚禁自己的醜陋鋼鐵牢籠；他必須竭力遏制住衝動，才不至於赤手空拳地痛打鐵欄杆，才不至於劈碎獄卒的頭蓋骨、衝進倫敦自由又自在的空間中。有時候他會想起麗姿。他會讓思緒短暫停留在她身上，如同照相機的快門，短暫回想起她修長身軀上有軟有硬的觸感，然後將她排除在回憶之外。利馬斯這個人不習慣依賴夢想維生。

5 用約克夏方言唱的著名約克夏民謠《On Ilkla Moor Baht 'at》。

他對牢友感到輕蔑不屑，牢友對他也痛恨有加。他們痛恨他，是因為他能成功維持每個囚犯心中無不嚮往的身分：一個謎團。在集體化生活下，他仍能保持部分能區別的個體人格；在動真情的時候，別人無法引誘他談起自己的女朋友、家人或是兒女。大家對利馬斯一無所知；他們等了又等，利馬斯就是不肯對他們交心。新來的囚犯大致可區分為兩種類型。一種是帶著羞辱、恐懼或驚嚇的人，抱著入迷的驚恐感等著接受震撼教育，好踏入傳說中的階下囚生活。另一種人則拿自己新奇的悲慘遭遇來交換，藉此在獄友群體裡受人歡迎。以上兩種事，利馬斯一概不碰。他似乎因為能輕視所有人而沾沾自喜，而牢友痛恨他是因為他與牢外的世界一樣都不需要他們。經過十天左右，牢友們受夠了。

老大沒有獲得應有的尊重，小弟沒有從他那裡獲得慰藉，所以大家合力在等晚餐的隊伍裡擠他。擠人是一種監獄儀式，類似十八世紀的推擠，好處是表面上乍看像是意外一樁，被推擠的囚犯餐盤底部朝天，飯菜倒在囚衣上。有人從一邊衝撞利馬斯，另一邊有人配合演出地用手打他的上臂，於是得逞。利馬斯一句話也沒說，若有所思地看著左右那兩人，默默接受一位獄卒的卑劣謾罵——儘管發生了什麼事，獄卒心知肚明。

四天之後，利馬斯手持鋤頭在監獄的花床工作，一不小心似乎踉蹌了一下。當時他雙手在胸前拿著鋤頭，手柄末端露在右手掌心外面約六英寸。正當他拚命想站穩時，他右邊的囚犯痛得彎腰呻吟起來，雙臂捧著肚子。自此之後，推擠事件再也不曾發生在他身上。

監獄中最奇怪的事情，或許莫過於他出獄時領到的棕色紙袋。他竟然荒謬地聯想到結婚儀式——謹以此戒指與你共結連理，謹以此紙袋送你回歸社會。他們將紙袋交給利馬斯，叫他簽收，裡面裝了他重回外面世界所需的一切，除此之外什麼也沒有。利馬斯感覺服刑三個月來，就是這一刻最缺乏人性尊嚴，他決定一出監獄，就立刻將紙袋扔掉。

坐牢期間他似乎是個沉默寡言的囚犯，沒有人對他提出過申訴。典獄長對利馬斯的案子隱約感到興趣，他發誓能從利馬斯身上看出愛爾蘭裔血統，故私下將整件事歸因於這一點特質。

「出獄後，你準備做什麼？」他問利馬斯。利馬斯毫無笑意地回說他要重新開始，典獄長則說重新開始很不錯。

「你家人呢？」他問。「你沒辦法跟老婆重修舊好嗎？」

「我會盡力而為，」利馬斯回答得漫不經心，「可惜她已經改嫁了。」

假釋官希望利馬斯到白金漢郡一所精神病院擔任男護士，利馬斯也答應會寄出履歷表，甚至還記下醫院地址，以及從馬里波恩出發的火車時刻。

「現在到大米森登的鐵路都已經電氣化了。」假釋官接著說。利馬斯說那樣會有幫助。於是獄方將紙袋交給利馬斯，利馬斯便離開了。他搭公車到大理石拱門[6]，下車後步行。他口袋有一點點錢，打算讓自己好好吃一頓飯。他想走過海德公園到皮卡迪利街，然後穿越格林公園與聖詹姆士公園到國會廣場，順著白廳路漫步到岸濱街。他想去查令十字車站附近一家很大的餐飲店，用六先令價格吃份不錯的牛排。

6 Marble Arch，一八二八年原作為白金漢宮一個大門的拱門，仿羅馬君士坦丁凱旋門設計，一八五五年遷到牛津街西端的現址。

那一天倫敦很美。春天來得晚，公園開滿了番紅花與水仙。涼爽清新的南風吹來，他想要、也能走上一整天。不過他手裡還拿著紙袋，不甩掉不行。垃圾籃太小了；如果他想把紙袋塞進去，看起來一定很可笑。他想，紙袋裡有一、兩個東西應該先拿出來，是他的討人厭證件：保險卡、駕駛執照以及E．九三（管它是什麼東西），全放在一個暗黃色的大英政府信封中，但是他突然懶得拿出來了。他在一張長椅上坐下，把紙袋放在身邊，放得不是很靠近，然後身體稍微移開。過了兩、三分鐘，他走回剛才的人行道，將紙袋留在長椅上。他才一走上步道，就聽見有人大喊；他轉身，動作或許有點快，看見一個身穿陸軍雨衣的男人對著他招手，另一手拿著那只棕色紙袋。

利馬斯雙手插在口袋裡，不打算抽出來，他停住腳步，回頭看著身穿雨衣的男子。男子猶豫了一下，顯然以為利馬斯會走向他或是表現出一點興趣，但利馬斯什麼表示也沒有，反而聳聳肩，繼續沿著人行道走。他聽見對方再度大喊一聲，不去理會，也知道對方正尾隨而來。他聽見腳步踩在砂石上的聲響，半跑半走快地速接近他，然後聽見一個有點懊惱、有點上氣不接下氣的人聲：

「喂，你——站住啊！」接著他就趕到利馬斯身邊，因此利馬斯停下腳步，轉頭看著他。

「有什麼事？」

「這是你的紙袋，對嗎？你放在椅子上忘了帶走。我剛才叫你，你怎麼不停下來？」

這人長得很高，棕色的頭髮相當捲，繫橙色領帶，襯衫是淡綠色。利馬斯心想，他性情有點急躁，舉止有點女性化。這模樣可以當個中小學老師，倫敦政經學院畢業，並在郊區主持一個戲劇社團。視力不太好的樣子。

「你可以放回椅子上，」利馬斯說，「反正我不想要了。」

男子臉紅起來：

「不能丟在那邊不管啊，」他說，「那樣是亂丟垃圾呢。」

「我該死的當然可以丟掉，」利馬斯回嘴，「總有人撿到會覺得有用。」他準備繼續走開，但這名陌生男子仍擋在前面，雙臂像抱著嬰兒般捧著紙袋。

「給我滾開，」利馬斯說。「行嗎？」

「老兄，」陌生人聲音提高一度，「人家是想幫你一個忙，何必這麼凶巴巴？」

「如果你那麼想幫我忙，」利馬斯回答，「為什麼剛才跟蹤了我半個鐘頭？」

利馬斯心想，這人滿厲害的。男子外表不為所動，但內心一定震驚不已。

「好吧，要是你真想知道，我覺得你好像我在柏林時認識的一個人。」

「所以你跟蹤了我半個鐘頭？」

利馬斯的嗓音滿是諷刺意味，棕色眼球片刻不離對方的臉。

「哪有半個鐘頭？我在大理石拱門看到你，覺得你是艾列克．利馬斯，以前我跟你借過錢。我以前是在柏林的ＢＢＣ工作，跟這個人借過錢。借錢沒還，我一直良心不安，所以才跟蹤你；只是想確定一下。」

利馬斯繼續盯著他看，什麼也沒說，心想這人稱不上聰明絕頂，但也算很不錯了。他的說法太牽強，但也不打緊。重點是在利馬斯破解了原本的經典搭訕藉口後，對方居然能另闢蹊徑，堅持到底。「我是利馬斯，」他最後終於說，「你到底是什麼人？」

•

他說他姓艾許（Ashe），急忙接著說字尾有個e，利馬斯便知道他在說謊。對方假裝不太確定他真的是利馬斯本人，所以吃午餐時兩人打開紙袋，看看裡面的國家保險卡。利馬斯心想，我們兩個的模樣就像兩個娘們兒，坐在一起欣賞一張黃色明信片。艾許點餐時對價格有一點點不太在意，兩人飲用一些巴伐利亞法蘭克葡萄酒來追憶往事。利馬斯一開始先堅稱自己不記得艾許，而艾許也說他很驚訝，口氣暗示內心受傷。他說，兩人是在一場派對上結識的，德瑞克．威廉斯讓出他在選帝侯大街的公寓當場地（這點他沒說錯），而派對當晚所有記者都在場。艾列克想當然記得這件事吧？不記得，利馬斯說他不記得了。好吧，那利馬斯一定記得《觀察家報》的德瑞克．威廉斯吧，大好人一個，給大家辦了這麼美妙的披薩派對？利馬斯對姓名的記性很差，畢竟他們談的年份是一九五四，而在那之後發生過的事多如過江之鯽……艾許就記得一清二楚（他受洗為基督徒的名字是威廉，多數人叫他比爾）；艾許的記憶宛如歷歷在目。大家喝了不少雞尾酒、白蘭地跟薄荷甜酒，都有點醉醺醺的，德瑞克找來一些真的很標緻的女孩子，把茱克斯坦舞廳的半數歌舞團拉過來，艾列克想必記得這些事吧？

利馬斯認為如果比爾能繼續多講一點，或許他就能回想起來。

比爾繼續說下去——無疑是臨場發揮，不過他說得有模有樣，稍微加重對性愛方面的描述，說明兩人最後怎麼帶了三個小姐到夜店去；艾列克是政治顧問辦事處的人，而比爾啊，比爾覺得很難為情，因為他身上沒帶錢，讓艾列克代墊，後來比爾想帶小姐出場，艾列克又借他十元……

「天啊，」利馬斯說，「我想起來了，怎麼會想不起來？」

「我就知道你會想起來，」艾許很高興地說，舉起酒杯對利馬斯點頭，「聽著，我倆把剩下半瓶喝光算了，這實在太過癮。」

•

有些人在建立人際關係時，會根據挑戰與回應的原則來進行，艾許正是這階級的典型人士，在找到弱點時挺進、遇到抵抗時撤退。既然他個人沒有特別的意見或品味，他就倚賴一切合乎同伴喜好的觀點。不論是到福南茶館喝茶，或上惠特比酒吧喝啤酒，他一概奉陪；不管是去聖詹姆士公園聽軍樂，或到康普頓街的地窖俱樂部欣賞爵士樂，他也都願意；他一提到南非沙普威爾大屠殺事件[7]，嗓音就會因同情而顫抖，提到英國有色人種越來越多時，也會講得義憤填膺。對利馬斯而言，這種明顯被動的角色相當令他做嘔，讓他興起了欺負對方的念頭。他會以溫和的手法請君入甕，然後自己退出來，讓艾許不斷從

7　一九六〇年三月二十一日，南非 Sharpeville 鎮，抗議種族隔離法的五千到七千名黑人到警局前示威，警方開火殺死六十九人。南非要等到一九六一年才脫離大英國協成為獨立國家。

利馬斯誘入的死巷裡倉惶逃出。當天下午，利馬斯故意作對的程度有時實在太厚顏無恥，假如艾許一氣之下終止對話，也是有理有據——原因不只是付錢的人是他。但艾許並沒有那麼做。有個戴眼鏡、面帶愁容的小個子男人獨自坐在隔壁桌，埋首閱讀關於製造滾珠軸承的書，如果他聽到兩人的對話，一定會推想利馬斯正在恣意發揮虐待狂的本性，不然就會認為（如果他知覺特別敏銳的話）利馬斯是出於自滿、想證明給自己看，唯有別具強烈企圖的人才會忍受這種待遇。

兩人請服務生送來帳單時，已將近四點，利馬斯堅持要付自己的一半。艾許當然不願意，他付了帳，並且取出支票簿，準備還清他對利馬斯的欠款。

「就算二十英鎊吧。」他在支票上填寫日期。然後他抬頭看利馬斯，眼睛睜得老大，滿臉親切。

「這個嘛，給你支票沒問題吧？」

利馬斯臉色稍微紅了起來，回答說：

「我現在沒有銀行戶頭，因為才剛從國外回來，我真的得快點搞定才行。這樣吧，你開支票給我，我到你的銀行去兌現好了。」

「親愛的老兄啊，我作夢都不敢這樣想！要兌現的話，你可要老遠跑到若瑟海斯區去呢！」利馬斯聳聳肩，艾許笑了起來，兩人相約隔天下午一點在同一地點見面，艾許會帶現金來。

艾許在康普頓街角搭上計程車，利馬斯對著車揮手，直到計程車離開視線為止。車開遠之後，他看看手錶。四點。他猜想一定還有人在跟蹤他，於是走路到艦隊街，在黑與白咖啡店喝了杯咖啡。

他打量書店，閱讀攤開在報社展示窗的晚報，然後彷彿臨時想到什麼，相當突然地跳上公車。公車開到路德門丘時，在地鐵站附近遇上塞車，因此他下了公車，改搭地鐵。他買了一張六便士的車票，站在最後一節車廂，到了下一站就下車。他改搭另一班地鐵到尤斯頓，再步行回查令十字車站。走到車站時，已是晚上九點，氣溫降到相當低。有輛廂型車停在前庭等人，司機睡得很沉。利馬斯瞄了一下車牌，走過去並隔著車窗叫喚：

「你是克列蒙茲來的嗎？」司機嚇了一跳醒過來，問：

「湯瑪斯先生嗎？」

「我不是，」利馬斯回答，「湯瑪斯有事不能來。我是霍恩茲洛自治市來的艾米斯。」

「上車吧，艾米斯先生。」司機回答，同時打開車門。他們朝西往國王路的方向駛去。司機知道路線。

老總打開房門。

「喬治·史邁利出去了，」他說，「我借住在他家。進來吧。」一直等到利馬斯走進房子，關上前門，老總才打開大廳的電燈。

「我一直被跟蹤到吃午餐。」利馬斯說。他們走進小起居室，到處都擺著書本。這個房間很漂亮；挑高，有十八世紀的裝飾線、長長的窗戶，還有一個不錯的壁爐。

「他們今早找上我。一個叫做艾許的傢伙。」他點了一根菸。「流裡流氣的。我們明天還會再見面。」

老總細心聽著利馬斯的敘述，一幕接一幕，從他打傷雜貨店老闆福特那天開始，一直到當天早上碰見艾許為止。

「你覺得監獄生活如何？」老總詢問的口氣活像在問利馬斯度假是否愉快。「很抱歉，我們沒辦法改善你的環境，也沒辦法提供額外的慰藉，不過，要是給你特殊待遇，就露出馬腳了。」

「當然。」

「不前後一致不行。每次到轉折點，都要保持一致性。更何況，要是揭穿效果，就前功盡棄了。我知道你那時生了病，我很遺憾。生什麼病了？」

「發燒而已。」

「在床上躺多久？」

「大概十天。」

「想必很痛苦吧？當然沒有人能照顧你。」

兩人沉默了很長一陣子。

「你知道她是共產黨員，對不對？」老總輕聲問。

「知道，」利馬斯回答，之後又是一陣無言以對。「我不希望把她牽扯進來。」

「她為何得被扯進來？」老總這句話問得刺耳；有那麼一會兒，短暫的一時之間，利馬斯還以為他戳破了那個學究式不帶感情的假象。「有誰建議過要把她扯進來嗎？」

「沒有人，」利馬斯回答，「我只是要強調一下。完全採取攻勢的情報行動——我很瞭解這些事會如何發展。它們會產生副作用，朝最不期然的方向急轉直下。你認為已經釣上一條魚，結果發現另外又鉤上一條。我希望你們不要拖她下水。」

「噢，不會，不會。」

「職業介紹所的那個男人是誰——叫皮特吧？大戰期間他不是在圓場嗎？」

「我不認識叫這名字的人。你說他叫皮特是嗎？」

「對。」

「不，我沒聽過。在職業介紹所？」

「噢，拜託別裝傻了。」利馬斯以對方聽得到的音量喃喃自語。

「抱歉，」老總邊說邊站起來，「我竟然忘記身為代理主人的職責。你想不想喝一杯？」

「不想。老總，我今晚就想離開。我想到鄉下去，鍛鍊一下身體。總部現在有開嗎？」

「我安排好了車子。」他說。「你明天幾點見艾許？一點鐘？」

「對。」

「我會打電話給霍爾丹，通知他你需要一些錢。你最好去看醫生，看看為什麼發燒。」

「不必。」

「隨你便吧。」

老總為自己倒了一杯威士忌，茫然地看著史邁利書架上的書。

「為什麼史邁利不在家？」利馬斯問。

「他不喜歡這次行動，」老總回答得漠不關心，「他覺得很沒品味。當中的必要性他明白，不過他不想插手。他的狂熱，」老總補充，帶著怪誕的微笑，「又捲土重來了。」

「他當初可沒有真的熱情迎接我。」

「是啊。他不希望參一腳。不過，他跟你說過穆恩特的事吧，說過整個事情的背景對嗎？」

「有。」

「穆恩特這個人非常**冷酷**，」老總思索，「這一點我們絕對不能忘記。而且他是個優秀的情報官。」

「史邁利知道這次行動的原因嗎？他知道其中的特殊關注？」

老總點點頭，喝了一小口威士忌。

「結果還是不喜歡？」

「不是道德不道德的問題。他就像是厭倦看到鮮血的外科醫生。要是有其他人操刀，他就心滿意足了。」

「告訴我，」利馬斯繼續說，「你為什麼這麼有把握這次行動能得到我們想要的結果？你怎麼知道是東德人在搞鬼？怎麼知道不是捷克人或是蘇聯人？」

「放心，」老總的口氣有點自滿，「那部分已經料理妥當。」

兩人走到門口時，老總輕輕將手放在利馬斯的肩上。

「這是你最後一次任務，」他說，「事後就可以讓你從寒冷的外面進來。至於那個女孩子——你想不想找人處理她，給她錢或什麼的？」

「等事情結束再說。屆時我自己處理就行。」

「很對。現在想做任何事，風險未免太高。」

「我只希望你們別去碰她，」利馬斯加重語氣再說一遍，「我只希望你們別去找她麻煩。我不希望你們建立她的檔案之類的。我希望大家忘掉她。」

他對老總點點頭，然後緩緩走入夜色中。走進寒冷的外面。

7 紀沃

隔天，利馬斯赴約與艾許共進午餐時，遲到了二十分鐘，身上還帶著威士忌的酒氣。儘管如此，艾許一瞧見利馬斯，興奮之情絲毫不減。他聲稱自己也是剛到，因為去銀行提款而拖晚了點。他交給利馬斯一個信封。

「全部是一英鎊鈔票，」艾許說，「希望你不介意。」

「謝了，」利馬斯說，「我們來喝一杯吧。」他沒刮鬍子，領子汙穢不堪。他招來服務生，為自己點了一大杯威士忌，替艾許點了粉紅琴酒。酒端上後，利馬斯以顫抖的手將蘇打水倒進酒杯，差點灑到杯外。

他們吃得很開心，喝了不少酒，說話的多半是艾許。一如利馬斯預料，對方一開始先講自己的事。老套，但也不算太差。

「老實說好了，我最近弄到一份輕鬆的好差事，」艾許說，「幫外國報紙自由撰稿，寫些英國的專題報導。離開柏林後，我一開始搞砸了不少事——先是BBC不願續約，接下來的工作是管理一份令人生厭、辦事不牢的週報，主題是六十歲以上老年人的嗜好。你能想像還有什麼工作比這更可怕嗎？印刷工人第一次罷工時，週報就倒了——我沒辦法告訴你我有多麼慶幸啊。之後我回喬丁漢跟老媽住了一段時間。她開了一間古董店，生意還算興隆，多謝你關心。後來我接到老朋友的來信，他其實叫山姆·紀沃，正想成立新聞社，專門針對外國報紙賣些有關英國生活的小專題報導；你應該知道這種報導吧？例如以莫里斯民俗舞會為題寫個六百字。山姆還有個新賣點，就是把已經翻譯好的東西賣出去——結果你知道嗎？果然做出特色來了。大家一向認為，對方可以自己付錢找人翻譯，不然自己翻譯就行了，可是如果你想替外國專欄區找半欄的報導填版面，你可不會想浪費時間和金錢在翻譯上。山姆的出招策略是直接聯絡上編輯——像個吉普賽人踏遍全歐洲，真可憐的傢伙——不過這種做法能輕鬆讓銀子進口袋。」

艾許停頓下來，等著利馬斯接受示意，談談他自己的過去，不過利馬斯選擇忽視。他只是悶悶地點頭說：「好極了。」艾許本想點葡萄酒，但利馬斯說他想繼續喝威士忌。等到咖啡端上來，他已經喝下四大杯。他的身體狀況似乎很差；他已經養成了酒鬼的惡習，喝酒時習慣將嘴巴湊向杯緣，唯恐自己的手不聽使喚，讓到手的美酒飛走。

艾許默默不吭聲好一陣子。

「你不認識山姆，對吧？」他問。

「哪個山姆？」

艾許的口氣裡出現一絲惱怒：

「山姆·紀沃，我老闆呀。就是我剛才跟你講的那個人。」

「他當年也在柏林嗎？」

「沒有。他很熟德國，不過從沒住過柏林。他在波昂時幫人捉刀過，自由撰稿之類的。你可能跟他碰過面。他人很好。」

「我不認為有見過。」沉默片刻。

「你最近都在做什麼，老兄？」艾許問。

利馬斯聳聳肩。

「被冷凍了，」他回答，淺笑得近乎傻氣，「被抓出來，被打入冷宮。」

「我忘了你當年是在柏林做什麼？你不是神祕的冷戰鬥士之一嗎？」利馬斯心想，天啊，你未免也逼問得太急了吧。

利馬斯遲疑了一下，然後臉紅起來，以野蠻的口氣說：「在該死美國佬的辦事處當辦公小弟啦，我們一幫人都一樣。」

「你知道，」艾許彷彿考慮良久之後才開口，「你應該去見見山姆。你會喜歡他這個人的。」接著他小題大做地說，「哎呀，艾列克，我連怎麼跟你聯絡都不知道哩！」

「沒辦法聯絡。」利馬斯茫茫然回答。

「我真搞不懂你啊，老兄。你現在住在哪裡？」

「這附近。生活有點不太舒適。工作還沒有著落。那些狗雜種不願意給我像樣一點的退休金。」

艾許神情驚恐。

「哇，艾列克，那可真糟糕；怎麼不早點告訴我？這樣吧，不如跟我回家，暫時住我那兒？地方是小了點，要是你不介意睡行軍床，我倒是空得出一個房間給你。你總不能睡在樹上吧，老兄！」

「我還可以撐個幾天，」利馬斯邊回答邊拍拍裝了信封的口袋。「我會去找工作，」他堅決地點點頭，「一個禮拜左右找到，然後就沒事了。」

「什麼樣的工作？」

「這個嘛，我也不知道。什麼都行。」

「可是，你不能就這樣自暴自棄吧，艾列克！我記得你德語講得就像道地的德國人；你能做的差事一定很多！」

「我的確做過各種差事。幫某個美國爛公司推銷過百科全書，在一間靈異圖書室做書籍分類，在臭氣熏天的黏著劑工廠替工作卡打孔。我該死的能做什麼差事？」他並沒有看艾許，而是盯著他前方的桌面，激動的嘴唇快速蠕動著。艾許對他激動的神情做出反應，將身子靠向桌面，加強語氣對利馬斯說話，幾乎帶有凱旋的意味。

「艾列克啊，你需要的是聯絡人，難道你看不出來嗎？我知道你的苦處，因為我自己也曾排隊領救濟食物。就是在時運不濟的時候，你才需要多認識一些人。我不知道你在柏林都做些什麼，我也不想知道，不過想必不是那種可以認識貴人的工作，對吧？要不是五年前我在波茲南認識山姆，現在可能還在領救濟食物呢。你聽我說，艾列克，過來我住的地方，跟我住一、兩個禮拜。我們找山姆過來，如果以前在柏林的記者老朋友也在倫敦，就再找一、兩個人。」

「可是，我文筆不行，」利馬斯說，「狗屁不通的文章都寫不出來。」

艾許一手放在利馬斯手臂上，「好了，別緊張嘛，」他以緩和人心的口氣說，「我們就一步一步慢慢來。你的家當在哪裡？」

「我的什麼？」

「你的東西，衣服、行李之類的東西。」

「我什麼也沒有。以前的東西全賣掉了，除了那個紙袋。」

「什麼紙袋？」

「你在公園撿起來的那個棕色紙袋。我本來想扔掉的那個。」

•

艾許的公寓位在海豚廣場。正如利馬斯預料，既小又不起眼，擺飾著幾個急忙湊齊的德國古董：啤酒杯、農人的菸斗、幾件二流的寧芬堡[8]式家具。

「我週末都回卓特咸陪媽媽，」他說，「只有在星期三用這個地方。很方便。」他以不以為然的口氣補充說。兩人將行軍床擺在小小的起居室裡。此時大約是四點三十分。

「你在這裡住多久了？」利馬斯問。

8 Nymphenburg Palace，位於慕尼黑的十七世紀巴洛克式宮殿。

「喔——大概一年或更久吧。」

「很容易就找到了？」

「這種公寓嘛，你也知道，時有時無。你去登記，然後有一天他們會打電話通知你，說輪到你了。」

艾許泡了茶，兩人拿來喝，利馬斯顯得悶悶不樂，宛如不習慣過好日子似的。就連艾許也顯得有點安靜。喝完茶後，艾許說：「我出去買點東西，不然商店要打烊了，然後我們再決定接下來怎麼搞定一切。我今晚可能會打個電話給山姆——我覺得你們倆越早認識越好。你乾脆先睡個覺吧？——你看來累壞了。」

利馬斯點點頭。「你真是個大好人——」他彆扭地比劃著，「——給了我這一切。」艾許在他肩膀拍了一下，拿起軍用雨衣就往外走。

利馬斯一確定艾許確實離開大樓，就小心翼翼拉上公寓前門的門拴，下樓到中央大廳，那邊有兩個電話亭。他撥了一個梅達谷的號碼，找湯瑪斯先生的祕書。另一端馬上傳來一位女孩的聲音：

「我是湯瑪斯先生的祕書。」

「我代山姆．紀沃先生打這通電話，」利馬斯說，「他接受了邀請，希望能在今晚親自跟湯瑪斯先生聯絡上。」

「我會傳達給湯瑪斯先生知道。他知道要上哪裡聯絡你們嗎？」

「海豚廣場，」利馬斯回答，然後說出地址，「再見。」

他到櫃檯詢問了幾件事後返回艾許的公寓，坐在行軍床上凝視著自己交握的雙手。過了一會兒，他躺下去。他決定接受艾許的建議，休息一下。當他閉上眼睛，他回想起在貝瓦特路的公寓時，麗姿躺在他身邊的感覺，隱約想著不知她近況如何。

•

他被艾許叫醒。艾許帶著一個身材矮小、相當臃腫的男人，轉灰的頭髮往後梳，身穿雙排釦西裝，講話帶有輕微中歐口音；大概是德國口音吧，很難判斷。他說他姓紀沃——山姆．紀沃。

三人喝著琴湯尼，講話的多半是艾許。他說，這就好像在柏林的老時光：男生晚上聚在一起，隨心所欲，為所欲為。紀沃說他不想待太晚，他明天還得上班。三人同意到一家艾許知道的中國餐館吃飯，就在萊姆豪斯警察局對面，飲酒得自備。說也奇怪，艾許的廚房裡正好有些勃艮地酒，他們就拎去搭計程車。

晚餐非常美味可口，三人喝光了兩瓶酒。喝到第二瓶時，紀沃稍微打開了話匣子：他剛去西德與法國走了一圈。法國情況亂糟糟，戴高樂即將過氣，只有老天爺知道接下來會怎樣。既然有十萬名士氣低落的殖民者從阿爾及利亞返國[9]，他認為法西斯主義可能因此抬頭。

9　一九五四年起，阿爾及利亞的民族解放陣線開始以武力反抗法國殖民者統治。一九五八年，法國國民議會被迫授予戴高樂全權，使之建立第五共和，並在阿國投入大量兵力，以激烈手段鎮壓叛軍，雙方死傷慘重。一九六二年七月，法國承認阿爾及利亞獨立，僅

「德國情況怎樣？」艾列克問道。

「就看美國佬能不能掌握住他們了。」紀沃以請求的神情望著利馬斯。

「怎麼說？」利馬斯問。

「就是我剛才說的。杜勒斯[10]一手交出去的外交政策，現在被甘迺迪用另一手收了回來。他們氣得牙癢癢的。」

利馬斯忽然點頭說，「該死的典型美國佬作風。」

「艾列克好像不太欣賞我們的美國親戚呀，」艾許加重口氣插嘴進來，而紀沃以完全不感興趣的語氣喃喃說，「噢，是嗎？」利馬斯心想，紀沃是在放長線釣大魚。他就像懂得馴馬的人，會讓你主動靠過去。他以完美的演技傳達出一個形象，是個猜測自己即將受到請求的人，並且故意擺出高姿態。

晚餐後艾許說，「我知道華多街有個好玩的地方——山姆，你也去過。招待得不錯。我們乾脆叫部四輪大馬車一起過去吧？」

「等等，」利馬斯說，他的口氣似乎有什麼東西讓艾許立刻轉頭看他。「能否先告訴我一件事？這趟樂子誰來出錢？」

「我出，」艾許很快回答，「山姆和我。」

「你們事先討論過的嗎？」

「這個嘛，沒有。」

「因為我該死的身無分文；你知道對吧？我可沒有錢可揮霍。」

「當然了，艾列克。到目前為止我都在罩你，對不對？」

「對，」利馬斯回答，「對，你是一直在罩我。」

他似乎還想再說什麼，隨後改變心意沒說出口。艾許面露擔憂，但並未感到被冒犯，而紀沃則與先前一樣莫測高深。

•

坐上計程車後，利馬斯拒絕開口。艾許試過說幾句帶有安撫意味的話，利馬斯只是很不耐煩地聳聳肩。計程車開到了華多街，三人下了車，利馬斯與紀沃都沒有想付錢的意思。艾許帶著他們經過一個排滿成人雜誌的展示窗，穿過一條窄巷，另一端亮著俗麗的霓虹招牌「春柳俱樂部。會員專屬。」門口兩邊貼了女孩子的照片，每張相片中間貼著一條細長的紙，上面手寫著「天體研究。會員專屬。」

艾許按下門鈴。一個身穿白襯衫、黑長褲、體型巨大的男人立刻開門。

「我是會員，」艾許說，「這兩位先生是跟我一起來的。」

「讓我看看您的會員卡。」

僅數月內就有九十萬歐洲人與哈基人逃離。

10　應指 John Foster Dulles（1888-1959），艾森豪總統的國務卿。他弟弟 Allen Dulles（1893-1969）是中情局第一位文人局長。

艾許從皮夾裡取出暗黃色的卡片遞過去。

「你的客人每人付一英鎊的臨時會員費。推薦人是你，對吧？」他遞出卡片，這時利馬斯伸手越過艾許接走卡片。他看了一陣子，然後交還給艾許。

利馬斯從長褲後口袋掏出兩英鎊，放在守門人等著收錢的手上。

「兩英鎊，」利馬斯說，「幫客人付的。」然後他無視艾許震驚的抗議，帶著其他人穿過裝了門簾的門口，踏進俱樂部陰暗的門廳。他轉頭對門衛說：

「幫我們找張桌子，」利馬斯說，「再帶一瓶蘇格蘭威士忌過來。還有，確保別人別來煩我們。」

門衛遲疑了一會兒，決定別爭論，護送他們下樓。他們下樓時聽見不清楚的音樂，悶悶地輕哼。他們自己在最後面找到一張桌子。一個雙人樂隊正在演奏歌曲，小姐們在周圍三三兩兩地坐著。兩位小姐在他們進來時起身靠近，不過大個子門衛對她們搖搖頭。

在等服務生端來威士忌時，艾許神情不安地瞥看利馬斯。紀沃似乎有點覺得無聊。服務生端來一瓶酒以及三個平底玻璃杯，三人靜靜看著服務生在每個酒杯裡倒一些威士忌。利馬斯從服務生手裡拿來酒瓶，再為每個酒杯多倒一倍分量。斟完了酒，他隔著桌子對艾許說，「這下子你也許可以跟我講清楚，這該死的究竟是在幹麼了吧？」

「什麼意思？」艾許的口氣不太確定。「你這話是什麼意思，艾列克？」

「我出獄那天，你從監獄一路跟蹤我，」他輕聲說，「還編了荒唐至極的故事說在柏林見過我，給了我你根本沒欠的錢、帶我去享用大酒大肉，還安排我住進你的公寓。」

艾許臉紅了起來，「要是你覺得……」

「別插嘴，」利馬斯口氣很衝，「乖乖等老子講完，行嗎？你那張會員卡，是發給一個叫做墨菲的人。你的真名是墨菲嗎？」

「不，不是。」

「我想是一個叫做墨菲的朋友借你會員卡囉？」

「其實沒有。如果你非知道不可的話，我可以告訴你，我偶爾會來這裡找小姐。我加入會員時用的是假名。」

「那麼，」利馬斯毫不留情地追問下去，「為何你公寓登記的房客名字是墨菲？」

最後開口的人是紀沃。

「你可以回去了，」他對艾許說，「接下來交給我。」

•

有個小姐表演了脫衣舞，年紀很輕，了無生趣，大腿上有塊瘀青。她裸體的模樣可憐、骨瘦如柴，讓人看了心覺尷尬，因為毫不性感，既缺乏藝術氣質，也無法令人怦然心動。她慢慢轉身過來，偶爾抖動雙臂或雙腿，彷彿只聽到音樂的片段，全程還不斷看著觀眾，流露兒童在大人群體中表現出的早熟興趣。音樂的節奏忽然加快，女孩便如同小狗聽見哨聲一般，前後快步蹦跳起來。她在最後一個音符脫下胸罩，高舉在頭上，展現乏善可陳的肉體，上面貼了三片俗氣的亮片，如同過時的耶誕裝飾品。

利馬斯與紀沃兩人不發一語地看著表演。

「我猜你準備告訴我，我們在柏林看過比這個更精彩的。」利馬斯最後終於提問，紀沃聽得出他仍然非常生氣。

「你自己是看過，我想也知道。」紀沃愉快回應，「柏林我常去，但恐怕我不喜歡夜店。」

利馬斯沒吭聲。

「我不是老古板，只是比較理性。如果想找女人，我知道更便宜的管道；如果想跳舞，我也知道有更好的場所。」利馬斯或許沒有在聽。

「也許你可以告訴我，為什麼那個娘兒們會找上我。」他問。紀沃點頭。

「沒問題。是我叫他去找你的。」

「為什麼？」

「因為我對你有興趣。我想跟你談個提議，新聞工作方面的提案。」

兩人停頓片刻。

「新聞工作方面，」利馬斯重複他的話，「我懂了。」

「我有一家新聞社，賣國際專題報導。對於有趣的題材，稿費很高，非常高。」

「文章給誰刊登？」

「稿費很高。事實上，以你這種經驗的人……看過國際世面，有你這種背景——你也瞭解，如果能提供具有信服力、有事實根據的東西，就有辦法在相對短暫的時間內解決往後財務上的煩惱。」

「文章給誰刊登，紀沃？」利馬斯的口氣浮現威脅感。紀沃光滑的臉龐上似乎閃過一絲憂慮，但稍縱即逝。

「國際客戶。我有個駐巴黎的特派員，幫我處理很多東西，我往往也不清楚刊登的人是誰。我承認，」他接著面帶令人解除戒心的微笑說，「我其實根本不關心。他們付錢，然後要更多稿。你瞧，利馬斯啊，他們這種人才不管旁枝末節的尷尬小事；他們付錢乾脆，而且舉例來說，他們很樂意將錢匯入國外的銀行，那種地方沒人會管繳稅之類的事。」

利馬斯什麼也沒說。他雙手捧著酒杯，盯著酒杯裡看。

利馬斯心想，天啊，他們也太急躁了吧；這種做法真不妥當。他回想起一個愚蠢的雜耍劇場笑話：「這種提議，沒有一個體面的小姐能接受——更何況呀，這提議值多少錢我也還不清楚。」他想到，就策略而言，他們的確有理由急躁行事。我一貧如洗，監獄裡的經驗記憶猶新，對社會的憎恨感仍然強烈。我是老馬，不需要訓練；我不必假裝他們冒犯到我身為英國紳士的尊嚴。另一方面，他們會預期他吐出實務的反對聲音。他們會認定他感到害怕；因為英國情報局追叛徒追得很緊，如同上帝之眼追隨該隱橫渡沙漠。

最後，他們會知道這是一場賭局。他們會知道即使是計畫最周詳的諜報行動路線，也會因為人為決定的前後不一致，結果變得毫無意義；叛徒、騙子以及罪犯有可能會抗拒所有甜言蜜語，而受人尊重的紳士也有可能只因在公家餐廳吃到濕軟的甘藍菜，就決定犯下駭人聽聞的叛國罪。

「他們最好準備重金。」利馬斯最後喃喃說。紀沃再為他斟了一點威士忌。

「他們提出的頭期款是一萬五千英鎊。錢已經寄存在瑞士伯恩銀行。只要出示合適的證明——我的客戶會提供給你——你就能提領出來。我客戶有權在一年內問你問題，代價是另外五千英鎊。如果出現任何……重新就業的問題，他們會協助你。」

「你什麼時候要答案？」

「現在。他們不會要你將記憶全寫在紙上。你會跟我的客戶見面，他會找人來……代筆寫下。」

「我要去哪裡見他？」

「為了所有人的安全起見，我們認為最簡單的方式是在英國之外的地方見面。我的客戶提議荷蘭。」

「我沒有護照。」利馬斯悶悶地說。

「我自做主張，幫你弄了一本。」紀沃以嫻熟平緩的語氣回應。從他的口氣與舉止中，完全看不出他是在做協商生意之外的事。「我們明天早上搭九點四十五的飛機前往海牙。要不要回我的公寓，討論一下其他細節？」

紀沃付了錢，兩人搭計程車到距離聖詹姆士公園不遠處的另一個高級地段。

•

紀沃的公寓既豪華又高貴，家具卻不免給人一種倉促成軍之感。據說倫敦有商家能賣論碼計價的皮革封面書，還有室內裝潢師能調和牆壁與牆上繪畫的顏色。利馬斯對這種小事本來就沒有特別敏感，以至於一直難以記住自己是在私人公寓還是旅館裡。當紀沃帶利馬斯去看他的房間（窗外望去是骯髒的天井，不是街景）時，利馬斯問他：

「你在這裡住多久了？」

「噢，沒多久，」紀沃淡淡地回答，「幾個月吧。」

「一定花了不少錢。不過我猜這配得上你。」

「謝謝。」

他房間裡有一瓶蘇格蘭威士忌，還有一瓶蘇打水，放在鍍銀的盤子上。房間另一端有個裝了布幕的門口，通往浴廁。

「簡直是個愛的小窩嘛。全都是偉大的工人國家幫你出錢嗎？」

「給我閉嘴，」紀沃以野蠻的口氣說，然後補充，「如果你想找我，有個內線電話可以通到我房間。我今晚不睡。」

「我想我現在懂怎麼解開自己的鈕釦吧。」利馬斯反唇相譏。

「那就晚安了。」紀沃簡潔地說，隨後離開房間。利馬斯心想，這人內心也是七上八下。

•

利馬斯被床邊的電話鈴聲吵醒。是紀沃打來的。

「六點了，」他說，「六點三十分是早餐時間。」

「好。」利馬斯掛掉電話。他的頭好痛。

•

紀沃一定有打電話叫計程車過來，因為七點時門鈴響起，紀沃問他，「所有東西都準備好了嗎？」

「我沒有行李，」利馬斯回答，「只有牙刷和剃刀。」

「那些東西我們處理好了。其他方面都準備好了嗎？」

利馬斯聳聳肩。「大概吧。你有沒有菸？」

「沒有，」紀沃回答，「不過你可以上飛機再拿幾根。你最好先翻一遍這個。」他補充，交給利馬斯一本英國護照。上面註明的是他的姓名，貼上他本人的相片，角落重重加蓋外交部的大鋼印。護照不新也不舊；上面描述利馬斯是書記員，單身。初次將這本護照握在手裡時，利馬斯有點緊張。就像結婚一樣：無論今後發生什麼事，一切都將完全改觀。

「那機票錢呢？」利馬斯問。

「你不需要。公司會幫你付。」

8 幻象

那天早晨天氣很冷；薄霧灰茫茫，濕氣又重，刺痛皮膚。機場令利馬斯回想起二次大戰：濃霧中忽隱忽現的機器，耐心等候主人前來；四處迴盪的人聲以及回音；突如其來的喊叫聲，以及女孩的鞋跟在石子地板上踩出的不協調聲響；發出巨吼的引擎可能就近在咫尺。在所有地方，那些一大清早上班至今的人產生一種共謀的氣氛，幾乎像是自視高人一等的感覺——因為他們共同目睹夜色消散、晨曦降臨的經驗。工作人員的表情充滿了破曉時分的神祕，藉由寒意獲得生氣，而他們對待乘客與行李的態度疏離，有如甫從前線歸來的軍人：這天早晨，普通凡人都不值得他們注意。

紀沃幫利馬斯準備好了行李。如此錦上添花的細節，讓利馬斯深感欽佩。沒帶行李的乘客會引起注意，紀沃的計畫可不包括成為注目焦點。他們在航空公司櫃檯報到，順著標識走向出入境檢查。路上居然發生他們迷路的荒謬時刻，此外紀沃還兇了行李搬運工一頓。利馬斯猜想紀沃是在擔心護照的問題——他其實不必擔心，利馬斯心想，因為護照沒有問題。

護照檢查員有點年輕，身型瘦小，繫著軍情局的領帶，襟領上別著神祕的徽章，小鬍子是薑黃色，操英格蘭北方口音，而這種口音是利馬斯的畢生死敵。

「準備出國待很久嗎，先生？」他問利馬斯。

「兩個星期。」利馬斯回答。

「最好留心一點，先生，因為你的護照三十一日就得換證。」

「我知道。」利馬斯說。

他們並肩走向乘客候機室，利馬斯在途中說，「你這小子疑心病很重，對不對啊，紀沃？」對方於是靜靜大笑起來。

「總不能讓你隨便亂跑吧？合約可沒這樣寫。」他回答。

他們仍得等二十分鐘才能登機，兩人找張桌子坐下，點了咖啡。「還有把這些東西收走，」紀沃對著服務生說，一面指著桌上用過的咖啡杯、淺盤以及菸灰缸。「待會兒會有手推車過來收。」服務生說。

「給我收走，」紀沃又說一遍，再度動了肝火。「髒餐具這樣丟著太噁心了吧？」

服務生逕自轉身離去，沒有過去服務櫃檯，也沒有幫他們點咖啡。紀沃臉色蒼白，氣得渾身不對勁。

「拜託你行不行，」利馬斯喃喃說，「算了啦。人生苦短。」

「那傢伙，根本是厚臉皮的王八。」紀沃說。

「好吧好吧，要鬧便鬧；你選對了時機。機場的人再也忘不了我們兩人了。」

•

海牙機場的正式手續沒有帶給他們任何困擾。紀沃的焦慮情緒似乎已緩和下來。等到兩人走過飛機到海關亭的那段短短路程時，他變得活潑又健談。年輕的荷蘭海關馬虎地對他們的行李與護照瞄一眼，並以彆扭、充滿喉音的英文說：「祝您在荷蘭旅途愉快。」

「謝謝，」紀沃說，感激之情未免太強烈了，「非常感謝你。」

他們順著走廊從海關亭前往機場大廈另一邊的接待大廳。紀沃帶路走向主要出口，穿過小群的旅客，這些人目光渙散地看著小店展示的香水、相機以及水果。兩人推開玻璃旋轉門向外走去時，利馬斯回頭看，發現有個矮小似青蛙的男子站在書報攤前，埋首閱讀《歐陸每日郵報》，神情認真憂慮。看起來像是公務員之流。

•

有輛福斯汽車在停車場等他們，掛荷蘭車牌，駕車的女司機對他們不理不睬，車子開得溫溫吞吞，遇到黃燈必停，利馬斯猜想她一定接受過指示，以這種方式開車，後面一定也有輛車在跟蹤他們。他察看旁邊的後照鏡，想找出負責尾隨的車，卻看不出端倪。他本來看到一輛掛外交使節團車牌的標緻汽車，結果他們轉彎之後就不見了，後面只剩下家具店的廂型車。他二次大戰時待過海牙，對這裡相當熟，想搞清楚他們究竟正朝哪個方向前進。他猜想他們正朝西北方走，往席凡寧根區靠近。

沒多久，他們駛離郊區，接近一群緊挨著海岸沙丘的別墅。

他們在這裡停車。女司機下了車，把他們留在車上，自己走到整排小屋盡頭的乳白色平房按下前門門鈴。小屋門廊上掛著一面鍛鐵招牌，上面以淺藍哥德字體寫著「幻象」。窗戶裡面掛著牌子宣布沒有空房。

開門的是一位親切福態的婦人，她望向女司機身後的車子，然後走到車道上、靠近，眼睛仍盯著車，面帶喜悅的微笑。她讓利馬斯想起他的一位老姑姑，因為他浪費繩子而揍他。

「你們能來這裡真好，」她高聲說，「我們好**高興**你們能過來！」他們跟著她走進平房，紀沃在利馬斯前面帶路。女司機回到車上。利馬斯往他們剛才過來的路瞥一眼，瞧見三百碼外停了一輛黑色的飛雅特或標緻汽車，一名身穿雨衣的男子正要下車。

進到大廳後，旅館女人親切地與利馬斯握手。「歡迎，歡迎光臨幻象。一路上還順利吧？」

「很好。」利馬斯回答。

「你們是搭飛機還是船？」

「飛機，」紀沃說，「旅程很平順。」口氣說得就像航空公司歸他所有。

「我來準備午餐，」她高聲說，「特製午餐。我來準備一些特別好吃的東西。你們想吃什麼？」

「噢，拜託妳行不行。」利馬斯以自己才聽得見的聲音說。這時門鈴響起。女人趕緊走進廚房；紀沃前去開門。

男人身穿縫著皮革鈕釦的雨衣，身高與利馬斯大致相仿，但年紀稍大，利馬斯估計約莫五十五。他的臉有股嚴厲灰暗的色調，皺紋鮮明，說不定是軍人。他伸出手來。

「敝姓皮特斯。」他說。他的手指修長，指甲磨光。「路上順利吧？」

「順利，」紀沃很快回答，「平安無事。」

「利馬斯先生和我有很多事要討論；我想大概沒有必要耽擱你的時間，山姆，你可以搭那輛福斯車回市區。」

紀沃微笑。利馬斯從他的微笑中看出如釋重負。

「再見了，利馬斯，」紀沃語調快活，「祝你好運，老兄。」

利馬斯點點頭，沒理會紀沃伸出的手。

「再見。」紀沃又說了一遍，然後靜靜走出前門。

利馬斯跟著皮特斯走進後面的房間。窗上掛著滿是蕾絲的沉重窗簾，邊緣裝飾華麗，還打了褶。窗臺擺滿盆栽，有大仙人掌，有菸草，以及一些樹葉寬大、表面如橡膠的小樹。家具很沉重，走仿古風格。房間中央擺了一張桌子與兩張雕刻椅，桌子上鋪了赭色的裝飾床罩，模樣倒比較像似地毯。兩張椅子前方的桌面各放著一疊紙張與一枝鉛筆。餐具櫃裡有威士忌與蘇打水。皮特斯過去幫兩人各調一杯酒。

「你聽好，」利馬斯突然說，「從現在開始，我就不再需要被討好了，懂嗎？我們兩人知道這麼做目的何在，我們都是專業人士。你找到了被收買叛逃的人——算你走運啊。看在老天份上，少假裝你愛上我了。」他的口氣流露不安，感到猶豫。

皮特斯點點頭。「紀沃跟我說過，你自視甚高，」他以不帶感情的語氣說。接著，他面無微笑地補充，「否則，一個人為何要動手打雜貨店的人？」

利馬斯猜他是俄國人，但不能確定。他的英文講得近乎零缺點；他身上的自在感與習性，屬於一位長久適應文明舒適生活的人。

兩人在桌子前就座。

「紀沃有沒有告訴你，我要付你多少錢？」皮特斯詢問。

「有。一萬五千英鎊，從伯恩的銀行提款。」

「沒錯。」

「他還說，你隔年可能會問我後續問題，」利馬斯說，「如果我能接受訪問，你就會再付五千。」

皮特斯點頭。

「這種條件我不能接受。」利馬斯繼續說，「你和我一樣明白這樣行不通。我希望能領到一萬五，然後跟你們斷絕所有關係。你們的人對待變節情報員的手法很毒辣，我的人也一樣。在你收拾我洩露給你的每一個情報網時，我才不要乖乖坐在聖莫里茲。他們不是傻瓜；他們知道應該找誰算帳。你我心知肚明，他們現在已經盯上我們了。」

皮特斯點頭，「你當然可以來一個比較……安全的地方，不行嗎？」

「你是說，到鐵幕後面？」

「是。」

利馬斯只是搖搖頭，「我想你需要三天做初步審問。然後你會要我更詳盡地描述內容。」

「不見得。」皮特斯回答。

利馬斯感興趣地看著他。

「原來如此，」他說，「他們派來的是專家。或者莫斯科中心其實沒有主導這件事？」

皮特斯不語，只是盯著利馬斯看，打量他。最後他拿起眼前的鉛筆說：

「我們就從你戰爭期間的服役開始問，行嗎？」

利馬斯聳聳肩：

「隨便你。」

「那就好。就從你戰時服役開始。想說什麼，就說什麼。」

•

「我在一九三九年入伍工兵團。受訓接近尾聲時，來了一份通知，徵求精通外語人士申請到海外擔任特殊專長軍官。我會講荷蘭語和德語，法語也不錯，而且我受夠了軍旅生涯，所以就去應徵。我對荷蘭很熟；我父親在萊頓開了一家機具經紀公司，我在那邊住了九年。我和其他人一樣參加了幾次面試，然後去牛津附近一間學校受訓，學到一些平常的把戲。」

「這組織是誰在負責？」

「我不曉得，後來才搞清楚。那時我認識了史迪艾斯，以及一個姓費爾丁的牛津講師，負責人就是他們。一九四一年，他們把我丟在荷蘭，我在那裡待了將近兩年。我們那段時間損失情報員的速度比吸收新血還快——根本是該死的謀殺。荷蘭這種國家對情報工作而言情勢險惡，因為沒有真正的荒郊野外，沒辦法在偏遠地區設立總部或裝設無線電裝置。你必須時時搬家，不斷逃命。搞得情報遊戲骯髒無比。我一九四三年離開荷蘭，在英國待了兩、三個月，然後試試看挪威——那邊和荷蘭比起來，就像野餐一樣輕鬆。一九四五年，他們資遣我，我再度回到荷蘭，希望能延續我父親以前的生意，結果做不起來，所以跟一個老朋友合夥，他在布里斯托開了旅行社。它撐了十八個月，然後我們不得不變賣財產還破產的債。之後我突然接到情報局寄來一封信，問我願不願意回去？可是我那時心想，我已經受夠了，所以回說我會考慮考慮，在倫迪島租了間小農舍。我在那邊花了一年左思右想，又覺得心癢難耐，所以寫信給他們。到了四九年底，我又開始領他們的薪水。當然，服務年資中斷了——所以退休金被削減，害我怨聲連天。我會不會講太快？」

「現在還不至於，」皮特斯回答，幫他再斟威士忌，「我們以後當然還會再討論，提一提姓名和日期。」

有人敲了一下門，剛才的女人端著一大份午餐進來，有冷肉、麵包跟湯。皮特斯將筆記推到一邊，兩人靜靜地用餐。審訊已經展開。

午餐結束，東西被收拾一空。「所以你重回圓場。」皮特斯說。

「對。他們讓我坐了一陣子辦公桌，處理報告、評估鐵幕國家的軍力、追蹤單位之類的工作。」

「你在哪一處？」

「衛星四處。我從五〇年二月待到五一年五月。」

「你的同事有誰？」

「彼得・貴蘭姆、布萊恩・迪葛雷、喬治・史邁利。史邁利在五一年初調到反情報部門。五一年五月，我被調到柏林擔任DCA——地區副主控官。這表示我負責所有情報行動。」

「你的部屬有哪些人？」皮特斯迅速動筆。利馬斯猜想他大概自學過速記。

「哈克特、沙若、狄炯。狄炯在五九年出車禍死了，我們認為是謀殺，卻怎麼也找不出證據。他們手下都有情報網，我掌管全局。想聽細節嗎？」他不帶感情地問。

「當然想，不過待會兒再說。繼續。」

「接近五四年底時，我們釣上第一條大魚：伏立茲・佛格，東德國防部的第二號人物。在這之前，我們的工作一直推動得很艱辛，不過我們在五四年十一月吸收了伏立茲。他撐了幾乎兩年整，接著有一天開始音訊全無。我聽說他死在監獄裡。我們後來又花了三年，才找到跟他接觸過的人。然後一九五九年，卡爾・瑞梅克出現了。卡爾是東德共產黨主席團的一員。他是我認識的情報員當中最好的一個。」

「他已經死了。」皮特斯說。

利馬斯臉上閃過狀似羞愧的神色。

「他被槍殺之際我也在場，」他喃喃說，「他死前沒多久，他的情婦過來西德。他把一切全告訴了她——她知道整個該死的整個情報網。難怪他身分會曝光。」

「柏林的事我們待會兒再談。先告訴我，你在卡爾死後飛回倫敦，那麼你一直待在倫敦服役直到退休嗎？」

「假如還稱得上服役的話，是的。」

「你在倫敦時負責什麼樣的工作？」

「出納處；監督情報員薪水與祕密行動的海外付款作業。連三歲小孩都做得來的工作。我們接到上面的命令、給匯票簽字；偶爾會出現讓人頭痛的洩密事件。」

「你們會直接跟情報員打交道嗎？」

「哪有辦法？某個國家的駐地主管會先提出申請，然後本局高層會在上面蓋章，再傳給我們付錢。多數時候，我們都將錢匯到方便的國外銀行，讓駐地主管自己去領，再轉交給情報員。」

「你們怎麼稱呼情報員？用假名嗎？」

「用數字。圓場稱為綜合碼。每個情報網都會得到自己的綜合碼；情報員的代號是在綜合碼後面加上數字。卡爾的綜合碼是8A—1。」

利馬斯在流汗。皮特斯冷冷地看著，在桌子另一邊像個職業賭客打量他。利馬斯到底值多少？可以拿什麼東西突破他的意志力？什麼能吸引他或讓他害怕？他痛恨什麼，還有最重要的是他知道什麼？他會把王牌留到最後並高價賣出嗎？皮特斯認為不至於；利馬斯的人生重心大亂，不可能出怪招。他是一個與自己過不去的人，他這輩子熟悉一種人生、有一個歸屬的教派，卻背叛了它們。皮特斯以前見過這種事，甚至是在意識形態上歷經一百八十度大轉彎的人身上看過，這些人在夜半的祕密時分找到新的信條，獨自受到內心信念的驅動，出賣了個人天職、自己的家庭和國家。即使這些人內心充滿新的狂熱、新的希望，還是不得不跟當叛徒的恥辱掙扎；就連他們也會與幾乎宛如實體的椎心痛苦拉鋸，因為他們曾被訓練永遠、永遠不得洩密。正如害怕焚燒十字架的叛教者，會在天性與物質之間猶疑不定；而身陷同樣兩個極端之間的皮特斯必須安慰這種人，並摧毀他們的自尊。這是他們兩人都心知肚明的狀況；正因如此，利馬斯才強烈拒絕與皮特斯建立關係，因為他個人的尊嚴不容許。皮特斯知道，基於上述原因，利馬斯會撒謊；也許只是以刻意遺漏細節的方式，但這仍然是為了尊嚴撒謊，出自反抗或是他這一行的強烈變態心理。而皮特斯呢，他必須揭穿這些謊言。他也知道，正由於利馬斯是專業情報官，這可能會妨礙到皮特斯的利益——利馬斯會在皮特斯希望毫無保留之處刻意有所挑選；利馬斯會猜到皮特斯需要的情報類型，因此可能會避開對評估人有重大意義的隨意、零碎資訊。除此之外，皮特斯認為還有一個因素，就是健康極差的酒鬼反覆無常的虛榮心。

「我認為，」他說，「我們現在應該來詳談你在柏林工作的經過，也就是從一九五一年五月到一九六一年三月。再來杯酒吧。」

利馬斯看著皮特斯從桌上的盒子取出一根菸點上。他注意到兩件事：皮特斯是左撇子，而且將沒有商標的那一端放進口中，這樣商標就會先燒掉。利馬斯很喜歡他這種姿態：這顯示皮特斯與他自己一樣曾經逃命過。

皮特斯有張奇特的臉，毫無表情，膚色灰白。皮膚上的顏色一定是很久以前就褪掉——大概是在俄國大革命初期坐過牢吧——如今五官已然定型，皮特斯這輩子到老都會長這副模樣。只有僵直灰白的頭髮或許會轉為全白，不過他的臉孔不會再有變化。利馬斯隱約想著皮特斯的真名到底是什麼，是已婚或未婚。皮特斯有些特質非常正統，讓利馬斯頗為欣賞。他正統的地方在於力量與自信。如果皮特斯說謊，必然其來有自。他說的謊話是事先算計過、有必要的謊言，層次與艾許那種笨手笨腳的說謊方式相比，高明太多。

艾許、紀沃、皮特斯；這些人的素質與權威，層次一個比一個高，在利馬斯看來，正是情報網階層的典範。他也猜想，這些人的意識形態越往上層越高。艾許是傭兵，紀沃扮演同情者，現在輪到皮特斯上場。對這人而言，目標與手段是一致的。

利馬斯開始詳談柏林往事。皮特斯很少插嘴，甚至提問或發表看法，然而每當他開口，就表現出對於技術的好奇，以及一種專業氣質，與利馬斯本身的性情全然不謀而合。利馬斯甚至能響應他審問人表現出的那種不帶感情的專業態度——這一點是他們兩人的共通之處。

利馬斯解釋，在柏林於東德建立一個像樣的情報網，前後花了很長的時間。早期的柏林充斥著二流情報員：情報工作毫無可信度可言，而且這在柏林是司空見慣的事：你能在雞尾酒會上吸收一個人、晚餐時對他做簡報，然後他在隔天早餐時分就會身分曝光。對專業人士來說，柏林是惡夢一場：數十個情報單位有半數遭敵方滲透，留下的未解後事堆積如山；線索過多、情報來源太少、行動空間太小。的確，他們在一九五四年吸收佛格，有了突破；不過到了一九五六年，英國情報局的每個部門都高聲要求優質情報時，他們這邊卻無聲無息。佛格以二流情報寵壞了他們，情報只不過比新聞搶先一步而已。他們需要的是真材實料——卻得再苦等三年才等到。

接著，有一天，狄炯到東柏林邊緣的樹林野餐，他的車掛的是英國國防部的車牌，停在運河邊一條沒鋪柏油的路上，並且鎖好。野餐後，他的幾個小孩提著餐籃跑在前頭。小孩們跑到車那邊時站住，猶疑了一下，就扔下籃子往回跑。有人撬開了車門——手把被弄壞，車門微微敞開。狄炯一聽，髒話脫口而出，因為他記得照相機留在前座的置物箱裡。他過去檢查車子。手把的確是被撬開的；狄炯猜想是鋼條之類的東西，可以藏在衣袖裡帶著走。不過照相機還在，外套也是，他妻子的幾個包裹也沒丟。駕駛座出現一只菸盒，盒裡有個鎳製的圓筒。狄炯完全知道裡面會裝什麼：微型照相機的底片，大概是德製米諾克斯相機[11]。

狄炯開車回家，將底片沖洗出來，裡面是東德統一社會黨主席團上次開會的會議記錄。無巧不成書的是，另有消息來源提出擔保：這些相片確實無誤。

利馬斯就在這時接下案子。他亟需表現一番。他來到柏林後的成果趨近於零，眼看自己的年紀就快

---

11 Minox於一九四五年成立於德國，起初專精生產微型相機，只有口琴或打火機般大小，人稱間諜相機，英美德蘇情報員都有使用。

要超過一般全職情報行動的極限。一個星期整後，他開著狄炯的車子到同一地點，然後下車散步。

狄炯選擇的野餐地點，景觀荒涼悽慘：一段運河，上面飄浮著兩個被砲彈炸壞的藥箱；幾片焦乾的沙質農地；東德那邊則有一片林木稀疏的松樹林，距離運河邊的碎石路大約兩百碼。但是這裡卻有僻靜的優點——這是在柏林很難找得到的條件——而且別人根本無從監視起。利馬斯走進樹林。他沒有試圖監看車子，因為他不知道對方會從哪個方向接近。如果被那人發現自己在樹林裡監視車子，他可能再也無法挽回告密人的信心。他不需要擔心。

回到車邊，他發現車裡什麼也沒多出來，所以開車回西柏林，捶胸頓足不已，責怪自己太笨；主席團會議還有兩週才會召開。三個星期後，他借用狄炯的車子，在野餐盒裡裝了一千美元，全是二十元鈔票。他沒有鎖車，讓車停在原地兩個鐘頭，回來後發現前置物箱裡多了一個菸盒。野餐盒不見了。

底片裡面淨是一流的記錄相片。接下來六個星期，他兩度重施故計，都得到相同的結果。

利馬斯知道自己挖到了金礦。他將消息來源命名為「梅飛爾」，然後寫了一封悲觀的信給倫敦。利馬斯知道，他只要稍微給倫敦機會，他們就會直接接管整個案子，而利馬斯極力希望避免這種事情發生。大概只有這一種情報行動能讓他免於退休養老了，而這種行動又具分量，正是倫敦想自己接手的案子。儘管他與倫敦方面保持距離，危險還是在，因為圓場會提出理論、給予建議、力勸謹慎跟要求採取行動；他們會叫利馬斯在野餐籃裡只放新美鈔，希望能追查流向；他們也會希望把底片盒寄回國檢驗、擬定拙劣的盯梢行動，然後告訴內閣各部門。他們最想做的就是告知所有政府部門；利馬斯說，這麼一來，整件事就會被徹底搞砸。他像個瘋子埋首努力了三個星期，鉅細靡遺查閱全主席團每位成員的背景檔案，擬出一份書記員名單，列出所有可能接觸到會議記錄的人員姓名。他將翻拍的會議記錄最後一頁的傳閱名單考慮進去，將可能的告密者人數擴增至三十一人，包括職員與祕書在內。

要從三十一人殘缺不全的記錄辨認出告密者，簡直不可能，是故利馬斯重新檢討原始情報。他說，他早該這樣做的；讓他百思不解的是，目前為止收到的翻拍會議記錄，全部沒有標明頁碼，也沒有蓋上保密等級章，而且在翻拍的第二頁與第四頁裡，有些字被鉛筆或蠟筆刪掉。他最後下了一個重要的結論：這些相片並非源自會議記錄本身，而是紀錄的草稿。如此一來，消息來源應該是在祕書處，而祕書處的人員少之又少。會議記錄的草稿拍得細心又清楚，顯示拍照者必然有充裕的時間與空間私下行事。

利馬斯重新參考人物背景檔案，發現祕書處有個叫做卡爾．瑞梅克的人，以前在軍醫團擔任下士，以戰俘身分在英國待過三年。俄軍席捲波美拉尼亞時，他的姊妹就住在那裡，從此音訊全無。他已婚，有個女兒，名叫卡兒拉。

利馬斯決定冒險一搏。他向倫敦方面打聽到瑞梅克的戰俘編號是二九〇一二，獲釋日期則為一九四五年十一月十日。他買了一本東德科幻童書，在扉頁上用兒童的筆跡以德文寫下：「本書歸卡兒拉．瑞梅克所有。生日一九四五年十二月十日，出生地北德文郡貝德佛。月球女太空人二九〇一二簽名」，然後在下面接著：「有意從事太空旅行者，請親自向瑞梅克小姐尋求指示。茲附上申請表。願民主人民太空共和國萬萬歲！」

他用尺在一張寫字紙上劃線，隔出欄位填上姓名、地址與年齡，然後在最底下寫著：

「每位人選將親自接受面試。請寄信到慣用老地址，註明您希望見面的時間地點。申請表將於七日內審核。卡．瑞。」

他將表格夾回書中。利馬斯開車到老地方，用的仍是狄烔的車，並將那本書留在前方乘客座，封面裡夾了五張百元舊鈔票。利馬斯回來時，書本已經不見，座位上多了一個菸盒，裡面有三捲底片。

利馬斯當天晚上沖洗出來：其中一捲與往常一樣，是主席團上次會議的記錄；第二捲是描述東德跟經濟互助委員會之關係的修正草稿；第三捲是東德衛民部的細部分解，從各部門的工作範圍到人員的細節一應俱全。

皮特斯插嘴，「等一下，你是說，這些情報全都是瑞梅克洩露的？」

「怎麼不可能？你明知道他看到的東西有多少。」

「實在不太可能，」皮特斯評論，幾乎是說給自己聽，「他一定有幫手。」

「他後來的確有人相助；我正要講到。」

「我知道你等一下要告訴我什麼。可是，你難道從來不認為，他不只得到事後招募的情報員協助，甚至還得到高層的幫忙？」

「沒有，沒有。我從來沒這樣想。我沒想到。」

「現在回想起來，你覺得有可能嗎？」

「不太可能。」

「你把這些情報全部回報給圓場時，他們難道從來沒暗示過，就算以瑞梅克的職位，他蒐集到的情報也廣泛得不可思議？」

「沒有。」

「他們有沒有問過，瑞梅克是從哪裡取得微型照相機，又是誰教他文件攝影的技巧？」

利馬斯猶豫著。

「沒有……我肯定他們從來沒問過。」

「太奇怪了，」皮特斯不帶感情地評論道，「對不起，請繼續。我不是有意多嘴。」

利馬斯接著說。正好一個星期後，他開車到運河邊，這回感到緊張。他轉彎開上沒鋪柏油的小路時，看到三輛腳踏車倒在草地上，兩百碼外的運河邊有三個人在釣魚。他一如往常下了車，開始走向田野另一邊的那排樹林。他才走了二十碼左右，就聽到有人喊叫。他轉身一看，看到三人之一對他揮手，另外兩人也轉身看著他。利馬斯穿著舊雨衣；他雙手插在口袋裡，現在要拔出來已經太遲了。他知道兩邊的人負責為中間那人提供掩護，如果他這時將雙手伸出口袋，那兩人大概會對他開槍；他們會認為他口袋裡有把左輪。利馬斯走過去，在中間那人前面十碼處停下。

「有什麼事嗎？」利馬斯問。

「你是利馬斯？」這人身材矮胖，非常沉穩。他說的是英文。

「對。」

「你的英國身分證字號是多少？」

「PRT—L58003—1。」

「對日戰爭勝利天那天你人在哪裡？」

「在荷蘭的萊頓，在我父親的工房裡，和幾個荷蘭朋友在一起。」

「我們去散散步吧，利馬斯先生。你身上那件雨衣用不上了，脫掉放在你身邊的地上。我的朋友會幫你看管。」

利馬斯猶豫了一下，然後聳聳肩，脫掉雨衣。隨後兩人快步走向樹林。

•

「他是什麼人，你跟我一樣清楚，」利馬斯語帶疲倦，「內政部第三號人物、統一社會黨祕書，也是衛民協調委員會主席。我猜就是因為這些身分，他才會知道我和狄炯的事：他在衛民部看過我們的反情報檔案。他的弓上有三條弦：主席團、國內政治與經濟的直接報告，還能存取到東德國家安全局的檔案。」

「可是只有有限的存取。他們絕不會給外人碰所有檔案。」皮特斯堅稱。

利馬斯聳聳肩。

「他們會。」他說。

「他怎麼處理他的錢？」

「那天下午之後，我就沒再給他錢了。圓場馬上接管過去。錢匯進西德一家銀行。他甚至把我給他的錢還給我。倫敦幫他匯進去了。」

「你向倫敦透露了多少？」

「之後是一字不漏。我別無選擇；然後圓場再告訴內閣各部會。在這之後，」利馬斯以怨恨的口吻接著說，事情搞砸是遲早的事。有了各部會在背後撐腰，倫敦變貪心了，開始逼我們交出更多東西，希望給他更多的錢。最後我們只得建議卡爾吸收其他消息來源，集合這些人來組成情報網。這種做法愚蠢至極，害卡爾壓力很大，讓他置身險境，破壞了他對我們的信心，導致後來的失敗。」

「你從他哪裡弄到多少情報？」

利馬斯猶豫著。

「多少？天啊，我也不曉得。維持的時間長得很不尋常。我認為他在被逮捕之前老早就曝光了，因為最後幾個月的情報品質下降；我想那時他們已經開始對他起疑心，不讓他碰最機密的檔案。」

「整體來說，他到底給了你什麼情報？」皮特斯緊咬不放。

利馬斯逐項描述卡爾・瑞梅克情報成果的全部內容。皮特斯讚許地注意到，儘管利馬斯貪好杯中物，記性卻精確得可圈可點。利馬斯能說出日期與姓名，能記得倫敦的反應，有佐證之處也能提出。

他記得索取與支付的款項總額，以及其他情報員被徵招進入情報網的日期。

「對不起，」皮特斯最後才說，「不管一個人的職位多麼有利，不管他有多麼小心與勤奮，我也不相信他能獲得這麼廣泛、詳細的情報。說到這裡，就算他真有本事拿到情報，也絕對沒辦法拍照。」

「他就是有辦法啊，」利馬斯堅守立場，忽然生氣起來，「他他媽的弄到了情報，事實就是事實。」

「圓場卻從來沒有叫你跟他問個清楚，他究竟如何看到這麼多東西，又是什麼時候看到的？」

「沒有，」利馬斯脫口而出，「瑞梅克對這問題很敏感，而倫敦也甘願別追究。」

「啊，是啊。」皮特斯若有所思地說。

過了好一陣子，皮特斯說：「附帶一提，你有聽說那個女人的事吧？」

「哪個女人？」利馬斯厲聲問。

「卡爾．瑞梅克的情婦。在瑞梅克被槍殺的那晚跑到西柏林的那個。」

「她怎樣？」

「她一個禮拜前被人發現死了。謀殺。她離開公寓時，被人從一輛車裡槍殺。」

「那裡以前是我的公寓。」利馬斯呆板地說。

「也許，」皮特斯暗示，「她對瑞梅克情報網的瞭解比你更多。」

「你他媽的到底想說什麼？」利馬斯質問。

皮特斯聳聳肩。

「整件事詭異得很，」他邊想邊說，「不知道是誰殺了她。」

等卡爾．瑞梅克的案子談到沒有話題可談時，利馬斯就繼續敘述其他沒有那麼引人注目的情報員，然後談到他的柏林辦公室的作業程序、通訊、員工、祕密分支派系——公寓、交通工具、錄音與攝影器材。兩人一直談到深夜，隔天又談了一整天。等到利馬斯第二天晚上步履蹣跚地爬上床睡覺時，他深知自己已將他對柏林的盟國情報組織所知的一切出賣殆盡，因此在兩天內喝光兩瓶威士忌。

有件事讓利馬斯百思不解：皮特斯堅持說卡爾．瑞梅克一定獲得暗助，必然有高階同夥。老總也問過他同樣的問題——他現在才回想起來——老總曾問到瑞梅克如何接觸情報。他們兩人怎麼這麼肯定卡爾無法單獨行動？當然有人在幫忙他，例如利馬斯在運河邊和他見面那天的左右護法。只不過那兩人是小蝦米——卡爾跟他提過他們。但皮特斯——皮特斯畢竟完全清楚卡爾有能力弄到多少情報——皮特斯不相信卡爾有辦法單獨作業。就這一點，皮特斯與老總顯然有共識。

也許事實真是如此。也許卡爾的確有幫手。也許這就是老總迫切想保護、以免被穆恩特挖出來的「特別利益」。如此一來，就表示卡爾．瑞梅克曾與這位「特別利益」人物合作過，並交出兩人聯手取得的情報。也許那晚在利馬斯位於柏林的公寓裡，老總單獨與卡爾聊的事情就是這樁。

無論如何，明天事態就會水落石出。明天他將打出手上的王牌。

他心想究竟是誰殺了艾薇拉，也想知道他們究竟為何要殺她。當然了——這兒有個重點，有個可能的解釋——就是艾薇拉知道瑞梅克特別共謀者的身分，因此遭到那位同謀滅口……不對，可能性太低了。這種解釋沒有將從東德跑到西德的困難度考慮在內：艾薇拉被殺害的地點畢竟就在西柏林……

他也很納悶，為什麼老總沒告訴他艾薇拉遭人謀殺。是希望他從皮特斯口中得知時，能做出合宜的反應嗎？再怎麼推測也是枉然。老總自有他的原因；而他的原因通常迂迴曲折，要花上你一個禮拜才能搞清楚。

他入睡時喃喃自語：「卡爾真是該死的傻瓜。是那女的害死他，我肯定是她害的。」如今艾薇拉死了，罪有應得。他想起麗姿。

9 翌日

隔天早上，皮特斯於八點抵達，兩人省略了客套寒暄，直接在桌前坐下，開始審訊。

「所以說，你回去倫敦。你在那裡做什麼？」

「他們把我冷凍起來。人事處的那個混帳到機場接我時，我就知道自己玩完了。我得直接去找老總報告卡爾的事。他死了——還有什麼好報告的？」

「他們怎麼處置你？」

「他們起先說我可以待在倫敦，等我有資格領到像樣的退休金再走。他們故意表現得很大方，讓我很生氣。我告訴他們，如果他們那麼急著想將錢扔在我身上，為什麼不乾脆把所有服務年資算進去，而不是拿年資中斷一事來大作文章。我這樣說，他們就被惹毛了。他們把我安排在有很多女人的出納處。那單位的事我記不太清楚了，因為那時我開始喝多了一點。時運不濟。」

他點了一根菸。皮特斯點點頭。

「他們趕我走，其實為的就是這個。他們不喜歡我酗酒。」

「你對出納處仍記得多少，請告訴我。」皮特斯提議。

「那根本是討人厭的陷害。我根本就不是坐辦公桌的料，我自己很清楚。所以我才留在柏林不走。

我知道如果他們召我回去，一定會把我冷凍起來，可是，老天啊……！」

「你在那裡做什麼？」

利馬斯聳聳肩。

「跟兩個女人家坐在同一間辦公室。瑟斯碧和萊芮黛。我叫她們星期四和星期五[12]。」他有點愚蠢地咧嘴笑。皮特斯一臉沒聽懂。

「我們只是做瑣碎的文書工作打發時間。有信函從財務處發過來：『支付給某某與某某人的七百美元已經核可，於某某時間到某某時間生效。煩請繼續——』就是這麼回事。星期四和星期五會把它丟著一段時間沒動，歸檔、蓋章，然後我在支票上簽名，或是找銀行轉帳。」

「哪家銀行？」

「布拉特與羅尼，是倫敦市[13]一間時髦的小銀行。圓場內部有一種理論，認為伊頓公學校友保密到家。」

「這麼說來，你其實知道全世界所有情報員的姓名囉？」

「不盡然。巧妙的地方就在這裡。你瞧，我會簽支票或者匯票給銀行，但是我們會在付款對象的姓名欄留白。說明信或是你用哪種說明信件全簽好名字，檔案接著會送回特別派件處。」

「他們是什麼樣的單位？」

「他們是所有情報員詳細資料的平時掌握人。他們在支票上填寫收到的姓名，然後寄出匯票。我得說啊，該死的真聰明。」

皮特斯面露失望。

「你是說，你完全沒辦法得知付款對象的姓名？」

「通常不知道。」

「但是偶爾可以？」

「我們偶爾會太靠近機密邊界。檔案在各單位之間亂弄一通，這套『特別出納財務派件』總會捅出婁子。程序太複雜了。我們偶爾會碰上特別的東西，讓我們的人生稍微光明點。」

利馬斯起身。「我列了份名單，」他說，「列出我記得的所有付款，在我房間裡。我這就去拿來。」

他走出房間，以相當蹣跚的步伐走著，他自從抵達荷蘭後就一直假裝這樣。他回去時，手裡拿著兩張從廉價筆記簿撕下來的格線紙。

「我昨晚寫的，」他說，「我想能節省時間。」

皮特斯接過筆記，慢慢仔細看過一遍。他似乎很佩服。

「好，」他說，「非常好。」

「我記得最清楚的是個叫做滾石的行動。為了滾石，我出國兩次。一次到哥本哈根，一次到赫爾辛基。只為了把錢存進銀行。」

---

12 瑟斯碧（Thursby）字似星期四（Thursday），利馬斯就把另一個人連帶喊成星期五了。

13 City of London，指的是倫敦正中央的自治市，為倫敦的金融與商業中心。

「多少錢？」

「哥本哈根有一萬美元，赫爾辛基是四萬德國馬克。」

皮特斯放下鉛筆。

「給誰？」他問。

「天曉得。我們是以一個存款帳戶系統來操作滾石行動。情報局給我一本假英國護照；我到哥本哈根的皇家北歐銀行和赫爾辛基的芬蘭國家銀行存錢，領了一本聯合帳戶的存摺——一個名字用我的假名，另一個名字是別人——我猜是情報員的假名。我把帳戶共同持有人的簽名樣本交給銀行，簽名是總部給我的。之後情報員會拿到那本存摺以及假護照，他去銀行出示那些證件就能領錢。我只知道假名。」

他聽見自己講話的內容，覺得一切聽起來都荒謬得不可思議。

「這種程序很常用嗎？」

「不常。那是特殊付款。有一份限閱名單。」

「什麼東西？」

「上面有一個代號，只有極少數人知道。」

「代號是什麼？」

「我剛才講過了，就是滾石。滾石行動包含非常規的付款方式，總額一萬美元，以不同貨幣在不同首都交款。」

「只選首都城市嗎？」

「就我所知是這樣。我記得在檔案裡讀到，我進出納處之前也有過其他的滾石付款行動，不過那些案件是由出納處找駐地主管處理。」

「你進出納處之前的那些款項，是在哪裡支付的？」

「一次在奧斯陸。另一次在什麼地方，我不記得了。」

「情報員的假名是不是每次都一樣？」

「不一樣。用假名是額外的預防保密措施。我後來聽說，這整個手法是從俄國人那邊偷學來的。這是我見過最複雜的付款辦法。出於同樣的理由，我每次用不一樣的假名，每一趟當然也拿不同的護照。」這樣講可以讓他高興一點；幫助他填補說詞的漏洞。

「那些交給情報員、讓他們拿去提款的假護照，你對這些護照知道多少？你知道是怎麼製造和發放的嗎？」

「不知道。喔，我倒是知道護照裡一定都有存款所在國的簽證。還有入境章。」

「**入境章**？」

「對。我假設護照根本不會用在國境，只有在銀行要驗明身分時才拿出來。情報員一定是用自己的護照旅行，以相當合法的方式進入銀行所在的國家，然後去銀行使用假護照。我的猜測是這樣。」

「你知道為什麼先前的付款是由駐地主管處理，後來卻派人從倫敦出國付款？」

「我知道。我問過出納處的那兩個女人，星期四和星期五。老總很擔心——」

「**老總**？你的意思是，老總本人負責這個案子？」

「對，是由他來管的。他害怕駐地主管可能會被銀行的人認出，所以找了郵差，也就是我。」

「你什麼時候出國的？」

「六月十五日到哥本哈根。我在同一天晚上回國。赫爾辛基是在九月底，我待了兩個晚上，在二十九日左右飛回英國。我在赫爾辛基小玩了一下。」他淺笑一下，不過皮特斯沒有注意。

「那其他的付款——是什麼時候的事？」

「我記不得了，抱歉。」

「其中一個是在奧斯陸沒錯嗎？」

「對，在奧斯陸。」

「駐地主管負責的這頭兩次付款，時間間隔多久？」

「我不清楚。我想沒有太久，也許是一個月。說不定比一個月多一點。」

「就你的印象來說，這個情報員是不是在第一次付款之前就已經行動了一段時間？那個檔案有沒有顯示這種情況？」

「不知道。檔案只註明實際付款而已。第一次是在五九年初。此外就沒有其他資料了。這就是限閱情況的運作原則。不同檔案涵蓋單一個案的不同小片段。只有握有母檔案的人才有辦法拼湊出全貌。」

皮特斯這時不斷振筆疾書。利馬斯猜想，房間某處藏有錄音機，不過事後抄寫得花時間。皮特斯現在寫下的筆記，會替今晚發給莫斯科的電報提供基礎背景，而位於海牙的蘇聯大使館裡的小姐會熬夜趕工，每個小時將抄寫好的逐字稿傳出去。

「告訴我，」皮特斯說，「這些錢都不是小數目。付款的方式很複雜，成本也很高。你自己怎麼看？」

利馬斯聳聳肩。

「我怎麼看？我當時認為老總一定找到一個好得該死的消息來源，不過我從來沒看到情報，所以也不確定。我不喜歡那件事的處理方式──層級太高、手續太複雜、做法也太聰明了。為什麼他們不乾脆跟他見面，直接付現金給他？他們真的讓他拿自己的護照出入境，口袋裡還攞著假護照嗎？我不太相信。」利馬斯說。現在應該混淆視聽，讓對方盯上獵物。

「這話怎講？」

「我的意思是，就我所知，存進去的錢從來沒有從銀行領走。假設這人是鐵幕後面職位很高的情報員，錢應該要在他有辦法提領的時候存進去才對。起碼我認為應該這樣。當時我沒有想那麼多。幹麼多想？反正我們的職責只是要知道整個計畫的片段。你也知道。如果你起了好奇心，願上帝幫助你。」

「如果照你所說的，錢沒人領，為什麼費那麼大的工夫弄假護照？」

「我在柏林的時候，我們幫卡爾．瑞梅克安排過退路，以防他萬一需要逃命卻無法跟我們聯絡上。我們幫他準備了西德假護照，放在杜塞朵夫某個地址。他隨時都能依事先安排過的程序去拿。那本護照永遠不會過期──特殊旅行處會在護照跟簽證過期時將之更新。老總可能也以同樣的手法跟這人打交道。我不知道──純屬猜測。」

「你怎麼確定他們有發過假護照？」

「出納處和特殊旅行處之間的會議記錄有留下檔案。特殊旅行處負責安排假身分証件和簽證。」

「我懂了。」皮特斯思考了半晌，然後問，「你在哥本哈根以及赫爾辛基時用什麼假名？」

「羅伯特．朗恩，德比市的電機工程師。那是我在哥本哈根的身分。」

「你到哥本哈根的確切日期是什麼時候？」皮特斯問。

「不是跟你講過了，六月十五日。早上大概十一點三十抵達。」

「你們用的是哪家銀行？」

「拜託你行不行啊，皮特斯，」利馬斯說，勃然大怒，「皇家北歐銀行。你自己已經寫下來了。」

「我只是想確定一下。」對方平靜地回答，然後繼續寫字。「那你在赫爾辛基用什麼姓名？」

「史蒂芬．班奈特，普利茅斯船舶工程師。我去赫爾辛基，」他以諷刺的口吻接著說，「時間是九月底。」

「你抵達當天就去了銀行嗎？」

「對。不是二十四日就是二十五，我不確定，剛才跟你講過了。」

「你從英國帶錢過去的嗎？」

「當然不是。我們每次只是轉帳到駐地主管的帳戶。主管去提款，錢裝在行李箱，帶去機場跟我會面，再由我拿去銀行。」

「哥本哈根的駐地主管是誰？」

「彼得．揚森，在大學書店賣書。」

「情報員使用的假名是什麼？」

「哥本哈根的是霍斯特．卡思多夫。我想應該沒錯，對，沒錯，我記得。卡思多夫。每次都差點講成卡索斯特。」

「背景？」

「經理，奧地利克拉根福人。」

「另一個呢？赫爾辛基的假名？」

「費特曼。亞多夫．費特曼，瑞士聖蓋倫人。他有個頭銜——對，沒錯，費特曼博士，檔案保管員。」

「我懂了；兩人都講德語。」

「對，我有注意到。可是，那個情報員不可能是德國人。」

「何以見得？」

「好歹我當過柏林機構的主任，對吧？是的話我一定參與過。如果是東德的高階情報員，必定會由柏林掌管。我一定會知情。」利馬斯起身走到餐具櫃，為自己倒一點威士忌。他沒有問皮特斯要不要。

「你自己說過，這個案子有特別的預防措施，特別的程序。或許他們不認為你有必要知道。」

「說什麼他媽的傻話？」利馬斯立刻反駁，「我當然會知道。」這一點無論是否赴湯蹈火，他都會堅持到底；如此堅持，會讓對方認為他們瞭解內情並非如此，使他的其餘情報增添可信度。「他們會**不顧**你的說詞自行推論。」老總這麼說過。「我們一定要給他們情報，對他們的結論保持懷疑態度。倚賴他們的智慧與驕傲自滿、借用他們對彼此的疑心——我們不這麼做不行。」

皮特斯點點頭，彷彿剛證實一件可悲的的事實。「利馬斯，你是一個自尊心很強的人。」他再次評論。

說完沒多久，皮特斯就離開房間。他祝利馬斯一天安好，便沿著海邊的路走遠。午餐時間到了。

10 第三天

那天下午，皮特斯沒有出現，隔天早上也不見人影。利馬斯待在房間裡，等人捎來消息，越等心情越急躁，對方卻音訊渺然。他問了女管家，而她只是笑笑，聳聳厚實的肩膀。隔天早上大約十一點，他決定去海邊散步，順道買些香菸，悶悶地盯著海面看。

有個女孩站在海灘上，正在丟麵包餵海鷗，背對著利馬斯。海風吹拂著她烏黑的長髮，拉扯她的外套，將她的身體吹成弧形，宛如一把朝海面拉開弦的弓。他這時才明白麗姿給了他什麼；這東西，等他一有機會回到英國家中，就一定要去找找看：那就是對小事物的關心——對日常生活的信心；就是這種單純的處世態度，才會讓你捏碎小塊麵包放進紙袋，然後走到海邊餵海鷗。這種對微小事物的尊重，是他從來不被允許擁有的；無論是丟給海鷗的麵包或是愛情，不管是什麼，他都要回英國尋找；他會要麗姿幫他找。再過一個星期，或許兩個，他就能回家了。老總說過，不管他們付多少，利馬斯都可以自己留下來——那樣就夠了。有了一萬五千英鎊，加上資遣費以及圓場發放的退休金，正如老總說的，一個人就有辦法從寒冷的外面走進來。

他繞了一段路，在十一點四十五分回到平房。那女人不發一語讓他進來，不過他走到後面的房間時，他聽見女管家拿起電話話筒撥號。她只說了幾秒鐘。十二點半，她幫利馬斯端來午餐，令他喜出望外的是也帶來了一些英國報紙，他心滿意足地一直讀到三點。利馬斯平常什麼都不讀，這時卻專心地慢慢看報紙。他記住新聞細節，例如小報導裡的人物姓名與地址。他幾乎是下意識背起來，當成私底下進行的佩爾曼記憶訓練法，讓自己全神貫注。皮特斯於三點現身，利馬斯一看見他就知道事情不對勁。他們沒有在桌前坐下；皮特斯沒有脫下雨衣。

「我有個壞消息要告訴你，」他說，「他們在英國找你。我今早聽說的。他們正在監控機場和港口。」

利馬斯無動於衷地回應，「罪名是什麼？」

「名義上是假釋後未於法定時間內向警察局報到。」

「事實上呢？」

「風聲說你觸犯了《公務機密法案》，因此遭到通緝。你的相片上了倫敦所有晚報。報導標題寫得非常含糊。」

利馬斯動也不動地站著。

是老總幹的好事。是老總放的風聲。沒有其他解釋。如果是艾許或紀沃被買通，如果是他們洩密——就算是這樣，高喊抓人的責任還是在老總身上。「兩、三個禮拜，」他說過，「我猜他們會帶你到某個地方審問——甚至有可能到國外。不過你頂多也只需要撐兩、三個禮拜。之後事情應該會自己發酵。在發酵期間，你得在這裡避風頭，不過我相信你一定不會在意。我已經同意繼續發給你行動津貼，直到除掉穆恩特為止：這樣做似乎最公道。」

結果卻搞出這種飛機。

這不是原先談的條件；這根本不一樣。他該死的到底該怎麼辦？他如果現在喊停，拒絕聽皮特斯的話，就會毀掉整個行動。微渺的可能性是，皮特斯只是在撒謊，這不過是測驗——這些更是他應該同意跟著離境的理由。可是如果他離開，如果他同意往東走，到波蘭，到捷克斯洛伐克或是天曉得什麼地方，他們可沒有好理由放他出來——他自己不會有理由希望被放出來（因為他名義上是在西方遭到通緝的人）。

是老總幹的好事——他很肯定。當初開給他的條件太過慷慨，他一直都很清楚。他們才不會毫無理由就撒大錢——他們若認為有可能失去你就不會。這樣一筆錢是賄賂，用來打消老總不願公開承認的困難與危險。這樣的錢是一種警告，利馬斯當時並沒有留意這個警訊。

「搞什麼鬼啊，」他輕聲問，「他們怎麼會知道？」這時他腦海裡似乎閃過一個念頭，「當然了，有可能是你的朋友艾許告訴他們的，或是紀沃……」

「確實有可能，」皮特斯回答，「你跟我一樣清楚，這種事永遠有可能。我們這一行沒有百分之百確定的事。事實是，」他用有點類似不耐煩的口氣補充，「現在西歐各個國家都會找你。」

利馬斯好像沒有聽見皮特斯的話。「現在可好了，我得乖乖受你擺布了，對吧，皮特斯？」他說。

「你的人現在一定笑到肚子痛了。或者是他們自己洩露的消息？」

「你高估了自己的重要性。」皮特斯挖苦地說。

「不然告訴我，為什麼派人跟蹤我？我今天早上去散步，有兩個穿棕色西裝的矮子，一個落後前面那人二十碼，跟蹤我到海邊。我回來後，女管家還打了電話給你。」

「我們先著重在我們曉得的事實上。」皮特斯建議。「你自己的單位追查到你的，目前我們並不特別關心。事實是，他們的確查到了你。」

「你有沒有帶倫敦的晚報來？」

「當然沒有，這裡買不到。我們是接到倫敦傳來的電報。」

「騙人。你自己很清楚，你們的設備只允許與莫斯科中心聯繫。」

「在此例，上級允許我們跟兩個分站直接通訊。」皮特斯憤怒地反駁。

「好啊，好啊，」利馬斯歪嘴笑著說，「你一定是來頭不小的人物。不然就是——」他似乎靈光一閃，「莫斯科中心其實沒有掌管這件事？」

皮特斯沒理會這個問題。

「你知道你的退路是什麼。讓我們照料你，讓我們安排你安全出國，或者你自己去謀生計——你遲早會被捕。你既沒有假證件，也沒有錢，一無所有。你的英國護照再過十天就失效了。」

「還有第三條路可以走。給我一本瑞士護照，給我一些錢，讓我跑路。我可以照顧自己。」

「恐怕我們不是很想要那樣。」

「你的意思是，你的審問還沒結束。審問結束之前，我還有利用價值？」

「我的立場差不多是這樣，沒錯。」

「等你審問一結束，你會怎麼處置我？」

皮特斯聳聳肩。「你有何建議？」

「新的身分。也許是用北歐護照。給錢。」

「非常不切實際，」皮特斯說，「不過我會提議給上級考慮。你要不要跟我走？」

利馬斯猶豫了，然後露出有點不太確定的笑，問道：

「如果我不跟，你要怎麼辦？再怎麼說，我手上有個精彩的故事，對吧？」

「那樣的故事很難證明。我今晚就走。艾許和紀沃……」他聳聳肩，「他們兩個加起來又值多少斤兩？」

利馬斯走到窗戶前。灰暗的北海天空風雨欲來。他看著海鷗在烏雲間穿梭旋轉。餵海鷗的女孩已經離開了。

「好吧，」他終於開口，「幫我安排。」

「明天才有飛機到東方集團國家。一小時後就有一班飛機到柏林。我們就搭那班。時間會很趕。」

•

當晚利馬斯採取被動的角色，讓他得以再度欣賞到皮特斯安排事情時毫無贅飾的高效率。護照老早就辦好了——莫斯科中心必定早就料到。護照姓名是亞力山大·索威特，旅行社經紀人，當中蓋滿了簽證與出入境章——是專業旅行者經常翻用的老舊護照。荷蘭機場的海關只是點點頭，照表格蓋章——皮特斯排在他後面三、四個人的地方，對這種例行公事沒露出半點興趣。

他們走進「非乘客勿入」的隔間時，利馬斯看見一個書報攤，陳列著各種國際報紙，《費加洛報》、《法國世界報》、《新蘇黎士日報》、《德國世界報》，以及六、七種英國的日報與週刊。他注視的時候，女店員繞到書報攤前面，將一份《倫敦標準晚報》推進架子上。利馬斯急忙趕到攤位前面，從架上取下報紙。

「多少？」他問。他伸手進長褲口袋，這才突然想到自己沒有荷蘭貨幣。

「三十分錢。」女店員回答。她長得相當漂亮，膚色黝黑，神情愉悅。

「我只有英國的兩先令，等於一個荷蘭盾。行嗎？」

「可以，謝謝。」利馬斯將兩先令銀幣遞給她。他往後看，皮特斯仍在出入境處，背對著利馬斯。

利馬斯毫不猶豫，直接走去男廁。在洗手間裡，他迅速但仔細地掃過每一版，然後將報紙塞進小垃圾筒，走出洗手間。是真的：報紙刊登了他的相片，下面附有寫得含糊不清的短篇報導。他心想不知道麗姿有沒有看見。他心事重重地走進乘客候機室。十分鐘後，他們登上前往漢堡與柏林的班機。打從行動開始以來，利馬斯首度感到驚恐。

11 艾列克之友

同一天晚上，他們找上麗姿。

麗姿・金德的房間位於貝瓦特路北端，有兩張單人床，一個炭灰色、滿漂亮的煤氣暖爐，燃燒時發出充滿現代感的嘶嘶聲，不像老式暖爐噗噗作響。當利馬斯在屋裡、暖爐也是房內唯一的光線時，她常會凝視著暖爐。利馬斯會躺在床上，她的床鋪，離門口最遠那張，而她會坐在他身邊親吻他，或是將自己的臉貼在他臉上，凝望著煤氣暖爐。現在她很害怕太常想起利馬斯，因為她已經忘了他的模樣，所以她只有在遙望模糊的地平線時，才讓腦海短暫地想起他，這樣她就能回想起他說過或做過的小事，以及他注視她的神情——或者，更常是他忽視她的模樣。他在腦海縈繞不去時，這就是最糟糕的事：她沒有可以用來回憶他的物品——沒有相片，沒有紀念品，什麼都沒有。他們甚至沒有共同的朋友，唯一例外是圖書室的柯雷爾小姐。柯雷爾對利馬斯的深仇大恨，在他驚天動地地消失時總算被證明無誤。麗姿到過他租的房間一次，見到了房東。她不太清楚自己為什麼要去，但還是鼓足勇氣過去了。房東對艾列克讚賞有加；利馬斯先生像個好紳士付了房租，一直付到最後，之後欠了一、兩個禮拜，是利馬斯先生的一位好友過來補繳的，給錢大方，沒有詢問或任何要求。

房東總是這樣描述利馬斯先生，絕不改口：他是個紳士。提醒妳，不是公立學校出身的那種人，也不會做作高傲，是不折不扣的紳士。他的確偶爾喜歡擺出一張臭臉，當然，酒喝多了一點，只不過他回家時從來不會裝小氣。但是這位過來一趟的小傢伙啊，這個戴眼鏡又模樣好笑的害羞小夥子，他說利馬斯先生特別交代、再三交代過，欠繳的房租非付清不可。如果這種行為還不算紳士，房東就算下地獄也想不出什麼是紳士了。他的錢是哪裡來的，只有天知道，不過這個利馬斯先生可是個大謎團啊，錯不了的。二次大戰後，很多人都想揍那個叫做福特的雜貨店老闆一頓，利馬斯先生只是真的動手而已。妳說房間？沒錯，他的房間已經租出去了——一個韓國來的先生，利馬斯先生被帶走兩天後就租下了。

這或許就是她為什麼繼續到圖書室上班——因為至少在那裡，利馬斯依然存在：梯子、書架、藏書、索引卡，全都是他認過摸過的東西，說不定哪一天還會回來找它們。他說他永遠不回來了，但是麗姿不相信。這就像在說生病永遠不會好，或是堅信不會有起色之類的。柯雷爾小姐認為他會回來：她發現自己欠利馬斯一些錢，是尚未付清的薪資。利馬斯走後，麗姿一直無法停止問自己同樣的問題：他為什麼動手毆打福特先生？讓柯雷爾怒火中燒。她眼中的怪物竟然表現得如此文明，連該拿走的錢也沒拿，這她知道利馬斯脾氣暴躁，打人卻是另外一回事。他早就計畫好了，等高燒一退便下手。不然他為什麼要在前一晚向她道別？他知道自己隔天就會攻擊福特先生。她拒絕接受唯一一個可能的其他解釋：利馬斯厭倦了她，於是與她分手，隔天在情緒仍因此緊繃的情況下，對福特先生脾氣失控而出手打人。她知道，她一直都知道艾列克有某件非做不可的事。他甚至還親口告訴過她這點。

至於究竟是什麼事，她也只能瞎猜。

她起先以為利馬斯與福特先生發生爭執，是出於多年前根深柢固的舊仇，和某個女孩有關，或是與艾列克的家人有關。然而只要看看福特先生就知道，這種推論愚蠢至極。福特先生是個典型的小資產階級，謹慎、自滿又小氣。而且，就算艾列克與福特先生有宿怨，為什麼要選在星期六到他店裡找他，在週末購物的人潮中動手，讓大家看得一清二楚？

她的黨支部開會時討論到這件事。支部財務長喬治．漢畢在事發當時正好路過福特的雜貨店，由於圍觀人群擋住視線，他看到的並不多，不過他與一個目睹整件事始末的傢伙聊過。漢畢對此事印象實在太深刻，打了電話給《工人日報》，報社派人出席審判庭，所以這就是為什麼報紙在中間版面以跨版篇幅刊登了這條新聞。誠如《工人日報》指出，這單純就只是一樁抗議案例：突然產生社會意識以及對老闆階級的痛恨。與漢畢交談的那傢伙（只是一個戴眼鏡的普通矮子，白領階級）說，事情發生得很突然——他的意思是這是自發性的——而對漢畢來說，這點再度證明了資本主義體系的結構多麼具煽動性。漢畢發言時，麗姿保持緘默，因為他們當然沒有人知道她與利馬斯的關係。這時她才發現自己多麼痛恨喬治．漢畢；他是一個愛吹牛、思想骯髒的小人，總是色瞇瞇地盯著她看，而且試圖偷摸她。

接著那些人找上了門。

她覺得他們就警察而言，打扮有點太整潔：他們開著一輛黑色小車過來，車上有根天線。其中一人矮小、相當胖，戴著眼鏡，身穿怪異、昂貴的衣物；他是個親切和滿臉憂心的矮子，麗姿不知如何信任他，卻不太清楚為何要如此。另一人模樣比較討好，卻稱不上浮誇——有點男孩子氣，只不過麗姿猜想他的年齡不會低於四十。他們說他們是「特別分部」派來的，也出示了印刷名片，以及包在玻璃紙套裡的照片。負責說話的人多半是那胖子。

「我相信妳和艾列克．利馬斯是朋友。」他開口。她本來準備發怒，但是胖男人口氣真摯，若動怒就顯得太幼稚了。

「對，」麗姿回答，「你怎麼知道？」

「我們是之前偶然發現的。當一個人被帶進監獄時，就必須填寫最親近的親屬，利馬斯說他沒有家屬，其實是在騙人。獄方問他，如果他在監獄發生意外時應該通知誰，他說通知妳。」

「我懂了。」

「有沒有其他人知道妳和他是朋友？」

「沒有。」

「妳有去審判庭嗎？」

「沒有。」

「沒有記者或債主找上門？一個都沒有嗎？」

「沒有。我跟你講過了，沒有人知情，連我父母親都不知道。沒人曉得。當然，我們是在圖書室一起上班，叫做靈異研究圖書室——可是這部分也只有圖書館員柯雷爾小姐知道。我不認為她有想到我們兩人會有來往。她人很怪。」麗姿簡單補充。

矮胖男人非常嚴肅地盯著她半晌，然後才問：

「利馬斯打了福特先生時，妳有沒有覺得驚訝？」

「有，當然有。」

「妳認為他為什麼打人？」

「我不知道。我想是福特不願意讓他賒帳吧。可是我認為他早就有此打算。」她心想自己是不是太多嘴，但是她一直希望能跟人談論這件事；她太孤單了，而且講出來似乎無傷大雅。

「可是那天晚上，打人之前的那個晚上，我們一起聊天，還吃了晚餐，有點特別的晚餐；艾列克說我們應該這樣，我當時就知道那是我們的最後一夜。他不知從哪裡弄來一瓶紅酒；我不是很喜歡。大部分都被艾列克自己喝掉了。然後我問他，『**是要分手了嗎**？』——我問他這是不是都結束了。」

「他怎麼說？」

「他說他有件事不做不行。我不是很懂。」

三人沉默良久，矮個子的神情比剛才更為憂慮。最後他終於問麗姿：

「妳相信那個說法嗎？」

「我不知道。」她突然為艾列克感到惶恐，她也不明白為什麼。男子再問：

「利馬斯前一場婚姻有兩個孩子，他告訴過妳嗎？」麗姿沒吭聲。「結果他還是把妳列為最近親屬。妳認為他為什麼那樣寫？」矮胖男子似乎對自己的問題感到尷尬。他看自己手指粗短的雙手，在腿上緊緊相握。麗姿臉紅了。

「我愛上了他。」她回答。

「他愛妳嗎？」

「可能吧。我不知道。」

「妳現在還愛他？」

「對。」

「他有沒有說他會回來？」年紀較輕的男子問。

「沒有。」

「可是，他確實跟妳說過再見？」矮胖男子很快接著問。

「他有沒有跟妳道別？」矮子再問一次，這次問得很慢，口氣親切。「我向妳保證，他不會再碰到什麼事。可是我們想幫助他，如果妳知道他為什麼打福特，如果妳能從他的話稍微理出頭緒，也許是他隨口說的或是他做過的事情，請看在艾列克的份上告訴我們。」

麗姿搖頭。

「請你們走吧，」她說，「別再問下去了。請現在就離開。」

年紀較大的男子走到門口時遲疑了一下，接著從皮夾裡取出一張名片，輕輕放在桌上，彷彿不想發出聲音。麗姿感覺他是個非常害羞的矮子。

「要是妳需要幫忙；如果發生任何與利馬斯有關的事，或是……總之打電話給我。」他說。

「瞭解嗎？」

「你是誰？」

「我是艾列克．利馬斯的朋友。」他遲疑了一下。「還有一件事，」他接著說，「最後一個問題。艾列克是否知道妳是……艾列克知不知道共產黨的事？」

「知道，」她無助地回答，「我告訴過他。」

「黨知道妳和艾列克在交往嗎？」

「我告訴過你了，沒有人知道。」接著她臉色發白地突然喊道：「他在哪裡？告訴我，他人在什麼地方？為什麼你們不肯告訴我？我可以幫他忙，你們難道看不出來嗎？我會照顧他……就算他發瘋了我也不管，我發誓我不會……我寫信寄到監獄給他；我知道我根本不應該寫的。我只有寫說他隨時能回來。我會永遠等他……」她再也說不下去，泣不成聲，站在房間中央，破碎的臉深埋在掌心裡；矮小男人在一旁注視她。

「他出國去了，」他溫和地說，「我們不清楚他去了哪一國。他沒有發瘋，可是他不應該對妳講那麼多才對。真遺憾。」

較年輕的男人說：

「我們會吩咐人照顧好妳的生活。錢之類的事。」

「你們到底是什麼人？」麗姿問。

「艾列克的朋友，」較年輕的男子回答，「好朋友。」

她聽見兩人悄悄走下樓梯，踏上街道。她從窗戶可以看見兩人上了一輛黑色小汽車，朝公園的方向開走。

接著她想起那張名片。她走到餐桌旁，拿起卡片湊向燈光。她心想，名片製作費用高昂，遠超過警察能負擔的程度。浮雕字體。姓名前面沒有職銜，也沒有所屬警察局或其他東西，只有名字和「先生」

兩字。更何況，有誰聽過哪個警察會住在切爾西的？

「喬治・史邁利，切爾西貝瓦特街九號。」下面則是電話號碼。

真是怪極了。

12 東方國家

利馬斯解開安全帶。

據說人被判死刑時，會忽然感到一陣暢快，如同飛蛾撲火，他們的毀滅與功成名就會同時降臨。利馬斯下定決心之後，便立刻察覺到一種足以相提並論的感受：如釋重負，儘管為時不長，仍能帶來安慰，支撐他一段時間。接著出現的是恐懼與飢渴。

他鬆懈下來了。老總說得沒錯。

他第一次注意到這點，是在去年初掌管瑞梅克案子期間。卡爾捎來訊息：他有特別的東西要給他，準備來一趟他鮮少會走的西德之旅，到卡爾斯魯厄參加某種法律研討會。利馬斯設法找到班機飛到科隆，在機場租了一輛車。當時仍是大清早，他希望能避開往卡爾斯魯厄方向的高速公路車流，但是重型卡車已經開上路了。他半個小時開了七十公里，在車陣中鑽進鑽出，冒生命危險趕時間；這時有輛小車，大概是飛雅特吧，在他前面四十碼切進快車道。利馬斯緊急踩煞車，車頭燈全開並猛按喇叭，謝天謝地沒有撞上，只差幾分之一秒。他超前那輛車時，眼角餘光看到車子後面坐了四個揮手歡笑的兒童，也看到方向盤後面父親那張驚恐迷糊的臉。他繼續往前一面開車一面咒罵，突然間，事情就發生了；他的雙手突然猛地顫抖，臉孔滾燙、心臟狂跳。他設法將車子開到路邊停車道停下，連忙下車，站在車外猛喘氣，盯著川流不息、高速飛馳的大卡車。他腦中浮現一副景象，見到那部小車卡在大卡車之間，被衝撞和擠壓到半點不剩，只剩狂叫的警笛聲以及閃爍的藍色警示燈；兒童的屍體則支離破碎，有如被屠殺的荷蘭難民，屍塊躺在穿過沙丘的路上。

他以極為緩慢的車速開完剩下的路，因此錯過見卡爾一面。之後他每次開車，腦海某處必定會回想起頭髮蓬亂的兒童從車子後座對他揮手，還有孩子們的父親緊抓住方向盤，如同農夫握著犁柄。

老總會稱這種症狀為發燒。

他悶悶地坐在機翼上方的座位。他身邊坐了一位美國婦女，腳上穿的是聚乙烯皮的高跟鞋。他一時興起，想遞給她一張字條，託她傳給在柏林的人，但是立刻放棄了這個想法。她會誤認為他對她有意思，而皮特斯也會看到。何況那樣做又有什麼用？老總知道發生什麼事；這是老總一手造成的。

沒什麼好說的。

他心裡想著自己會落得什麼境遇。老總沒有提到那部分，只提到手法：

「別一口氣全丟給他們，要讓他們自己挖。拿細節來混淆他們；故意遺漏事情，把對話拉回你的路線。要脾氣暴躁、彆扭、難搞。喝酒像喝白開水一樣凶；別在意識形態上讓步，他們不會信的。他們想應付一個他們收買的人；他們想看到兩個極端的相互衝撞，艾列克，而不是蠢呼呼的皈依者。最重要的是他們想要**從中推論**。基礎已經打好了；我們很久以前就弄好了，埋下小細節跟難懂的線索。你是他們尋寶的最後階段。」

他不得不答應配合：既然前面有那麼多戰役為你奮鬥，你可不能在面對大戰時退縮。「我可以跟你保證的一件事是：這麼做絕對值得。這對我們的特殊利益來說絕對值得，艾列克。你只要保住命，我們就打贏了一大勝仗。」

他並不認為自己有辦法忍受拷問。他記得庫斯勒[14]寫過一本書，裡面描述老革命分子為了適應酷刑，把點燃的火柴貼上手指來訓練自己。他讀過的書不多，卻讀過這本，銘記在心。

他們降落在柏林騰泊霍夫機場時，天色已近全黑。利馬斯看著柏林的燈火湧上來迎接他們，感覺到飛機著陸時咚的一聲，並看見海關與入出境官員在半明半暗中走向飛機。

一時間，利馬斯感到焦慮，唯恐哪些舊識會碰巧在機場認出他來。他與皮特斯並肩走在漫無止境的走廊上，通過粗略的海關與入出境關卡，不過仍然沒有熟悉的面孔轉過來打招呼，他這才瞭解自己內心的焦慮其實是希望；他希望他暗中的決定會被環境因素終止。

讓他覺得有趣的是，皮特斯不再費盡心思來跟他撇清關係；皮特斯彷彿將西柏林視為安全地帶，警戒心與保密措施可以在此鬆懈下來，彷彿西柏林不過是往東方國家的技術性休息站。

正當他們走過龐大的接待大廳去大門時，皮特斯似乎改變主意，突然來個大轉彎，帶著利馬斯走到較小的側門，通往停車場跟計程車招呼站。皮特斯在這裡猶豫了一秒鐘，駐足於門口上方的燈光底下，

---

14 Arthur Koestler（1905-1983），匈牙利裔英國作家、記者，是前共產黨員，因蘇聯大整肅而轉向自由主義。他的一九四〇年名作《正午的黑暗》（*Darkness at Noon*）控訴了史達林主義。

然後將行李箱放在身旁的地上，刻意將腋下的報紙抽出來折好，塞進雨衣的左口袋，再重新拎起行李箱。說時遲那時快，停車場的方向有一對車燈亮起，調成往下斜射，然後熄燈。

「走吧。」皮特斯說，開始快步走過柏油路面，利馬斯則以慢得多的速度跟上。兩人走到第一排車子時，有輛黑色賓士轎車的後門從裡面打開，車內照明燈亮起。走在利馬斯前方十碼處的皮特斯很快靠近賓士，輕聲對司機說話，然後對利馬斯喊：

「車子在這裡，快一點。」

車子是老舊的賓士一八〇，他一句話都沒說就上了車，皮特斯也爬進後座坐在他身邊。車子開離停車場時，經過一輛DKW小車[15]，裡面有兩個男人坐在前座。沿路行駛二十碼後有個電話亭，一名男子正在講電話，邊講邊看著車子駛過。利馬斯望向後車窗外，看到DKW車跟著他們。他心想，這歡迎儀式可真盛大。

車子開得相當緩慢。利馬斯坐著時雙手放在膝蓋上，雙眼直視前方。他並不想欣賞柏林夜景。他心知肚明，這是他最後一個機會。以他目前的坐姿，他可利用右手手刀直劈皮特斯的喉嚨、重擊甲狀腺的隆起處；他可以跳下車狂奔，以蛇行躲避後面那輛車射出的子彈。他可以重獲自由——柏林有人會照料他——他可以逃走。

他卻毫無動作。

通過柏林邊境竟如此輕鬆，利馬斯從沒料想過會這麼簡單。車子閒晃了十分鐘，利馬斯猜想他們必須在事先安排好的時間通關。他們靠近西德檢查哨時，DKW車超車向前，負荷過大的引擎發出誇張巨響，停在警察亭前。賓士車在後方三十碼處等待。兩分鐘後，紅白相間的橫桿升起，讓DKW車通過，而這時兩輛車一起開過界，賓士車引擎切到二檔，轟然怒吼，駕駛則往後背靠座椅，盡可能讓身體與方向盤保持距離。

當他們穿過兩個檢查哨之間五十碼的間隔時，利馬斯隱約注意到柏林圍牆的東德那側增添了新的防禦工事——反坦克路障、瞭望台、雙層的帶刺鐵絲網。安全措施大為強化。

賓士車沒有在第二個檢查哨停下；橫桿已經抬起來，他們直接開過，東德民警只是用雙筒望遠鏡觀察他們。DKW車消失了，等十分鐘後被利馬斯瞧見時，又回到他們車子後面。他們現在開得很快——利馬斯原本以為他們會在東柏林停車，也許中途會換幾輛車子，然後彼此祝賀行動成功，但是車子一路往東穿越東柏林。

「我們要上哪兒去？」他問皮特斯。

「已經到了。德意志民主共和國。他們為你安排好了住宿地點。」

「我還以為我們要再往東走。」

「會。我們先在這裡待一、兩天。我們認為德國人應該先跟你談一談。」

「我懂了。」

「再怎麼說，你的工作多半與德國這邊有關。我已經把你證詞中的細節寄給他們。」

15 德國汽車公司Dampf-Kraft-Wagen（即蒸氣驅動車）的縮寫，成立於一九一八年，一九六六年停產。

「所以他們才要求見我？」

「他們從來沒碰過像你這樣的人，沒有這麼……靠近消息源頭。我的人同意他們應該找機會見見你。」

「之後呢？我們從德國要往哪兒走？」

「再往東。」

「我在德國這邊會見到什麼人？」

「是誰有差別嗎？」

「不太有。衛民部多數人的姓名我都知道，我只是好奇。」

「你認為會跟什麼人見面？」

「費德勒，」利馬斯很快回答，「安全處副長，穆恩特的手下。重要的審問都由他來做。他是個混帳東西。」

「怎麼說？」

「小野蠻人一個。我聽說過他的事。他逮到彼得・貴蘭姆的一個情報員，他媽的差點要了他的命。」

「諜報活動又不是板球賽。」皮特斯酸溜溜地評論，接著兩人就默默坐著。原來就是要見費德勒啊，利馬斯心想。

利馬斯的確知道費德勒這號人物，看過他的檔案照片，也聽過他前部屬對他的描述。費德勒身材精瘦，儀容整齊，相當年輕，臉龐光滑，深色頭髮，棕眼明亮；就像利馬斯說的，這人既聰明又野蠻。

他柔軟矯健的身體裡有個耐心與記性過人的頭腦；乍看本身似乎沒有企圖心，卻會在摧毀他人時冷酷無情。費德勒這種人在東德衛民部裡也很罕見——他不蹚部裡的陰謀渾水，似乎很滿足於活在穆恩特的陰影下，毫無升遷的前景。他沒辦法被貼上哪個派系的標籤，就連在衛民部內與他密切合作過的同事，也說不出他在部裡的複雜權力架構中處在何種立場。費德勒是獨行俠；令人畏懼，被人厭惡與不信任。無論他有什麼動機，都隱藏在殺傷力十足的嘲諷大衣底下。

「費德勒是我們最好的賭注。」老總曾解釋。當時他們坐下來共進晚餐——利馬斯、老總以及彼得．貴蘭姆，地點是老總自宅，房子位於索利郡，活像是七個小矮人的家，又小又寒酸。他和目光銳利的妻子住在一起，身邊被黃銅桌面的印度雕刻桌圍繞。「費德勒是總有一天會暗算大祭司的門徒。他是唯一能跟穆恩特較量的對手——」貴蘭姆此時點頭。「——他對他恨之入骨。費德勒當然是猶太人，而穆恩特完全不是。把這兩人湊在一起可行不通。我們的任務，」他手指著他自己與貴蘭姆大聲說，「便是提供費德勒能夠摧毀穆恩特的武器。而親愛的利馬斯，你的任務是鼓勵他動用這個武器。當然是以間接的方式囉，因為你永遠不會見到他。至少我很希望你們不會碰見。」

他們這時大笑，貴蘭姆也跟著笑了。這在當時聽來似乎是個好笑話；至少以老總的標準來說。

•

時間想必已過午夜。

他們的車子已經在沒鋪柏油的路面上開了一陣子，時而穿過樹林，時而走在開闊的鄉間。現在他們停下車，沒過多久，ＤＫＷ車也開到他們旁邊停下。利馬斯與皮特斯下車時，利馬斯注意到ＤＫＷ車裡現在坐了三個人，其中兩人已經下車，第三人則留在後座，一個半藏在陰影中的細瘦人影，藉著車子天花板的燈光在閱讀一些文件。

他們停車的地點是廢棄的馬廄旁，主建築要再過去三十碼。在車頭燈照射下，利馬斯瞥見一間低矮的農舍，牆壁是木材與漆白的磚頭。他們下車。月亮高掛，光線耀眼，使得農舍後方長滿樹的山丘在蒼白夜空的襯映下更加輪廓分明。他們走向農舍，皮特斯與利馬斯帶頭，另外兩人跟在後面。

ＤＫＷ車裡的另一名男子沒打算動的樣子，仍舊留在那裡讀東西。

他們走到門口時，皮特斯停下來，等另外兩人跟上。兩人之一左手拿著一串鑰匙，而另一人在他翻找時就站在一旁，雙手插在口袋裡掩護他。

「他們收錢辦事，不是來動腦筋的。」皮特斯回答，然後轉身以德語問其中一人：

「他們很小心，」利馬斯對皮特斯評論，「他們認為我是什麼人？」

「他來不來？」

那個德國人聳聳肩，回望車子。

「他會來，」他說，「他喜歡自己一個人過來。」

他們走進農舍，由德國人帶路。房子裡布置得有如打獵山莊，半新半舊，頭上的黯淡燈光照明不足。這地方有一種受冷落、發霉的氣味，彷彿是為了這次場合才開放使用。裡面可以看到一點點官僚味道的東西，有一張火警應變措施的告示，門上漆的是官式綠油漆，還有彈簧大鎖；起居室布置得相當舒適，擺著沉重的深色家具，刮痕累累，當然也少不了蘇聯歷代領導人的玉照。就利馬斯看來，這樣偏離隱匿性質的作為，意味著衛民部下意識地認同官僚主義。這一點他在圓場那裡就見識過了。

皮特斯坐下，利馬斯也照做。他們等了十分鐘，或許更久，皮特斯才對兩人之一講話——兩人一直以彆扭的姿勢站在起居室另一端。

「去跟他說我們在等他。還有給我們找點吃的東西來，快餓死了。」正當那人走向門口時，皮特斯又叫道：「還有威士忌，叫他們拿威士忌和幾個杯子來。」對方用不合作的態度聳聳厚實的肩膀，走出門，但讓門開著。

「你以前來過這裡嗎？」利馬斯問。

「有，」皮特斯回答，「來過幾次。」

「做什麼？」

「這一類的事情。不見得跟現在這件事一樣，而是我們這類人的工作。」

「跟費德勒合作的工作嗎？」

「對。」

「他厲害嗎？」

皮特斯聳聳肩。「以猶太人來說，他還不算太差。」他回答。這時利馬斯聽到房間另一端傳來聲響，轉頭看見費德勒就站在門口。他一手拿了一瓶威士忌，另一手拎著幾個酒杯以及礦泉水。他的身高不可能超過五呎六。他身穿深藍色單排釦西裝，外套剪裁得太長。他模樣雅致，又略帶獸性；他的雙眼是棕色，炯炯有神。他沒有在看他們，而是看守在門邊的人。

「走開，」他說，聲音有點撒克遜人的鼻音，「去叫另一個幫我們弄點吃的。」

「我跟他講過了，」皮特斯說，「他們知道，可是什麼也沒弄來。」

「都是些勢利鬼，」費德勒不帶感情地用英語說。「他們認為我們應該請傭人來準備食物。」

費德勒大戰期間待在加拿大。利馬斯想起這一點，因為他聽出了口音。他的雙親是德國猶太難民，信奉馬克思主義，這家人一直到一九四六年才返國，不計個人代價急著參與建設史達林的德國。

「你好，」他接著對利馬斯說，幾乎像是隨口提起。「很榮幸見到你。」

「哈囉，費德勒。」

「你已經走到路的盡頭了。」

「你這話他媽的是什麼意思？」利馬斯很快地問。

「我的意思是，事實跟皮特斯告訴你的不一樣，你不會再繼續往東走了。抱歉。」他的口氣顯示他覺得很有趣。

利馬斯轉過去看皮特斯。

「是真的嗎？」他的嗓音氣憤得顫抖。「是真的嗎？告訴我！」

皮特斯點點頭，「是真的。我只是中間人，我們必須這麼做。我很抱歉。」他繼續說。

「為什麼？」

「因為**不可抗力**。」費德勒插嘴。「你最初的審問是在西方做的，那邊只有大使館可以提供我們需要的聯繫。德意志民主共和國在西方沒有大使館。還沒有。我們的聯繫部門因此為我們做了安排，讓我們享受目前得不到的設施、通訊跟豁免權。」

「你這個混帳，」利馬斯咬牙切齒說，「你這個大王八！你早知道我不放心把自己交到你們的爛情報局手上；這就是原因，對不對？所以你才用了個俄羅斯人。」

「我們用了駐海牙蘇聯大使館——不然我們有什麼辦法？行動一直到那個時候仍歸我們管。那樣做完全合情合理。我們或任何人都沒料到，你在英國的自己人那麼快就查到你。」

「沒料到？連你們自己向他們通風報信來抓我，也沒有料到嗎？事實難道不正是這樣嗎，費德勒？到底是不是？」老總說過，千萬記住要厭惡他們。這樣他們才會珍惜從你口中套出來的情報。

「這真是荒謬的聯想。」費德勒簡短回答。他瞄一眼皮特斯，以俄文補了一句話。皮特斯點頭並起身。

「再見，」他對利馬斯說，「祝你好運。」

他疲憊地微笑，向費德勒點頭，然後走向門口。他一手放在門把上，接著轉頭又對利馬斯喊：

「祝你好運。」他似乎是希望利馬斯能說些什麼，但利馬斯彷彿沒聽見。利馬斯的臉色變得非常蒼白，雙手鬆弛地交叉抱著上身，拇指朝上，彷彿準備打架。皮特斯繼續站在門邊。

「我早該知道，」利馬斯說，嗓音像憤怒之人那樣變得奇怪又走音，「我早該猜到，費德勒，你永遠沒有膽量親手幹齷齪事。你們那個腐敗的半調子國家，還有你們那個卑鄙的衛民部，你們典型的作風就是這樣，專找老大哥幫你們告密。你們根本連國家都沾不上邊，算不上是政府，只是一群政治神經病組成的五流專制統治。」他用手指猛比費德勒的方向，嚷道：

「我知道你是怎樣的人，你這個虐待狂混帳；這就是你的標準做法。你在大戰期間跑到加拿大，不是嗎？當時躲到那裡真爽，對不對啊？我敢打賭，每次一有飛機飛過，你就會趕快把你那個的呆腦袋瓜藏到媽咪的圍裙底下。你現在算哪門子人物？在穆恩特身邊巴結奉承的一個小徒弟，還有二十二個俄軍的師坐鎮在你老媽家門口。好啊，費德勒，等有一天你醒過來發現他們全都不見了，我就會同情你。到時候會血流成河，不論媽咪或老大哥都救不了你得到自己該得的下場。」

費德勒聳聳肩。

「就把這當作是看牙醫吧，利馬斯。越早看完，越快回家。你不妨吃點東西，然後上床睡覺。」

「你明知道我根本回不了家。」利馬斯反駁。「你已經斷了我的退路。你在英國把我的名聲炸得粉碎——你不這樣做不行；你們兩個都是。你很清楚，我若非不得已，不然絕不會來這裡。」

費德勒盯著自己瘦長有力的手指。

「這實在不是空談哲理的時候，」他說，「可是你知道，你其實也不能抱怨，因為我們所有的工作——你我的工作——根基的理論都是大局比個人重要。所以共產黨員才將特務工作視為手臂的自然延伸，所以你自己國家的情報單位才會籠罩在一種**英式謙恭**的面紗裡。唯有在顧及集體的需要下，剝削個人的舉動才有正當理由，是吧？你竟然發這麼大的脾氣，讓我覺得有點荒謬。我們來這裡，可不是要觀察英國鄉間生活的道德規範。畢竟，」他嗓音柔和地補充，「就純粹主義的觀點而言，你自己的行為也算不上無可挑剔。」

利馬斯以嫌惡的表情看著費德勒。

「我知道你在盤算什麼。你是穆恩特的走狗，對吧？人家說你在貪圖他的職位。我猜這下子你可以得逞了吧。穆恩特的王朝也該結束了；也許這是關鍵。」

「我聽不懂。」費德勒說。

「我是你的大功勞，不是嗎？」利馬斯竊笑。

費德勒似乎思考了半晌，然後才聳聳肩：「這次行動很成功。至於你值不值得費這麼大的工夫，還有待商榷，我們等著瞧。不過這次行動很順利，滿足了我們這一行唯一講求的條件：計畫發揮了作用。」

「我猜功勞都歸你嘍？」利馬斯追問，並朝皮特斯的方向瞥了一眼。

「不是功勞歸誰的問題，」費德勒以俐落的語氣回答，「完全不是。」他在沙發扶手坐下，若有所思地盯著利馬斯一陣子，然後才說：

「話說回來，有件事你倒是發對了脾氣。是誰跟你們的人通風報信，說我們把你接過來的？不是我們。你也許不相信我，但確實不是我們。我們沒有洩密給他們。我們根本不想讓他們知道。我們當時有打算，要在稍後吸收你過來替我們工作——我現在發現這種點子太愚蠢了。所以是誰告的狀？你那時迷失人生方向，如同行屍走肉，沒有住宅，沒有關係，沒有朋友；那他們到底是怎麼知道你跑掉了？一定有人告訴他們——不太可能是艾許或紀沃，因為現在兩人都被逮捕了。」

「被逮捕了？」

「看來是如此。原因與他們處理你的案子這部分不太相干，可是也有其他疑點……」

「哦，哦。」

「我現在說的話句句屬實。我們本來可以滿足於皮特斯從荷蘭發出的報告、你本來可以拿了錢就走人；但是你還沒有把內幕全盤透露給我們，而我想要知道全部。畢竟你也曉得，你人在這裡也會給我們帶來麻煩。」

「好吧，那你就大錯特錯了。我屁都不懂，真感謝你。」

現場沉默了一陣，而皮特斯在靜默當中突然朝費德勒的方向點點頭，態度完全稱不上友善，然後就開門走出起居室。

費德勒拿起威士忌，在兩人的酒杯裡各斟一點酒。

「我們恐怕沒有蘇打水，」他說，「你要不要加水？我叫他們拿蘇打來，他們卻給我討厭的檸檬汁。」

「算了，都去死吧。」利馬斯說。他突然非常疲倦。

費德勒搖搖頭。

「你是個自尊心很重的人，」他看著利馬斯說，「不過算了。吃你的晚餐，然後去睡覺。」

警衛之一端了一盤食物進來：黑麵包、臘腸以及冷的蔬菜沙拉。

「有點簡陋，」費德勒說，「卻令人滿足。恐怕沒有馬鈴薯。目前馬鈴薯暫時短缺。」

他們開始靜靜用餐，費德勒吃得很謹慎，像是對卡路里斤斤計較的人。

警衛們帶利馬斯到他的臥房。他們讓他提自己的行李——也就是他離開英國前紀沃給他的那件——然後他走在兩人中間，沿著寬闊的中央走廊走，這走廊從前門貫穿整座農舍。三人走到漆成深綠色的大型雙扉門前，其中一名警衛打開鎖；他們示意讓利馬斯先進去。他推開門，發現自己置身一間小型軍營臥室，有兩張雙層床、一張椅子和一張簡陋的書桌，有點像集中營裡的情景。牆壁上貼了女孩子的相片，窗戶則拉上窗簾。房間盡頭有另一扇門，他們招手要利馬斯再往前走。利馬斯放下行李，過去開門：第二個房間與第一間相同，差別在於只有一張床鋪，而且牆壁空白一片。

「箱子幫我提過來，」他說，「我累了。」他躺到床上，一件衣服也沒有脫，幾分鐘之內就迅速沉睡。

•

一名衛兵帶著早餐叫醒他：黑麵包加上人造咖啡。他下了床，走到窗戶前。

這間農舍位於一座高聳的山丘上，地勢從他窗戶下方陡峭而降，山頂的松樹樹冠清晰可見。樹林後方是綿延至天邊的丘陵，對稱的輪廓壯麗不已，滿是樹林。其中偶爾出現的林地山溝或防火道，在松樹間形成棕色小細線，如同《聖經》中亞倫的神杖[16]，奇蹟似地將不斷朝內入侵的澎湃樹海一分為二。四下不見人跡；沒有半棟房屋或教堂，連過去的居住遺址都付之闕如，只有馬路，還有沒鋪柏油的泥土路，有如蠟筆般畫過山谷間的盆地。四下寂靜無聲。真驚人，如此廣大浩瀚的景象，居然能如此靜止。氣溫很低，天色卻很晴朗。昨晚一定下過雨，地面是濕的，而整個地景的輪廓在白色天空襯托下清晰可見，利馬斯甚至能清楚看見最遠丘陵上的每一棵樹。

他慢慢換衣服，邊穿邊喝苦咖啡。他快要著裝完畢、正要開始吃麵包時，費德勒走進房間。

「早安，」他口氣愉悅，「儘管用早餐，別讓我打擾你。」他坐在床上。利馬斯不得不佩服費德勒：他有膽量。這不是說過來看利馬斯就算是勇敢——利馬斯猜想警衛仍在隔壁房間。但是費德勒身上有種堅忍不拔的氣質，言行舉止顯露出特定目的，這是利馬斯察覺得到和頗為欣賞的。

「你為我們帶來一個很有意思的問題。」他說。

「我已經把我知道的全告訴你們了。」

「噢，才怪。」他微笑。「才怪，你沒有。你跟我們講的，是你**意識到**自己曉得的一切。」

「媽的，真聰明。」利馬斯喃喃說，將早餐推到一旁，點燃一根菸——他的最後一根菸。

「讓我問**你**一個問題，」費德勒提議，語調帶有誇大的親切感，就像一個人在派對上提議玩團體遊戲，「身為經驗豐富的情報官，你會拿你提供給我們的資訊來做什麼？」

「什麼資訊？」

「親愛的利馬斯啊，你只給我們一條情報。你告訴我們瑞梅克的事：這我們早就知道了。你告訴過我們你柏林組織的配置、說了裡面的大人物和情報員——恕我直言，這種招數未免太老套了。情報是很正確沒錯。背景描述得很詳細，讀起來引人入勝，偶爾會有不錯的佐證，偶爾會有幾條我們應該撈出池子的小魚——可是恕我無禮，那樣的情報不值一萬五千英鎊，」他再度微笑，「以目前行情來說並不值得。」

「給我聽好，」利馬斯說，「提議這筆交易的人不是我，是你們。是你、紀沃和皮特斯。又不是我爬著去找你那幾個娘兒們朋友、向他們兜售老情報。是你們的人推動這件事的，費德勒；你們既然開了價，就風險自負。除此之外，我他媽的身無分文。所以如果行動失敗，別怪到我身上。」利馬斯心想，讓他們主動過來挖你的內幕。

「行動沒有失敗，」費德勒回應，「還沒有結束，它也不能失敗。你還沒把你知道的東西告訴我們。我剛才說過，你給了我們一條情報——我說的就是滾石行動。我再問你一遍：如果是我，或是皮特斯，或是類似我們這樣的人跟你講了類似的故事，你會怎麼做？」

利馬斯聳聳肩。

「我會覺得渾身不自在，」他說，「這種事以前也發生過。你收到一個或一個以上的暗示，指出某個部門或是某個層級出現內諜。那又怎樣？總不能把整個政府單位的人抓起來關吧？你不能為整個部門設下陷阱。所以你只能靜觀其變，希望會出現更多線索。你會牢牢記在心裡。在滾石行動中，你甚至看不出間諜在哪個國家作業。」

16 亞倫（Aaron）是摩西之兄，他的手杖在埃及十災發生時，跟摩西杖一樣獲得上帝的神力。有學者認為兩把手杖是同一把，也有人說是亞倫分開了紅海。

「你果然是實地行動特務，利馬斯，」費德勒笑著說，「而不是評估官。這一點很明顯。讓我來問你一些基本問題。」

利馬斯沒有搭腔。

「那個檔案，記載滾石行動的實際檔案，是什麼顏色？」

「灰色，上面有個紅色十字——表示有限閱名單。」

「外面有沒有附任何東西？」

「有，警告標識，就是限閱標籤。上面註明，如果名字沒有寫在標籤的人士拿到這份檔案，就必須原封不動立刻交還給出納處。」

「限閱名單上面有哪些人？」

「滾石行動嗎？」

「對。」

「有老總的特助，老總本人，老總的祕書，出納處，特殊登記處的布里姆小姐，以及衛星四處。大概就這些。我猜還有特殊派遣處，但不太確定。」

「衛星四處？他們負責什麼工作？」

「除了蘇聯和中國之外的鐵幕國家。蘇聯占領區。」

「你是說德意志民主共和國？」

「我是說占領區。」

「整個處的人都在限閱名單上，不是很不尋常嗎？」

「對，大概吧。我怎麼會知道？我以前從來沒有處理過限閱的東西。當然在柏林的時候例外；那邊一切都不一樣。」

「衛星四處當時有誰？」

「噢，天哪。我想有貴蘭姆、哈瓦雷克、狄烱吧。狄烱那時剛從柏林回來。」

「他們**全都**獲准看這個檔案嗎？」

「我不知道，費德勒，」利馬斯煩躁地回應，「而且要我是你的話……」

「那麼整個處的人都在限閱名單上，其他的限閱都是個人，不是很怪嗎？」

「我跟你講過了，我不知道——我怎麼可能知道？我在這整件事當中只是個小職員而已。」

「誰負責把檔案從一位有權閱讀者帶到另一位那邊？」

「我想是祕書吧——我記不得了。已經該死的過了那麼多個月……」

「那為什麼祕書們不在名單上？名單上有老總的祕書啊。」兩人沉默了一陣。

「對，你說的有道理；我想起來了，」利馬斯說，嗓音流露驚訝。「我們是親手遞交給別人的。」

「出納處還有誰處理這檔案？」

「沒有人。我加入這個處後，就由我來負責。以前是其中一個女人的工作，可是我進來後就由我接管，她們的名字也從名單上剔除。」

「所以你會獨自把檔案親手交給下一個人看囉？」

「對……對，應該是。」

「你傳給哪些人？」

「我……我記不得了。」

「**動腦筋啊！**」費德勒沒有提高音量，但語氣裡突然有種迫切，讓利馬斯大吃一驚。

「給老總的特助吧，讓他看看我們採取或建議的行動。」

「檔案是誰拿來的？」

「什麼意思？」利馬斯語氣慌亂。

「是誰把檔案拿給你看的？一定是名單上的某人傳給你的。」

利馬斯以指頭摸摸臉頰半晌，這是種不由自主的緊張動作。

「對，一定是。你瞧，費德勒，要記得那麼清楚是很困難的事啊；我那段時間酒喝得很凶，」他的語氣詭異地帶有安撫的意味。「你不曉得這樣有多難……」

「我再問你一遍，仔細回想。是誰把檔案拿給你看的？」

利馬斯在桌邊坐下，搖搖頭。

「記不起來了。以後可能會想到，可是現在怎麼想就是想不起來，真的。現在去窮想可沒用。」

「該不會是老總手下的女孩吧？你一向會把檔案交還給老總的特助。你剛才就這樣說的。所以名單上那麼多人，一定都在老總**之前**就看到檔案了。」

「是啊，沒錯，我想是這樣。」

「另外還有特殊登記處的布里姆小姐。」

「她只負責管限閱檔案保險庫。檔案沒有傳來傳去時，就保存在那裡。」

「這麼說，」費德勒以輕柔的語氣說，「一定是衛星四處傳給你的，對不對？」

「對，我想應該是吧。」利馬斯無助地說，彷彿他實在跟不上費德勒的聰明才智。

「衛星四處在哪一層樓上班？」

「三樓。」

「出納處呢？」

「五樓。在特殊登記處隔壁。」

「你記得是誰拿上樓的嗎？換個角度來想，你記不記得曾經下樓去向衛星四處拿這個檔案？」

利馬斯絕望地搖頭，然後他忽然轉向費德勒並高喊：

「對，我有！我當然有下樓！我是從彼得那裡拿來的！」利馬斯似乎醒過來，臉孔脹紅，興奮莫名。

「就是這樣沒錯：有一次我去彼得的辦公室跟他拿檔案。我們聊到挪威。我們兩人一起在那裡服役過。」

「彼得．貴蘭姆？」

「對，彼得——我竟然把他給忘記了。當時他才從安卡拉調回來幾個月。他也在名單上！彼得也在名單上，當然了！就是這樣。單位是衛星四處，標籤上的PG用括號括起來，是彼得姓名的縮寫。以前檔案是別人負責的，特殊登記處在舊名字上黏了一小片白紙，寫上彼得的姓名縮寫。」

「貴蘭姆負責的區域是哪裡？」

「蘇聯占領區。東德。經濟方面的東西；他主管一個小處，有點冷門。就是他啦。有一次他也拿檔案上來給我，我現在想起來了。不過他沒有負責管情報員：我不太清楚他怎麼會被調過來——彼得和其他兩、三個人在研究糧食短缺的問題。嚴格說來是在做評估報告。」

「你有沒有跟他討論過檔案內容？」

「沒有，討論內容是禁忌。限閱檔案是不准討論的。我有一次就被特殊登記處那個女的——布里姆——訓了一頓：不准討論，不准過問。」

「但是，如果考慮到滾石行動在保密措施上如此大費周張，貴蘭姆所謂的研究工作，是否有可能一部分牽涉到滾石這位情報員的管理？」

「我跟皮特斯說過了，」利馬斯幾乎是破口大罵，一拳打在桌子上，「要是有任何在我不知情的狀況下對付東德的行動——要是連柏林組織都不知道——那就他媽的蠢斃了。有的話我一定會知情，你懂嗎？我要講幾遍你們才聽得懂？我一定會知道！」

「確實，」費德勒輕聲說，「你當然會知道。」他起身走向窗前。

「你應該看看秋天時的樣子，」他向外看，「山毛櫸開始變色時會美不勝收。」

13 大頭釘與迴紋針

費德勒很愛發問。有時是因為他本身是律師，提問只是自己高興，點出證據與逼近完美的事實之間的不一致。不過，他也有種打破砂鍋問到底的特質，若是換成在新聞記者與律師身上，就是單純為了發問而提問的做法罷了。

當天下午兩人出去散步，沿著砂石路往下走進山谷，然後轉上岔路，沿著一條寬敞、坑坑洞洞、兩旁躺著砍下的原木的路走進森林。費德勒一路上追問不休，卻什麼也沒透露。他問了關於劍橋圓場的大樓，以及在裡面上班的人；他問起工作人員來自哪種社會階級、住在倫敦的什麼地區，丈夫與妻子是否在同一部門上班；他問到薪水、休假、士氣和員工餐廳；他也問了他們的感情生活、八卦與其人生哲學。他問最多的就是人生哲學。

對利馬斯而言，這是最難回答的問題。

「什麼意思，人生哲學？」他反問，「我們不是馬克思主義信徒，我們什麼都不信。只是普通人而已。」

「那你們是基督徒吧？」

「不多，我想應該不多吧。我認識的基督徒很少。」

「那麼，是什麼在驅策他們做這行？」費德勒不肯罷休。「他們一定有一套人生哲學。」

「為什麼非有不可？也許他們自己也不知道，甚至不在乎。又不是人人都有一套人生哲學。」利馬斯回答得有點無助。

「如果他們不清楚自己要什麼，怎麼能這麼確定自己做對了事？」

「噢，看在老天份上啊。」利馬斯怒罵，兩人因此靜靜走了一會兒。然而費德勒不肯就此罷手。

「那告訴我，你的人生哲學是什麼？」

「誰他媽的說他們做對了事？」利馬斯煩躁地回答。

「可是他們的正當理由究竟是什麼？到底是啥？對我們而言很簡單，就跟我昨晚告訴你的一樣。衛民部與類似的組織是共產黨左右手的自然延伸。這些單位是為和平與進步奮鬥的先鋒。他們之於黨，就好比黨之於社會主義：兩者都是先鋒。這是史達林說的。」他冷冷微笑。「現在不流行引述史達林的話了，不過他曾經說過：『清算五十萬人是項數據，出車禍死一人是國家的悲劇。』你瞧，他其實是在嘲笑資產階級大眾的敏感性。他極端憤世嫉俗，不過他這話的意思至今仍然有道理：一個保護自己免於被反革命運動顛覆的主義，根本不能停止剝削少數個人——或是停止消滅少數人，利馬斯。這是一個整體的運動，而我們在重新合理化社會的過程中，從來沒有假裝這麼做站得住腳。某個羅馬人不是在基督教的《聖經》裡這麼說嗎？一個人替百姓死，免得通國滅亡[17]。」

「我想也是。」利馬斯疲憊地回應。

「那你認為呢？你的人生哲學是什麼？」

「我只認為你們這些人全是狗雜種。」利馬斯的口氣野蠻。

費德勒點點頭，「這個觀點我能理解。原始、負面和非常愚蠢，不過好歹總是個觀點，它確實存在。但是圓場的其他人呢？」

「我不知道。我怎麼會知道？」

「難道你從來沒跟他們討論人生哲學？」

「沒有。我們又不是德國人。」他猶豫，然後才含糊地補上，「我猜他們都不喜歡共產主義。」

「所以那樣能合理化事情，比方奪取人命？在人多的餐廳放炸彈也有理囉？讓你們情報員的一筆勾銷速度有憑有據——這些都能用那個來解釋，是嗎？」

利馬斯聳聳肩。「大概吧。」

「你瞧，這些事對我們就有正當理由，」費德勒繼續說，「如果能幫我們在理想上走得更遠，我個人就願意去餐廳放炸彈。之後呢，我會把成果提領出來——看看炸死這麼多婦孺，看我們走了多遠。可是基督徒——你們的社會也是基督教社會——基督徒可沒辦法領取這種餘額。」

「為什麼不？他們不是也要保衛自己嗎？」

「但是基督徒相信人命的神聖意義。他們相信人人都有靈魂，而且都能獲得拯救。他們相信犧牲的價值。」

---

17 《約翰福音》十一：五〇：羅馬人指派的猶太大祭司該亞法對群眾「預言」，得殺死耶穌才能拯救國家。

「我不知道。我也不太在乎。」利馬斯補上後面那句。「史達林不是也不管？」

費德勒微笑。「我喜歡英國人，」他幾乎是自言自語地說，「我父親也喜歡英國人。他非常欣賞英國人。」

「聽你這麼說，我心中還真是暖呼呼的又溫馨啊。」利馬斯反唇相譏，然後沉默下來。

費德勒給利馬斯一根菸並幫他點上時，兩人停下腳步。

他們這時往陡坡上爬。利馬斯喜歡這段運動，邁大步走在前頭，肩膀向前挺。費德勒跟在後面，身子細瘦矯健，有如跟在主人背後的獀犬。他們想必散步了一個小時。突然間，頭頂上的樹木分開，天空露臉。他們爬到一座小丘的山頂，往下能看到密密麻麻的松樹林，只有少數地方出現一叢灰色的山毛櫸。利馬斯可以瞥見山谷對面的打獵山莊，就坐落在對面山丘的山頂下方，在樹林中顯得低矮幽暗。林間空地中央有條粗糙的長椅，旁邊有一落原木，還有煤炭火堆的潮濕遺跡。

「我們坐下休息一會兒吧，」費德勒說，「然後不回去不行了。」他停頓一下。

「告訴我，那筆錢，在國外銀行存入的大筆金額，你認為是做什麼用的？」

「什麼意思？我告訴過你了，是用來付給一個情報員的。」

「鐵幕後面的情報員嗎？」

「對，我想是。」利馬斯口氣疲倦地回答。

「你為什麼這麼認為？」

「第一，那筆錢多得要命。第二，付錢的過程十分複雜；需要特別的保密措施。還有當然了，老總也牽扯在內。」

「你認為那位情報員怎麼處理那筆錢？」

「喂，我不是告訴過你了——我不知道。我甚至不清楚他有沒有去領錢。我什麼都不知道——我只是該死的辦公室小弟。」

「你怎麼處理帳戶的存摺？」

「我一回到倫敦就馬上交出去——連同我的假護照。」

「哥本哈根或赫爾辛基的銀行，有沒有寫過信到倫敦給你——我是說，致信給你的假名？」

「我不知道。我猜所有信件都會直接傳到老總手裡。」

「你用來開戶的假簽名——老總有樣本吧？」

「有。我下了很多工夫練習簽名。他們也有樣本。」

「不只一個嗎？」

「對，滿滿好幾頁。」

「我懂了。所以在你開戶之後，可能會有信寄到銀行，而你沒必要知道。簽名可能是假造的，然後信件會在你不知情的情況下寄出。」

「對，沒錯。我猜實際事情經過就是這樣。我也簽了很多張白紙。我一直認定有別人負責通信的工作。」

「但是，你從來沒有**真正**曉得有這樣的通信存在？」

利馬斯搖搖頭：「你完全搞錯了，」他說，「你誇大了這部分的重要性。我們內部有很多文件傳來傳去，只是日常作業的一部分而已，我根本不會想太多。幹麼多想？這些事雖然偷偷摸摸，但我一輩子都在處理這種事，我只知道當中的一點點，別人則知道其他部分。再說，文書的東西最讓我覺得無聊了，我才不會因為擔心這些事而失眠。我當然喜歡出差到國外——我能領行動津貼，不無小補。我不會整天坐在辦公桌前想著滾石行動。更何況，」他有點羞愧地補充，「當時我酒喝得有點凶。」

「你說過了，」費德勒評論，「當然，我也相信你。」

「你相不相信，老子才不在乎。」利馬斯反應激烈。

費德勒微微一笑。

「我很高興。那是你的美德，」他說，「是你的一大美德。漠不關心的美德。東表現出一點憎恨、西表現出一點驕傲，可是這都不算什麼：這都只像是錄音機的失真。你很客觀。我剛才想到，」費德勒稍微停頓後繼續說，「你還是可以幫我們查查看那筆錢有沒有人領出來。沒有人規定你不能寫信到每家銀行，索取目前的財力證明吧。我們可以說你人待在瑞士，然後用旅館的地址。你反不反對這麼做？」

「可能行得通。這取決於老總個人是否一直在用我的假簽名與銀行通信。可能會穿幫。」

「我看不出來我們會有什麼損失。」

「你贏了又能賺到什麼？」

「假如錢真的被領走——我同意這不太可能——我們就能知道那個情報員在特定某日的行蹤。這對我們似乎是有用的資訊。」

「少做白日夢了，你永遠查不到他的，費德勒，靠那樣的資料找不到的。他一到西方，就可以跑到任何一間領事館，就算是去小鎮也行，然後弄到另一國的簽證；你怎麼能技高一籌？你連他是不是東德人都不知道。你到底在打什麼主意？」

費德勒沒有立刻回答，心煩意亂地望向山谷另一邊。

「你說你已經習慣了只知道一點點，而若要回答你這個問題，我就必須講出你不應該知道的東西。」他猶豫，「不過我能跟你保證，滾石行動是用來對付我們的。」

「我們？」

「德意志民主共和國。」他微笑。「你喜歡的話，就說是蘇聯占領區吧。我其實沒那麼介意。」

費德勒這時觀察著利馬斯，棕眼沉思地停留在對方身上。

「可是我怎麼辦？」利馬斯問。「假設我拒絕寫信呢？」他提高嗓門。「現在是不是應該來談談我的福利了，費德勒？」

費德勒點點頭。

「有何不可？」他以愉快的口氣回答。兩人沉默了一陣，然後利馬斯開口：

「我已經盡了義務，費德勒。你和皮特斯已經從我嘴巴裡套出我知道的一切。我從來沒有答應要寫信給銀行——這種事可能會冒天大的風險。我知道你不擔心。在你眼裡，我可以被犧牲。」

「我就實話實說吧，」費德勒回應。「你也很清楚，我們審問投誠者時有兩個階段。以你的個案來說，第一階段幾乎已經完成：你將我們能合理記錄下來的東西全告訴了我們。你還沒告訴我們的是，你們情報局究竟喜歡用大頭釘還是迴紋針，因為我們沒問到這一點，你也不認為這種答案值得主動說出。雙方都會在無意識的情況下揀選內容。現在，可能性永遠存在——而這一點最讓人擔心，利馬斯——事情永遠很有可能是，過一、兩個月，我們就有必要知道大頭針和迴紋針的情報，並且是出乎意料和非常迫切。這通常會算在第二階段內——而這一部分的協議，你在荷蘭時就拒絕接受。」

「你是說，你們準備留著我日後再用？」

「投誠者這種行業，」費德勒面帶微笑，「需要很大的耐心。符合資格的人少之又少。」

「要多久？」利馬斯追問。

費德勒不吭一聲。

「要多久？」

費德勒開口說話，語氣突然浮現急迫感。「我向你保證，等我一能回答你這問題，我就盡快告訴你。你聽好——我大可現在對你撒謊，對吧？我可以回答一個月或更短，好讓你開心。可是我現在告訴你我不知道，因為這是真的。你給了我們一些線索，在我們查到東西之前，我不能接受放你走這種要求。但之後事情若是如我所料，你就會需要一個朋友，而那個朋友會是我。我以德國人的身分對你發誓。」

利馬斯震驚不已，因此沉默了一會兒。

「好吧，」他最後說，「我奉陪，費德勒，可是如果你是在玩我，我會想辦法扭斷你的脖子。」

「沒有那種必要。」費德勒平靜地回答。

一個角色扮演者，不是表演給他人觀賞、而是對自己表演時，就會暴露於顯著的心理危險中。騙術本身實行起來並不特別艱難，關鍵在於經驗和專業技能，這些能力是我們多數人可以後天養成的。江湖騙子、演員或賭徒在表演過後可以回到仰慕者的行列之間，可是情報特務卻沒有這種解脫。

對這種人而言，騙術的首要地位是拿來自我防衛。他不只得抵抗外來的敵人，也得對抗內在心理、抵抗最自然的衝動；即使他能日進斗金，他扮演的角色也可能連剃刀都不允許買。他即使博學多聞，也可能不得不淨講些陳腔濫調；他雖然是深情的丈夫與父親，卻得在所有情況下壓抑自己，遠離自己平時能信任的對象。

利馬斯深知，身為一個永遠孤立於自我欺瞞的人，會受到難以抵擋的誘惑侵襲，因此堅決採取最佳的武裝之道；他即使在獨處時也強迫自己入戲。據說巴爾札克臨終前，還急切地詢問他杜撰出來的角色是否身體健康、事業繁榮。同樣的，利馬斯並未荒廢創造的力量，拿他發明出來的角色套用在身上。他對費德勒表現出來的特質、坐立難安的猶豫，以及用來掩飾羞愧的保護性傲慢感，並不是在模仿特定特質，而是拿他本身確實有的加以延伸。出於同樣道理，他走起路來會稍微腳拖著地、忽視個人衛生、對食物不感興趣、對酒精與香菸的依賴與日俱增；他獨處時仍死守著這些習慣。他甚至會稍微再誇大一點，對自己喃喃數落著英國情報局的邪惡之處。

只有在極為罕見的情況下，比如他此刻於晚上上床睡覺時，他才允許自己承認，自己活在一大謊言中，享受這麼做的危險奢侈。

老總料事如神。費德勒果然一如夢遊般，讓人牽著鼻子走進老總為他設下的陷阱。看著費德勒與老總兩人逐漸發展出共通的利益，真是不可思議：就好像兩人對同一計畫達成共識，派遣利馬斯來執行。

或許這正是答案。或許費德勒就是老總拚了老命保護的特殊利益。利馬斯沒有多想這個可能性，他不想知道答案。他對這一類的事情完全不聞不問：他知道自己再怎麼推斷，都不會帶來可想像的好處。儘管如此，他向上帝祈禱這是真的。因為若真是如此，他就有可能能夠回家。

14 致客戶的信

隔天早晨，利馬斯仍躺在床上時，費德勒帶了幾封信來讓他簽名。其中一封寫在阿爾卑斯山景塞勒飯店的藍色薄信紙上，地點是瑞士施皮茨湖畔。另一封信紙的地址是格斯塔德的皇宮旅館。

利馬斯讀第一封信：

致哥本哈根皇家北歐銀行經理

親愛的經理：

我在貴行與卡思多夫先生開設聯名帳戶，三月三日我曾經致函要求貴行提供財力證明，但過去幾星期來我一直旅行在外，仍未接到英國寄來的任何信件，因此也沒收到貴行的答覆。為免進一步拖延，麻煩您轉寄一份副本到以下的地址給我，從四月二十一日起我會在此停留兩星期：

轉交Y．迪桑洛夫人

法國巴黎第十二區，哥倫布街十三號

造成不便敬請見諒。

（羅伯特．朗恩）敬上

「三月三日寄出的信是怎樣？」他問，「我又沒有寄任何信給他們。」

「沒錯，你是沒寄過。就我們所知沒有人寄過，所以銀行會擔心起來。如果我們現在寄給他們的信，和他們從老總那裡收到的信有任何矛盾，他們會認定答案就在失蹤的那封三月三日的信。他們的反應會是寄出你要求的財力證明，附帶說明信，遺憾表示沒有收到三月三日那封信。」

第二封信內容與前一封相同，只有署名不一樣，地址是同一個巴黎地址。利馬斯拿來一張白紙和他的鋼筆，用流利的筆跡寫下「羅伯特・朗恩」六、七次，然後簽好第一封信。接著他將鋼筆朝後歪，練習下一個簽名，一直練到滿意為止，再於第二封信底下寫上「史蒂芬・班奈特」。

「厲害，」費德勒邊看邊說，「相當令人佩服。」

「接下來怎麼做？」

「這兩封信明天會在瑞士的因特拉肯和格斯塔德兩地寄出。財力證明一寄到巴黎，我們在巴黎的人就會立刻發電報過來，一個禮拜後答案就見分曉。」

「在那之前呢？」

「我們會一直互相作伴。我知道你很反感，我為此致歉。我想我們可以去散散步，開車去山裡稍微兜風，殺殺時間。我希望你能放鬆和聊聊天，談談倫敦，談談劍橋圓場，還有在局裡工作的狀況。告訴我一些八卦，講講薪水、休假、宿舍、文件和同事。大頭釘與迴紋針這類細節。我想知道所有無關緊要的小事情。對了……」他改變語調。

「什麼事？」

「我們這裡正好有設施給……給撥出時間陪伴我們的人。轉移注意力之類的場所。」

「你是在提議幫我找女人嗎？」他問。

「對。」

「不用了，多謝。我和你不一樣，還沒有到需要皮條客幫我找小姐的地步。」

費德勒對他的回答似乎不感興趣。他很快接著說：

「可是你在英國時有個女人，對吧——圖書室的那個女孩子？」

利馬斯轉身面對他，雙手在身側張開。

「我有一個要求！」他大喊。「就這麼一個要求：別再提到那件事，別拿來當笑話，別拿來當威脅，甚至別拿來當話匣子，費德勒，因為這樣沒用的，永遠都一樣。因為你再提到一次，我就閉上嘴巴，你永遠休想從我這邊套出半個該死的字。去告訴他們，費德勒，去跟穆恩特和史坦伯格講，還是跟哪個叫你說這句話的流浪漢講——把我的話轉述過去。」

「我會轉告他們，」費德勒說，「我會告訴他們。只是可能太遲了。」

•

下午他們再度外出散步。天空陰沉，空氣溫暖。

「我只去過英國一次，」費德勒隨口說，「是我到加拿大途中順道過去的，在大戰前跟我父母親一起。當然那時候我年紀很小。我們在英國待了兩天。」

利馬斯點頭。

「現在我能告訴你這個，」費德勒繼續說，「幾年前，我差一點又有機會去英國。我本來要去鋼鐵代表團取代穆恩特——他在倫敦待過一次，你知道嗎？」

「我知道。」利馬斯神祕地回答。

「我經常在想，要是接下那份工作會是什麼樣子。」

「我想啊，就是那些老套，跟其他東歐共產國家的使節團混在一起；和英國企業界有一定程度的接觸——接觸不算多。」利馬斯的語氣聽起來索然無味。

「可是，穆恩特混得還不錯；他覺得工作得心應手。」

「我聽說是這樣沒錯，」利馬斯說，「他甚至還想辦法殺了兩個人。」

「所以這件事你也有聽說？」

「彼得・貴蘭姆告訴我的。他和喬治・史邁利一起查那個案子。穆恩特他媽的差點連喬治也宰了。」

「芬南案，」費德勒邊想邊說，「穆恩特竟然有辦法死裡逃生，也真不容易，對吧？」

「我想是。」

「你很難想像，他用了外交使節身分，照片和個人背景資料在外交部都歸檔登記，竟然還能躲過整個英國安全局。」

「根據我聽到的說法，」利馬斯說，「他們反正也不太想逮到他。」

費德勒猛然止步。

「你剛才說什麼？」

「彼得．貴蘭姆告訴我，他不認為英國安全局真的想抓到穆恩特。我們當時的編制不一樣，負責人是顧問，而不是行動總控，也就是老總——顧問姓馬斯頓。馬斯頓從一開始就把芬南案弄得一團糟，貴蘭姆是這樣說的。彼得認為，如果他們逮到穆恩特，就會弄得滿城風雨——他們會先審判他，然後大概會將他送上絞刑臺。這過程中扒出的醜聞會斷送馬斯頓的事業。彼得一直不太清楚發生了什麼事，不過他很確定，當時他們沒有對穆恩特發動全面搜索。」

「你確定嗎？你確定貴蘭姆是這樣一字不差告訴你的？沒有進行全面搜索？」

「我當然確定。」

「貴蘭姆從來沒暗示過，他們讓穆恩特溜走可能是基於其他理由？」

「什麼意思？」

費德勒搖搖頭，兩人繼續走在小路上。

「芬南案發生後，鋼鐵代表團就撤掉了，」費德勒過了半晌才評論道，「所以我才沒去英國。」

「穆恩特鐵定是瘋了。你在巴爾幹半島或是這裡搞暗殺，或許可以逍遙法外，但在倫敦是不可能的。」

「不過，他的確逃掉了，不是嗎？」費德勒很快插話，「而且他表現很不錯。」

「比如說吸收紀沃和艾許？願上帝保祐他吧。」

「他們操控芬南夫人也夠久了。」

利馬斯聳肩。

「告訴我卡爾・瑞梅克的其他事情，」費德勒又開口，「他和老總見過一次面，對不對？」

「對，大約一年前在柏林；也許比一年多一點。」

「他們在什麼地方碰面？」

「我們所有人在我住的公寓會面。」

「為什麼？」

「每次一有斬獲，老總就喜歡分一杯羹。我們從卡爾那邊弄到許多好情報——倫敦方面一定愛死了。他很快旅行到柏林，要我安排他們見面。」

「你介意嗎？」

「為什麼要介意？」

「卡爾是你的情報員啊。你可能不喜歡讓他見其他情報主管。」

「老總才不是情報主管；他是情報局首長。卡爾很清楚這點，這也搔到了他虛榮心的癢處。」

「你們三人一直都待在一起嗎？」

「對。呃，不太算是。我離開他們大概十五分鐘左右——頂多這樣。是老總要求的，他希望能和卡爾獨處幾分鐘，天曉得是為什麼。所以我找藉口離開公寓，什麼藉口我不記得了。噢，我想起來了——

我假裝蘇格蘭威士忌喝完了，還真跑到狄炯那裡弄來一瓶。」

「你知道你出去的時候，他們兩人談了什麼嗎？」

「我怎麼會知道？反正我也不太有興趣。」

「卡爾事後難道沒有告訴你嗎？」

「我沒問。卡爾在某些方面是厚顏無恥的臭小子，老是假裝有哪裡高我一等。我不喜歡他在背後取笑老總的嘴臉。告訴你，卡爾其實很有理由笑他，因為老總做的事是太可笑的表演。我們其實偶爾會一起這麼做。根本沒必要刺破卡爾的虛榮心，畢竟見面的用意完全就是要給卡爾一針強心劑。」

「卡爾當時情緒低落嗎？」

「沒有，差遠了。他已經被慣壞了。他的酬勞太多，得到太多寵愛，太受信任。一部分的錯在我身上，部分是倫敦的錯。要不是我們寵壞他，他就不會向他那個女人透露自己的整個情報網。」

「艾薇拉嗎？」

「對。」兩人無言走了一段路，直到費德勒打斷自己的白日夢。他說：

「我慢慢開始欣賞你了。可是我有一件事還是搞不清楚。說來也奇怪——我跟你見面之前沒擔心過。」

「什麼事？」

「擔心你為什麼過來。你為什麼要投誠。」利馬斯正要開口，這時費德勒大笑起來。「我想我的問題實在不怎麼委婉，是吧？」

兩人整個星期經常在山丘區散步。晚上他們會回到山莊，吃糟糕的晚餐，配一瓶難聞的白葡萄酒嚥下食物，然後拿著史坦因海卡琴酒在壁爐前坐到天荒地老。爐火似乎是費德勒的點子——他們一開始並沒有，後來有天利馬斯聽見他吩咐警衛去找木柴來燒。那時利馬斯並不討厭這樣的爐光夜晚；呼吸了一整天的新鮮空氣後，換上爐火與粗糙的烈酒，他會自動打開話匣子，隨意談著他服役時的情況。利馬斯猜想有人在錄音。他不在乎。時間就這樣一天天過去，利馬斯注意到同伴的情緒越來越緊繃。有一次他們開著ＤＫＷ車出門——當時滿晚的了——停在一座公共電話亭旁。費德勒留他在車子裡，鑰匙也沒帶走，自己去打電話，講了很久。他回到車上後，利馬斯問：

「為什麼不從房子裡打？」但費德勒只是搖頭。

「我們必須小心，」他回答，「你也一樣，你得謹慎。」

「為什麼？發生了什麼事？」

「你存到哥本哈根銀行的錢——我們寫信過去，你記得嗎？」

「我當然記得。」

費德勒不願多說，只是靜靜開著車，開進山丘區，然後就在那裡停下。在他們下方是兩條大山谷的交會點，稍微被高聳松樹的鬼魅拼布遮住。兩邊長滿樹的陡峭山丘，因暮色降臨，顏色越來越淡，最後呈現灰色，了無生氣地聳立在餘暉中。

「不管發生什麼事，」費德勒說，「都不必擔心。不會有事的，瞭解嗎？」他的語氣充滿強調，細瘦的手放在利馬斯的手臂上。「你也許得稍微看好自己，但是時間不會太長，瞭解嗎？」他再問了一次。

「不瞭解。既然你不肯告訴我，我只好靜觀其變了。別太擔心我的安危，費德勒。」他挪開手臂，但是費德勒的手卻抓著他。利馬斯很討厭被人碰觸。

「你知道穆恩特嗎？」費德勒問，「你瞭解他這個人嗎？」

「我們談過穆恩特。」

「對，」費德勒重複，「我們談過他。他喜歡先開槍再問問題。所謂的嚇阻原則。在這一行裡，問題應該比開槍殺人還重要，他的做法很奇怪。」利馬斯知道費德勒想跟他說什麼。「做法很怪，除非你害怕得到的答案。」費德勒繼續壓低聲音說話。

利馬斯等著。過了一陣子後，費德勒開口：

「他向來不負責審問。他總是會丟給我處理。他以前常對我說：『你來審問他們，揚斯，你的手法無人能及。我負責抓人，你來逼他們吐出實話。』他以前常說，從事反諜報工作的人就像畫家——等畫作完成後，他們會需要有個人拿著鐵錘站在背後當頭棒喝，否則他們會忘記想自己究竟想畫出什麼效果。『我來當你的鐵錘。』他會這麼對我說。起先這是我們兩人之間的笑話，然後他開始認真起來；那時他開始殺人，在套出實情前殺人，就跟你說的一樣：這裡殺一個、那邊宰一個，不是槍殺就是謀殺。我問他，我求他：『為什麼不逮捕他們？為什麼不讓我審問他們一、兩個月？他們死了對你有什麼用處？』他只是對我搖搖頭，說刺薊一定要在開花之前砍掉。我感覺他在我問這個問題之前早就準備好了答案。他是個很厲害的情報主管，非常厲害。他在衛民部屢建奇功，你也知道這點。他對這種做法自有理論；我曾在深夜跟他聊過。他喝咖啡──別的不沾，永遠只喝咖啡。他說德國人太著重於自省，難以培養出好情報員，這一點全反映在反情報部門裡。他說反情報的人就像嚼著乾骨頭的野狼──你非得拿走骨頭，逼他們另找新的情報來源才行。這我都懂。我瞭解他的意思。可是他的做法太過火了。他為什麼要殺掉韋雷克？為什麼要從我手上奪走他？韋雷克是新的情報來源，我們甚至還沒將骨頭上的肉剝下來耶，你懂嗎。所以說他為什麼要解決韋雷克？為什麼，利馬斯，為什麼？」他抓在利馬斯手臂上的手鉗緊。利馬斯身在車上伸手不見五指的黑暗中，能清楚感受到費德勒的情緒散發出嚇人的強度。

「我日夜都在想這個問題。韋雷克被槍殺後，我就一直在追原因。一開始感覺很荒誕，我告訴自己是嫉妒心在作祟，是被工作沖昏了頭，害我疑神疑鬼、哪邊都會看到背叛的影子；我們這個圈子的人就是會杯弓蛇影。可是我就是無法克制自己，利馬斯，我非得探個究竟不可。以前也發生過其他事。他很害怕──他怕我們會逮到一個太多嘴的人！」

「你在講什麼鬼東西？你發神經了。」利馬斯說，口氣流露一絲恐懼。

「你瞧，這一切都能串起來。穆恩特能如此輕鬆逃出英國；這是你跟我講的；然後貴蘭姆怎麼跟你說的？他說他們不想抓他！為什麼？我來告訴你為什麼──他是他們的人；他們吸收了他，他們逮到他了，你看不出來嗎？那就是他得到自由的代價──自由，和他收到的錢。」

「我告訴你，你在發神經！」利馬斯嘶聲說。「如果被他發現你在亂編這種理論，他會宰了你。這只是你一廂情願的念頭，費德勒。乖乖閉嘴，開車送我們回家。」緊抓利馬斯手臂的那隻手終於放開。

「你這就錯了。你提供了解答。你自己給的，利馬斯。所以我們才需要找彼此幫忙。」

「胡說八道！」利馬斯大吼。「我一而再、再而三告訴過你了，他們不可能那樣做，圓場不可能背著我利用他來對付蘇聯占領區！在行政上根本不可能。你難道想告訴我，老總親自指揮東德衛民部的副主任，卻沒知會柏林的主管？你瘋了，費德勒，你根本是他媽的腦袋壞掉！」突然間，他開始靜靜笑起來。「你可能是想要他的位置吧，你這可憐的混帳；你知道這種事情也不是沒發生過。不過這種事情到最後總會鬧得一發不可收拾。」兩人好一陣子都沒出聲。

「那筆在哥本哈根的錢，」費德勒說，「銀行回覆了你的信。銀行經理非常擔心出差錯。你存款進去後正好一個禮拜，帳戶的聯名人就領走了錢。穆恩特六月二十一號時曾造訪丹麥兩天，提領日期正好符合這段時間。他以假名入境丹麥，去見我們的一個美國情報員，這人去參加全球科學家會議。」費德勒遲疑，然後補上一句，「我想你應該寫封信給銀行，讓他們知道一切正常吧？」

15 參加舞會

麗姿看著黨中央的來信，納悶這究竟有何用意。她有點不解。她不得不承認自己感到開心，可是黨中央為何不先徵詢她的意見？難道是地區委員會報上她的名，或者，這是黨中央自己的決定？

但是就她瞭解，黨中央無人認識她。當然，她會遇見少數幾位過來演講的人，在地區大會時也與黨活動主辦人握過手。或許是文化關係部的那個男人記得她——那個金髮、陰柔的男人極力討好她。他叫艾許，對她也有點興趣，她猜或許就是艾許報上她的名，或是在提報獎學金人選時想起了她。他是怪人一個；他在大會結束後帶她去黑與白咖啡店喝咖啡，問她男朋友的事。他倒也不是色瞇瞇的——老實說，她認為他有點像同性戀者，不過他問了一大串關於她本人的問題：她入黨多久了？她沒與父母親同住，會不會想家？有沒有很多男朋友，還是有熱戀的特別心上人？她並不覺得對他特別來電，然而他的談吐相當宜人：談到德意志民主共和國這個工人國家，提到勞工詩人的概念之類的東西。他確實對東歐瞭若指掌，一定經常旅行。她猜他是學校老師，因為他講起話來有種好說教、口齒伶俐的特質。後來他們在收取選舉資金時[18]，艾許捐出足足一英鎊，讓她大感驚訝。想到這裡，她可以確定了：是艾許記得

18 英國共產黨（一九二〇—一九九一）會參與國會大選。他們在二戰前小有斬獲，但六〇年代後急速衰退。

她的，沒錯，是他告訴倫敦區的人，而倫敦區的人再上報到中央之類的地方。這種傳話方式似乎仍讓人覺得好笑，但是話說回來，黨的作風一向神祕——她心想革命政黨就是這樣吧！這種搞神祕的做法麗姿不太欣賞，她覺得不誠實。然而，她想，這樣做有其必要性，而且天才曉得啊，很多人就是喜歡故作神祕。

她把信再看一遍。信紙是黨中央的寫字紙，頂上印了紅色大字，信開頭寫著「親愛的同志」，麗姿覺得好軍事化，讓她很討厭；她一向不太習慣被人稱呼「同志」。

親愛的同志：

我們最近與德意志民主共和國的統一社會黨同志見面，討論推動英德兩國交換黨員的可能性，目的是建立一套準則，在兩黨之間進行黨員交流計畫。德國統一社會黨的同志知道，礙於英國內政部現行的差別對待措施，他們的代表在近期內無法前來大英帝國，但他們認為正是因為這個理由，經驗交流才更顯重要。他們大方邀請我方甄選五名黨支部祕書，條件是經驗豐富，並有在街頭帶動群眾活動的良好紀錄。中選的同志將在三週內參加東德黨支部討論會，研究產業與社會福利的進展，並親眼見識西方世界的法西斯主義挑釁。本黨同志可從這個年輕的社會主義體制中吸取經驗，實為大好良機。

我們是故要求區黨部提名您所在地區的年輕幹部，徵求能從此行得到最大收穫的人選，而妳的大名獲得推薦。若您可以，我們希望妳參加，並進行第二階段計畫，聯繫德意志民主共和國的一個黨支部，該支部黨員的產業背景與妳的支部類似，且面臨著同樣的問題。南貝瓦特支部被選擇跟紐恩哈根支部配對，後者位於萊比錫郊區。紐恩哈根黨支部的祕書芙瑞達．呂曼正在籌備盛大的歡迎會。我們確定妳是此行的合適人選，必能大有斬獲。一切費用將由德意志民主共和國文化部支付。我們確定妳瞭解這是無上的榮譽，並有信心妳不會因個人考量而拒絕這個機會。出訪訂於下月底二十三日左右出發，但是由於邀請信寄出時間不一，中選的同志將個別旅行。請您盡快告知我們您是否能答應，我們也會再告知您後續細節。

她越讀越覺得奇怪。首先，這實在太突然了——他們怎麼知道她有辦法跟圖書室請假呢？隨後她訝異地想起，艾許曾問過她休假時會做什麼、今年是否已經用掉年休，還有想休假時是否需要事先寫一大堆通知。他們為什麼不告訴她其他候選人有誰？也許他們沒有特別的必要說出來吧，但是沒提到反而不知為何更顯得怪異。而且這信好長。黨中央祕書人手不足，所以信件通常寫得很短，或者請同志打電話過去。這封信寫得這麼有效率，打字如此完美，可能根本不是黨中央寫的。不過簽名的人的確是文化活動主辦人，是他的親筆簽名沒錯，這點毫無疑問。這個筆跡她在蠟紙複印的通知上看過無數次了。何況這封信有種生硬、半官方、半自居為救世主的感覺，她也早就習慣，卻從沒喜歡過。而且信上說她帶動街頭群眾活動的紀錄良好，這實在很很蠢，因為她根本沒有那種紀錄。事實上她痛恨那種黨內工作——在工廠大門拿著擴音器演講、站在街角賣《工人日報》，還有在地方選舉時挨家挨戶拜訪。她就沒那麼介意和平工作，因為對她有意義，讓她覺得有道理。當你走在馬路上，你可以看看路上經過的兒童，看推著嬰兒車的母親和站在門口的老人，然後你可以在心中說：「我是為他們奮鬥。」那樣才真正是在為和平而奮戰。

可是，她一直無法用同樣的眼光看待爭取選票與爭取銷售業績。她心想，或許是因為後者會打擊他們的自信心吧。當十來個人在黨支部會議坐在一起，立志要重建世界、擔任社會主義尖兵，還有用嘴巴談著歷史的必然發展時[19]，這樣當然比較簡單。可是之後她得捧著一疊《工人日報》到街頭兜售，往往要等上一、兩個小時才有辦法賣出一份。有時候她會作弊，學其他人一樣自掏腰包買下十幾份，只為了能早早了事和回家。隔天早上大家會吹牛——忘記報紙是自己買下來的——「金德同志星期六晚上賣出十八份——十八份耶！」這會被寫進會議記錄，也會發表在支部公告欄上。區黨部會自鳴得意地搓揉雙手，她也許會被寫進頭版關於競選資金的小版面裡。這個圈子實在太小，她真希望大家能真誠一點。只不過就這一點她也對自己撒謊。也許他們全都是。也許其他人比她更能瞭解你為什麼非得說那麼多謊才行。他們推選她擔任支部祕書也是怪事一件；提議的人是穆勒根：「我們這位年輕、活力充沛和美麗迷人的同志——」他以為推舉麗姿擔任祕書就可以拐她上床。其他人投票選麗姿，是因為他們喜歡她，也是因為她會打字。因為她會自己攬下工作，不會逼他們犧牲週末去拉選票，至少不會太常這樣。他們投票選她，是因為大家想要一個理想的小俱樂部，又祥和又有革命精神，也不用費太多心思。一切都是個騙局。艾列克似乎能看出這點；他只是沒有太認真看待罷了。「有些人愛養金絲雀[20]，有些人則愛入共產黨，」他有一次這麼說，說得也有理。至少在南貝瓦特區是這樣子沒錯，區黨部也心知肚明。正因如此，她會被提名才更顯得怪異；所以她才非常不願意相信這是區黨部主導的。她很確定，解答就在艾許身上。也許他在暗戀她吧：也許他並不是同性戀，只是表面上女孩子氣而已。

麗姿做了個相當誇大的聳肩動作，就是一般人在興奮和獨處時會做的，像是壓力很大。反正是出國，不用花錢，聽起來也很有趣。她從來沒出過國，想當然也沒有能力負擔旅費。這一定很好玩。確實，她對德國人持保留態度，因為她知道實情，她聽人說過，西德是個好戰又愛報復的國家，而東德則是民主和愛好和平的國家。然而她有疑問，是不是全部的德國好人都住在一邊，而所有的壞人都住在另一邊。就是壞德國人殺害了她父親。或許正因為這個理由，黨才選上她，當成與她和解的慷慨舉動。也許艾許問她那麼多問題時，心裡考量的正是這個目的。當然了——這種解釋一定錯不了。她突然對黨深深感到親切與感激。他們真的是好人，她既驕傲又感激能屬於這些人的一員。她走到桌前打開抽屜。她在抽屜的舊學校書包裡放了支部的文具與黨費郵票。她把一張紙放進她那台老舊的安德伍牌打字機——區黨部聽說她會打字，立刻送來打字機，雖然會稍微多跳空格，但其他地方還算正常——她打了一封整整齊齊、充滿感激之意的接受信。黨中央真美好——堅定、仁慈、對事不對人、永久存在。他們是大好人，為和平而奮鬥的人。正當她要關上抽屜時，她瞧見了史邁利的名片。

她回想起那個臉龐真誠、長滿皺紋的矮胖男子，站在她房間門口說：「黨知道妳和艾列克的事嗎？」她真傻。好吧，這件事正好可以讓她暫時不去多想。

19 馬克思主義認為，社會主義透過階級鬥爭打倒資本主義，是歷史的必然發展。

20 金絲雀有告密者的意思。

16 逮捕

費德勒與利馬斯在開車回去的路上都不發一語。薄暮中的山丘黑如洞窟，針尖般的燈火在越來越深的夜色中掙扎，如同遠方海上的船隻燈光。

費德勒將車停入房子旁邊的庫房裡，兩人一同走向前門。正當他們要走進山莊時，他們聽見樹林那端傳來吆喝聲，緊接著有人喊了費德勒的名字。兩人轉身，利馬斯在暮色中認出有三個人站在二十碼外，顯然是在等待費德勒出現。

「你們有什麼事？」費德勒對他們喊。

「我們想跟你談談。我們是柏林派來的。」

費德勒猶豫。「那個該死的警衛到哪裡去了？」他問利馬斯，「前門應該有警衛看守才對。」

利馬斯聳聳肩。

「為什麼走廊的燈沒開？」他又問，接著在仍然沒被說服的情況下，開始慢慢朝三人走去。

利馬斯等了一會兒，然後因為沒聽到任何動靜，就自己穿過沒點燈的房子，來到後面的加蓋建築。這裡是個粗劣的軍營小屋，接在主建築後方，四周被年輕的松樹人造林緊密包圍。小屋隔成三個相連的房間，沒有走廊，中間的房間給了利馬斯，最靠近山莊的房間則分配給兩個警衛。利馬斯一直不知道第三個房間住了什麼人；他有一次想打開相連兩個房間的門，門卻是鎖住的。後來是有天他一大早出去散步，透過蕾絲窗簾的細縫偷看，才發現那是個臥房。那兩個到哪邊都會隔著五十碼的距離跟著他的警衛，當時還沒有繞過增建屋的轉角，他便趁機偷看窗戶裡面。房內有一張單人床，被單折疊整齊，還有一張小小的寫字桌，上面有紙張。他猜想有某個人——某位辦事像德國人一樣徹底的人——從這個臥室監看他。不過利馬斯是沙場老將，不會讓自己因為遭監視而心煩意亂。在柏林，被監視其實是家常便飯——要是你看不出有人在監控你，情況更糟糕，這樣只表示對手更加小心，或是你越來越無法掌握狀況。他對這一類事情很在行，因為他觀察力強、記性也牢靠——總而言之，他很擅長自己這一行的工作——因此每次都能立即揪出監視者。他知道盯梢隊伍喜歡採取的隊形，也懂得他們的招數、弱點，能認出讓他們露出馬腳的一時失誤。被人監視這件事，利馬斯毫不在意，可是當他走過山莊與增建小屋之間的臨時門口、站在警衛的臥房裡時，他明確感覺到有事情不對勁。

增建屋的燈光由某種總開關控制，由一隻看不見的手打開和關上。他早上經常被房間頭上突如其來的強光弄醒，晚上也會因為他們馬虎熄燈，逼得他不得不匆匆就寢。他走進增建屋時時間才九點，燈就已經熄了。通常燈會一直亮到十一點，現在卻已經熄掉，窗簾也拉了下來。他讓相連兩間屋子的門開著，讓走廊的淡淡暮光照進來，卻根本無法貫穿警衛的房間。他也只能勉強看見兩張空床。正當他站在房內盯著裡面看、發現空無一人而驚訝不已時，身後的房門居然關上了。也許是它自己關上的，不過利馬斯沒有試圖去開門。房內伸手不見五指，門關上時也沒有伴隨傳來喀嚓聲或腳步聲。對利馬斯而言，他的直覺忽然警醒，彷彿電影音軌戛然止息。接著他聞到雪茄的菸味。那一定是一直飄在空氣中，他卻現在才注意到。他就像盲人，觸覺與嗅覺在黑暗中變得格外敏銳。

他口袋裡有火柴，但他沒有拿出來用。他側身踏出一步，背貼緊牆壁並保持靜止。對利馬斯來說，解釋只有一個：他們在等他穿過警衛的房間、進入他自己的臥房，因此他決定留在原地。隨後他聽見一聲清晰的腳步聲從他剛才走過的山莊傳來。有人試了一下剛關上的房門，轉動門鎖並鎖緊。利馬斯仍舊按兵不動。還不是時候。不必裝了，他是增建屋裡的囚犯。利馬斯此時以非常慢的速度蹲下，同時將一手放在夾克一邊的口袋。他心情相當平靜，對於即將到來的行動幾乎感到如釋重負，不過記憶在腦海飛快掠過：「你手邊永遠都有武器：菸灰缸，兩、三個硬幣，鋼筆——只要是能摳能割的東西都行。」這是一位矮小溫和的威爾斯中士最愛的名言，他在大戰期間於牛津附近那棟屋子裡訓練他們；「絕對不要同時使用雙手。不能雙手拿刀子、棍子或手槍；空出左手，舉在肚子前方。如果找不到可以當作武器的東西，就讓雙掌張開，挺直拇指。」他以右手取出火柴盒，縱向抓著，故意捏扁，讓小而有尖角的火柴棒木頭從手指間露出。大功告成後，他沿著牆邊緩慢移動，最後碰到一張椅子，他知道是擺在房間的角落。現在他完全不管會不會發出聲響，將椅子推向地板中央，然後從椅子邊退後時算著他走了幾步，讓自己站在兩面牆壁之間的夾角。他站好時，聽見自己臥房的房門被用力打開。他拚命想認出站在門口的人是誰，卻徒勞無功；他自己的臥房也沒有光線。四下黑得伸手不見五指。他不敢向前攻擊，因為椅子現在放在房間正中央；椅子給了他策略上的優勢：他知道椅子在哪裡，而對手不知道。他必須要讓對手靠過來，非得讓他們出擊不可；他不能讓他們等到外面的救兵打開總開關和開燈。

「來啊，你們這些虛張聲勢的王八蛋，」他以德語咬牙切齒地說。「我在這裡，在角落裡，過來抓我啊，不敢是嗎？」沒有動作，沒有聲響。

「我在這裡，你們瞎了嗎？怎麼啦？怎麼了，小鬼們，你們看不到我嗎？」接著他聽見有人向前走一步，然後另一人跟進；接著傳來有人被椅子絆到時的咒罵，而利馬斯等的就是這一刻。他丟開火柴盒，又慢又小心地向前潛行，一步一步走，左手臂伸長做出在森林散步時推開小樹枝的動作，直到他非常輕地碰到一條手臂，摸到又暖又刺的軍服布料。利馬斯繼續伸著左手，故意拍對方手臂兩下——明顯的兩下——然後聽見耳邊有個驚恐的嗓音以德語低聲說話：

「漢斯，是你嗎？」

「閉嘴，你這蠢材。」利馬斯低聲回應，同一時間伸手抓住男人的頭髮，將他的頭往前和往下拉，然後以右手手刀朝他的頸背猛力砍下，再抓住他的手臂把他重新拉起來，以打開的拳頭往上直擊喉嚨，接著鬆手任憑地心引力處置對方。男人的身體碰到地時，燈光亮了起來。

門口站了一位年輕的民警上尉，正抽著雪茄，身後站了兩個男人，其中一個身穿便服，年紀相當輕，手裡握了一把手槍。利馬斯認為是捷克製的手槍，在尾椎處有根裝彈桿。他們全都看著倒在地板上的男子。有人打開外面的門鎖，利馬斯轉身看看來人是誰。他才一轉身就聽見有人吆喝——利馬斯認為是上尉——命令他別亂動。他慢慢轉身回來，面對那三名男子。他的雙手還放在身旁時，就被人重重打在頭上，似乎打碎了頭蓋骨。當他倒地、安祥地墜入無意識狀態時，他心想自己是不是被老式左輪手槍打中，那種槍柄上有個轉環，可以繫上槍繩的那種。

有個囚犯在唱歌，獄卒高聲要他閉嘴，利馬斯因此醒來。他睜開眼睛，痛楚便有如同刺眼的光線般衝進大腦。他靜靜躺著，不願閉上眼睛，看著銳利、彩色的碎片在視線中飛馳而過。他試圖檢查身體狀況：他的雙腳冰冷，他也注意到牛仔布囚衣的酸臭氣味。歌唱聲停了，利馬斯忽然好希望對方能再開口，只不過他知道歌聲一去不回了。他試著舉手摸摸凝固在臉頰上的血塊，但雙手被銬在背後。他的雙腳想必也同樣被綁住，血液不流通，因此才感覺冰冷。他萬分痛苦地四下張望，拚命想把頭從地面抬起來一、兩吋。他訝異地發現自己的膝蓋就在眼前，本能地想伸展雙腿，結果一陣突如其來的劇痛席捲全身，痛到他自憐地慘叫、抽噎著痛哭，如同被處肢刑的囚犯發出最後的哀嚎。他躺在原地喘氣，努力想控制住痛苦，然後基於自己本性中的極度變態心理，他再度嘗試，以相當緩慢的方式伸直雙腿。痛楚感立刻再起，但利馬斯發現了原因：他的雙手雙腳全被以鏈條在身體後面綁在一起。他只要試圖伸直兩條腿，鏈條便會拉緊，強將他的肩膀往下拖、把受傷的頭部壓到石地板上。他們一定是趁他失去意識時毒打了他一頓，因為全身僵硬又滿是瘀青，鼠蹊部位發疼。他在想那個衛兵是不是被他打死了。他希望如此。

他頭上亮著燈光：龐大、強烈、有醫院的感覺。四周沒有家具，只有漆白的牆壁，空間很小，還有灰色的鋼材門，漆成俐落的炭灰色，是你在新潮的倫敦住家中會見到的顏色。除此之外什麼都沒有，空無一物。沒有可以讓他想著的東西，只有殘酷的痛苦。

他一定是躺了好幾個小時，他們才出現。燈光照得熱呼呼，他口乾舌燥，卻拒絕喊出聲。最後門打開來，穆恩特站在門口。他看到那雙眼睛就知道是穆恩特；史邁利向利馬斯提過。

17 穆恩特

他們將他鬆綁，讓他自行試著起身。有一會兒眼看就要成功了，結果當血液重新循環到手腳，全身關節也擺脫原本受到的拘束時，他又倒了下去。他們讓他躺那裡，冷眼旁觀，有如兒童在觀察昆蟲。警衛之一推開穆恩特，走到前面，對著利馬斯吆喝，要他站起來。利馬斯爬到牆邊，把自己抽搐的手掌貼上白色磚頭。他才爬起來到一半，警衛就踢了他一腳，讓他再度摔倒。他再試一次，這回警衛讓他背貼牆站著。他看見警衛將重心移動到左腿，知道對方又打算再踢他，因此使出僅剩的力量往前衝，壓低頭撞向警衛的臉。兩人雙雙倒地，利馬斯壓在他身上。警衛爬起來，利馬斯躺在那裡等著對方報復，然而穆恩特這時對警衛說了一句話，利馬斯便感覺有人抓住他的肩膀與雙腳將他抬起，並在被抬過走廊時聽見他的牢房鐵門關上。他口渴至極。

他們把利馬斯抬進一個舒服的小房間，裝潢合宜，有張桌子和幾張扶手椅，瑞典窗簾半掩住加裝鐵窗的窗戶。穆恩特坐在桌子前，利馬斯坐在扶手椅上，眼睛半閉。警衛們站在門口。

「給我喝點東西。」利馬斯說。

「威士忌嗎？」

「水。」

穆恩特從角落的一個臉盆裡給一個玻璃罐裝滿水，然後連同杯子擺在他身邊的桌上。

「去拿點東西給他吃。」他命令，其中一個警衛走出房間，而後帶著一大杯湯及幾片香腸回來。

他又吃又喝，其他人則靜靜旁觀。

「費德勒在哪裡？」利馬斯最後問。

「被逮捕了。」穆恩特簡短回答。

「罪名是？」

「陰謀破壞人民安全。」

利馬斯緩緩點頭。「所以，你贏了。」他說。「你什麼時候逮捕他的？」

「昨天晚上。」

利馬斯等了一會兒，試著重新把目光聚焦在穆恩特身上。

「那我會怎樣？」他問。

「你是關鍵證人。當然你稍後也會接受你自己的審判。」

「所以我是倫敦設下的圈套的一部分、用來誣陷穆恩特囉？」

穆恩特點點頭，點燃一根菸，遞給其中一個警衛，讓他傳給利馬斯。「沒錯。」他說。警衛走過來，將菸放在利馬斯雙唇間，表現得滿心不情願。

「所以行動策劃得相當精細嘛，」利馬斯說，然後蠢呼呼地補上，「這些下流的傢伙，算他們聰明。」

穆恩特沒應聲。隨著審問進行，利馬斯逐漸習慣了對方的沉默。穆恩特有個相當悅耳的嗓音，這出乎利馬斯意料之外，但穆恩特不常開口。也許這是出於穆恩特驚人的自信心吧，他除非真的想要，否則絕不開金口，寧可讓長長的沉默打斷對話過程，也不願交換空泛的話語。就這一點而言，他與重視主動出擊的專業審訊者不一樣：後者的做法是引出氣氛，並利用囚犯對問話人的心理依賴程度。穆恩特鄙視這種手法，他是著眼事實與行動的人。利馬斯比較欣賞這一型。

穆恩特的外表與性情完全吻合。他模樣像運動員，金髮剪得極短，在頭上黯淡又整齊。他年輕的臉孔有著又深又清楚的線條，還有一股令人心寒的率直感，毫無幽默或幻想。他外表雖年輕，卻不見青春活力；年紀較長的人會認真看待他。他體格健壯，服裝合身，因為天生是衣架子。利馬斯不難聯想到穆恩特殺人不眨眼，他身上有種冰冷感，帶著一種嚴苛的自我勝任感，正好適合他搞殺人的事業。穆恩特是極度鐵石心腸的男人。

「如果有必要，你會接受的另一項審判罪名，」穆恩特輕聲接著說，「就是謀殺。」

「所以那個警衛死了，是吧？」利馬斯問。

一波強烈劇痛穿過他的頭。

穆恩特點頭。「沒錯，」他說，「你因諜報罪而受的審判，比較算是學術性質。我提議審判費德勒時應該公開審理。主席團也希望如此。」

「你也想要我招供？」

「對。」

「換句話說，你還沒有任何證據。」

「我們會找到證據。我們也會拿到你的供詞。」穆恩特的口氣不帶一點威脅意味，沒有表演風格，也沒有戲劇轉折。

「另一方面來看，你的案子可能有減刑機會。你被英國情報單位勒索；他們指控你偷錢，然後強迫你對我設下復仇圈套。你若提出這樣的懇求理由，法庭會同情你。」

利馬斯似乎猝不及防。

「你怎麼知道他們指控我偷錢？」然而穆恩特沒有回答。

「費德勒太笨了，」穆恩特說，「我一看過我倆的朋友皮特斯的報告後，馬上就知道你被派來的原因，也知道費德勒一定會掉入陷阱。費德勒恨我入骨。」穆恩特點點頭，彷彿在強調這句評論的真實性。「這一點你們的人當然清楚。這是非常巧妙的行動。告訴我，是誰策劃的？史邁利嗎？是不是他的主意？」利馬斯不作聲。

「你瞧，我想看看費德勒自己對你做的審問，我叫他送來給我看，結果他一拖再拖，我便知道自己料中了。昨天他拿到主席團去傳閱，但沒有給我一份。倫敦的某個人腦袋非常高明。」

利馬斯仍沒出聲。

「你最後一次見到史邁利是何時？」穆恩特以隨性的口氣問。利馬斯遲疑了一下，不太確定該怎麼辦。他頭痛欲裂。

「你最後一次見到他是何時？」穆恩特再問一遍。

「我不記得了，」利馬斯終於回答，「他其實已經不在編制裡，只是偶爾會路過而已。」

「他是彼得・貴蘭姆的好朋友，對嗎？」

「我想是，沒錯。」

「你之前認為貴蘭姆在你情報局的一個奇怪小單位研究德意志民主共和國的經濟情勢；你不太確定這個單位負責什麼。」

「對。」他腦袋劇烈抽痛，聽覺與視覺開始混淆不清。他的雙眼灼熱發疼。他想吐。

「好啊，你最後見到史邁利到底是什麼時候的事？」

「我不記得了……我不記得。」

穆恩特搖搖頭。

「講到能讓人指控我的事，你的記性就變得非常好。我們任何人都能記得上一次見到某人的時間。比方說吧，你從柏林調回英國後有沒有見過他？」

「有，我想有。我有一次碰巧遇見他……在倫敦，在圓場。」利馬斯已經閉上雙眼，冒出汗來。「我撐不下去了，穆恩特……撐不了多久，穆恩特，我身體不舒服。」他說。

「艾許把你帶走後，等到他走進你為他設下的圈套後，你跟他吃午餐，對不對？」

「對，一起吃午餐。」

「午餐在四點左右結束。之後你去了哪裡？」

「我想是回倫敦市吧。我記不清楚，沒法確定……看在老天的份上，穆恩特，」他說，用一手托著頭，「我撐不下去了。我他媽的頭……」

「之後你去了哪裡？你為什麼要擺脫跟蹤的人？為什麼那麼急著擺脫他們？」

利馬斯沒吭聲。他呼吸急促，頭埋進雙手。

「你只要回答這個問題，我就放你走，給你一張床，你想睡就睡。不回答，你就得回你的牢房，懂了嗎？你會再被綁起來，像餵畜生一樣在地板上進食，懂了嗎？跟我說，你去了哪裡？」

他腦袋的狂亂抽搐突然加速，整個房間在搖晃；他聽見四周有人聲，也聽見腳步聲；鬼影掠過眼前，然後再經過一次，全然脫離聲響與地心引力；有人在大喊，卻不是對著他；門打開了，他確定有人打開了門。房間裡擠滿了人，此刻全都在大喊，然後他們開始走掉，有些人不見了，他聽見他們大步離開，雙腳踏地的咚咚聲有如他頭痛的節奏；回音消失，四處一片死寂。接著宛如仁慈女神顯靈，一條涼毛巾鋪在他的額頭上，還有人小心將他抬走。

他在一張醫院病床上醒來，站在床腳的人是費德勒，他正在抽菸。

18 費德勒

利馬斯察看四周。鋪有床單的床。單人病房，沒加裝鐵窗，只有窗簾與毛玻璃。淡綠色牆壁，深綠色地氈；費德勒在一旁看著他，抽著菸。

護士為他端來餐點，一顆雞蛋，一些清湯，還有水果。他感覺自己病得像是快死了，但是認為最好還是吃點東西。所以他開始進食，費德勒在一旁看著。

「你感覺怎麼樣？」他問。

「他媽的糟透了。」利馬斯回答。

「但是有好一點了吧？」

「我想是。」他猶豫。「那堆臭小子毒打我一頓。」

「你打死了一名衛兵，你知道嗎？」

「我猜有吧……他們搞那種蠢到極點的行動，當然只會有那種下場。他們為何不同時逮捕我們兩個？幹麼把燈全部關掉？如果有什麼叫做籌劃過當，這件事就是典範。」

「恐怕以一個國家而言，我們這國人往往會籌劃過當。在國外的話，這樣做還稱得上是有效率。」

兩人再度陷入沉默。

「你被逮捕時怎麼了？」利馬斯問。

「噢，我同樣挨了一頓，好更方便審問。」

「是穆恩特的手下做的嗎？」

「是穆恩特的手下和穆恩特本人。感覺怪得很。」

「你要這麼說也是沒錯。」

「不對，不；我不是指身體的感覺。身體的感覺更像是惡夢一場，不過你也能瞭解，穆恩特毒打我還別有用意，不只是想逼出口供而已。」

「因為你編出那套故事，說——」

「因為我是猶太人。」

「噢，天啊。」利馬斯輕聲說。

「所以我才獲得特殊待遇。從頭到尾他一直對我說悄悄話，實在很奇怪。」

「他說了什麼？」

費德勒沒有回答。最後他喃喃說：

「一切都結束了。」

「為什麼？發生了什麼事？」

「我們被逮捕的那天，我已經向主席團申請民事通緝令，以人民公敵的罪名逮捕穆恩特。」

「可是你瘋了！——我告訴過你，你是神經錯亂了，費德勒！他絕不會——」

「除了你給的，還有其他對他不利的證據，是我過去三年來一點一滴蒐集到的。你的證據提供了我們需要的證明，就這麼簡單。我們一證實穆恩特的罪，我就準備了一份報告，送給穆恩特以外的每位主席團成員。他們收到的那天，就是我申請逮捕令的同一天。」

「就是我們被抓走的那天。」

「對。我早就知道穆恩特一定會反抗。我知道他在主席團有朋友，起碼是對他唯命是從的人，就是這些人看到我的報告後被嚇到，程度足以讓他們立刻跑去找穆恩特。到頭來，我知道他必然會輸。主席團拿到了能毀滅他的武器；他們拿到了報告，並在你我被審訊的那幾天一讀再讀，直到他們認為內容屬實，也知道其他人已經知情。最後他們採取行動。他們在共通的恐懼驅策下團結起來，因相同的弱點跟相同的知識選擇對付穆恩特，而且下令召開特別法庭。」

「特別法庭？」

「當然是祕密法庭。明天開庭。穆恩特被逮捕了。」

「你說的其他證據是什麼？你蒐集到的證據。」

「你就等著瞧，」費德勒面帶微笑回答，「謎底明天揭曉。」

費德勒沉默了一段時間，看著利馬斯吃喝。

「特別法庭，」利馬斯問，「是怎麼進行的？」

「要看主席的意思。這不是人民法庭——這點很重要，一定要記住。這種法庭本質上比較類似調查庭——調查委員會，就是這個，由主席團指定，針對特定主題的調查並提出報告。報告裡也會包含建議措施。以這樣的案子來說，建議措施相當於陪審團裁決，但是內容會維持機密，是主席團審判程序的一部分。」

「怎麼個審判法？有律師和法官嗎？」

「會有三名法官，」費德勒說，「實際上也會有律師。明天我會親自指控穆恩特，為他辯護的人是喀爾登。」

「誰是喀爾登？」

費德勒猶豫。

「一個非常強硬的傢伙，」他說，「看上去像個鄉下醫生，矮小慈祥。他曾被關在布亨瓦德集中營。」

「為什麼穆恩特不能為自己辯護？」

「是穆恩特的意思。據說喀爾登會找來證人。」

利馬斯聳聳肩。

「反正是你家的事。」他說。兩人再度陷入沉默。最後費德勒若有所思地說：

「要是他傷害我是針對我個人，是出於恨意或嫉妒，我也不會這麼在意——我想我不會，至少不會太在乎。你瞭解嗎？承受那麼久、那麼久的痛苦，你也一直對自己說：『我若不是暈倒，就是能適應疼痛，全看老天處置。』可是痛苦卻像小提琴手在E弦上一路往上爬那樣。你會認為它不可能再往上，它卻照升不誤——痛苦就像這樣，不斷升高再升高，而老天爺只是帶著你從一個音符走到下一個音符，像是被教導聽音樂的聽障兒童。然後他一直不停低聲說著猶太人……猶太人。要是他這麼做是為了理念、為了黨，或是痛恨我本人，我就能理解，我確信我可以，可是實際上不是這樣；他恨的是——」

「好啦，」利馬斯不耐煩地說。「你應該很清楚，他是狗雜種一個。」

「對，」費德勒說，「他是狗雜種。」他似乎興奮得激動。利馬斯心想，他想找個對象自吹自擂一番。

「你的事我想了很多，」費德勒接著說，「我想過我們聊過的東西——你應該記得——關於馬達。」

「什麼馬達？」

費德勒微笑。「對不起，馬達（motor）是直接翻譯。我指的是德文的motor，引擎，精神，驅策動力，不管你們基督徒怎麼叫它。」

「我不是基督徒。」

費德勒聳聳肩。「你明知我的意思。」他再度微笑，「這件事讓你不舒服……我換個方法來說好了。假設穆恩特說的有道理；你知道，他要我坦白；他要我承認我跟英國間諜串通、計畫謀殺他。你能看到他用哪種論點：整個行動是由英國情報局發起，目的是引誘我們——你想要的話就說是我——清算東德衛民部裡面最厲害的人手。拿我們的武器對付自己人。」

「他也拿這個說法來逼問我，」利馬斯無動於衷地說。他接著補上，「說得好像是我自己編出這整套該死的故事。」

「但是，我的意思是：假設這是你設下的陷阱，假設這是真的——我只是在舉例，你應該瞭解，只是假設而已——你是否因此願意殺人，殺一個無辜的人——」

「穆恩特自己就是殺人魔。」

「假設他不是好了。假設他們想殺的是我，那麼倫敦肯不肯主導這樣的行動？」

「這……要看需要而定……」

「啊，」費德勒滿意地說，「要看需要而定。事實上就像史達林一樣。車禍與數據。我真是鬆了一口氣。」

「為什麼？」

「你必須多睡點覺。」費德勒說。「想吃什麼儘管吩咐，他們會送過來給你。你明天就可以講你想講的話。」然後，他走到門口時回頭說，「你也知道，我們全都一樣。這才是好笑的地方啊。」

利馬斯很快就進入夢鄉，心滿意足地知道費德勒與他站在同一陣線，也知道兩人不久後將送穆恩特去見閻王。這一刻他已經等了好久、好久。

19 支部會議

麗姿在萊比錫很快樂。簡樸的生活讓她很開心，因為這帶給她一種自我犧牲的慰藉感。她住的小房子昏暗又寒酸，食物也很粗陋，何況多數都得分給兒童吃；她三餐都與埃卜特女士談論政治。她是萊比錫—荷恩格倫選區的支部祕書，身材矮小、頭髮灰白，丈夫在萊比錫郊外經營砂石廠。麗姿感覺，住在這裡就像置身宗教社群一般；像是修道院或以色列集體農場之類的感覺。當你餓著肚皮時，就會感覺世界變得更美好。麗姿懂一點德文，是從她阿姨那裡學來的，她很訝異這麼快就能派上用場。她先練習對孩子們講，小朋友咧嘴笑並糾正她。孩童起初以奇怪的眼光看待她，彷彿她是地位高尚或身懷稀罕價值的人。到了第三天，其中一個小朋友鼓起勇氣問她，有沒有帶來「drüben」（另一邊）的巧克力。她從沒想到要帶巧克力過來，因此覺得很羞愧。之後孩童就似乎忘了她的存在。

晚上則有黨務工作。他們散發印刷品、拜訪拖欠黨費或是會議出席率不佳的支部黨員，並造訪區黨部討論「集中化分配農產品之相關問題」，所有支部祕書都會出席，以及前往市區近郊一家機械工具工廠，參加該廠工人諮議委員會的會議。

最後到了第四天，也就是星期四，他們自己的支部會議才召開。這應該是最令人精神為之一振的事，至少對麗姿而言；在所有事情當中，這件事就是榜樣，讓她的貝瓦特支部有朝一日也能達到這種成就。

他們為今晚的討論訂出一個很棒的主題——「兩場大戰後的共存」，並預期參加人數將創新高。他們在整個選區發了傳單，並煞費苦心確定當晚附近地區沒有其他支部開會打對台；星期四不是延長夜間購物時間的日子。

總共來了七個人。

七個人，再加上麗姿、支部祕書以及區黨部來的人。麗姿強顏歡笑，心裡卻難過得要命。她幾乎無法專心聽講者演說，就算試著打起精神聆聽，演講人也用起很長的德文複合字，她反正聽不懂。這就像在貝瓦特的會議那樣，就像她從前會在星期三上教堂做晚禱時那樣——同樣一小群盡忠職守和失落的臉孔，同樣忸怩的大驚小怪，同樣有著偉大想法掌握在無名小卒手中的感覺。她一直都有同一種感受——說來慚愧，真的，不過她真的就是有——她但願沒有人會出席，因為這樣就無庸置疑了，暗示有迫害、羞辱的存在——這是你能拿來大作文章的東西。

可惜七個人什麼也不值，比毫無價值還糟糕，因為他們證明了無法被說服的大眾的內心惰性。他們會傷透你的心。

這裡開會用的房間比貝瓦特用的中學教室好，然而就算如此，也無法安慰麗姿。在貝瓦特，試著找到開會地點是件很好玩的事。早期他們會假裝成其他組織，假裝與共產黨完全無關；他們找到的地方包括小酒館後面的房間，雅登納小餐館的委員會議室，或者祕密在彼此家中開會。後來在中學任教的比爾・黑澤入黨，他們就借用他的教室。即使這麼做也不無風險，因為校長以為比爾在搞劇團，所以理論上來說，他們仍然有可能被掃地出門。不知何故，教室的這些條件比這間和平廳還來得合適：和平廳是預鑄混擬土建造的，角落有裂痕，牆壁上也掛著列寧的遺照；為什麼他們要拿那麼可笑的相框包住照片？角落有一束束管風琴管探出來，綵帶旗子也全都沾滿灰塵，看來就像法西斯分子的葬禮之類的。有時她認為艾列克說的有道理——你會相信某件事，是因為你需要相信；至於你相信與不信什麼，這本身並沒有價值，沒有功用。艾列克是怎麼說來著？「狗只搔癢處，不同的狗，癢處也不同。」不對，那樣是錯的，艾列克錯了——講那種話很過分。和平、自由與平等——這些都是事實，它們當然都是。那歷史呢——看看共產黨驗證過的這麼多法則。不，艾列克錯了：真理存在於人類之外，它已經在歷史中得到佐證了，人類必須向它低頭，必要時就必須被它擊垮。共產黨是歷史的先鋒，是為和平奮鬥的前哨……她以有點不甚確定的態度重溫黨綱。她希望今晚有更多人參加，七個人實在太少了。他們看起來很生氣，又憤怒又飢餓。

會議結束，麗姿等埃卜特女士收拾門邊笨重桌子上沒賣掉的印刷品，然後自己在簽到簿上簽名，穿上大衣，因為那晚外面很冷。演講人在綜合討論前就先跑掉了——麗姿認為此舉相當沒禮貌。埃卜特女士站在門口，一手放在電燈開關上。這時，一名男子從黑暗中冒出來，站在門框裡。麗姿一時以為是艾許。這人長得很高，金髮，身穿有皮釦的雨衣。

「埃卜特同志嗎？」他詢問。

「什麼事？」

「我來找一位英國同志，姓金德。她是不是跟妳同住？」

「我是麗姿・金德。」麗姿插嘴，男子於是走進和平廳，關上門，燈光直接照在他臉上。

「我是區黨部來的赫騰。」他出示幾張證件給仍站在門口的埃卜特女士看，埃卜特點點頭，朝麗姿瞥了一眼，神態有點焦慮。

「主席團請我轉交訊息給金德同志，」他說。「是關於您交換計畫的更動。主席團邀請妳參加特別會議。」

「噢。」麗姿有點愚鈍地說。主席團竟然聽過她，真是不可思議。

「這是表達善意之舉。」赫騰說。

「可是我——可是埃卜特女士……」麗姿無助地開口。

「我確定埃卜特同志在這種情況下會原諒妳的。」

「當然了。」埃卜特女士很快地說。

「這個會議在哪裡舉行？」

「妳必須今晚就動身，」赫騰回答。「我們有很長一段路要趕。靠近哥利茲。」

「哥利茲……在哪裡啊？」

「東邊，」埃卜特女士很快地說，「在波蘭邊界上。」

「我們可以現在開車送妳回家，讓妳收拾行李，然後我們就立刻上路。」

「今天晚上嗎？現在？」

「對。」赫騰似乎不認為麗姿有太多選擇的餘地。

一輛黑色大轎車在等他們。前座有個司機，引擎蓋上有根旗杆，看起來相當類似軍車。

20 特別法庭

法庭沒有比小學教室大上多少，一端只擺出五、六張長椅，觀眾之間零星坐了一些警衛與獄卒——這些觀眾是主席團的成員以及挑選過的官員。法庭另一端，特別法庭的三名成員坐在高背椅上，面前是沒有塗上亮光漆的橡木桌。他們頭上有個以膠合板製作的紅色大星星，以三圈鐵絲從天花板垂掛下來。法庭的牆壁是白色，與利馬斯的牢房一樣。法官桌兩側各坐了一名男子，椅子稍微超前橡木桌，並朝內面對彼此；其中一人是中年男子，年齡六十上下，身穿黑色西裝，繫灰色領帶，就是那種德國鄉村地區上教堂做禮拜時的衣著。另一人是費德勒。

利馬斯坐在後面，兩邊各有一名警衛。他越過觀眾的後腦勺縫隙，可以看見穆恩特，身邊有警察團團包圍，金色頭髮剪得非常短，寬闊的肩膀覆蓋著熟悉的灰色囚衣。利馬斯自己能穿原來的衣物，而穆恩特身穿囚衣，這讓他感覺很有趣地評注了法庭上的氣氛——或是費德勒的影響力。

利馬斯才坐下沒多久，坐在橡木桌中央的調查法庭主席就搖鈴，把他的注意吸引過去；這時他全身打了一個寒顫，因為他發現主席竟然是個女人。他之前沒注意到，實在也不是他的錯；主席年約五十，眼睛很小，模樣陰沉，頭髮剪得像男人一樣短，身穿蘇聯主婦喜歡的多用途深色短上衣。她以銳利的眼神環視法庭各處，向一位警衛點頭示意關門，然後省去繁文縟節，開門見山對法庭發言：

「各位都知道我們在此集會的原因。本次開庭過程列為機密，請各位記住。這是主席團要求召開的調查法庭，我們只對主席團本身負責。我們只會聽取我們認為合適的證詞。」她隨手指向費德勒，「費德勒同志，你最好開始吧。」

費德勒站起來，匆匆對主席桌點頭，然後從身邊的公事包取出一疊紙張，這些紙的一角以黑色繩帶串起。

他發言的音量很低，口氣輕鬆，帶有一種利馬斯從未在他身上見過的羞怯感。利馬斯認為他表演得很精彩，演出了以遺憾的心情將上司送上斷頭台的角色。

•

「如果各位還不知道的話，應該先瞭解以下這一點。」費德勒開始說。「在主席團收到我針對穆恩特的行為所提出的報告當天，我便連同投誠者利馬斯遭到逮捕。我們兩人都被囚禁，並且……在極端的脅迫之下，被要求坦承這整件對穆恩特的可怕指控，全是法西斯主義者用來對付忠貞同志的計謀。

「從我已呈給各位的報告中，各位可以看到利馬斯是如何引起我們的注意：是我們主動接觸他、勸他投誠，最後將他帶來德意志民主共和國。沒有哪件事比這更能清楚證明利馬斯的公正無私：那就是他至今仍拒絕相信，穆恩特被英國買通，而他秉持的原因我稍後會解釋。因此，暗示利馬斯為誘餌是很可笑的：採取主動的是我方，而利馬斯提供了殘缺不全、卻極具關鍵的證據，不過是讓過去長達三年的一連串漫長跡象有了最終的證明。

「各位面前便是本案的書面記錄。我不需要再詮釋各位既知的事實。

「穆恩特同志的罪名是為帝國主義強權擔任間諜。我本來大可罪加幾等——包括他將情報交給英國情報局、將自己的部門轉為資產階級國家的不自知走狗、刻意掩護反黨團體的報復行動，並接受外幣作為酬勞。這些其他罪名都是從第一個罪名衍生而來，即漢斯狄特．穆恩特是帝國主義強權的間諜。此罪的刑責是死刑。在本國刑法裡，沒有其他犯罪行為比此舉更能置國家於莫大險境，也沒有任何事件更需要本黨提高警覺。」說到這裡，他放下文件。

「穆恩特同志現年四十二歲，是衛民部副主管，未婚。他向來被視為能力超凡的黨員，孜孜不倦維護黨的利益，而且為保護黨的利益願意不擇手段。

「且讓我告訴你們他生涯的一些細節。他二十八歲時被吸收進入衛民部，接受一般訓練；通過試用期後，他前往北歐國家從事特殊任務，特別是在挪威、瑞典與芬蘭，成功建立起一套情報網，將對抗法西斯煽動分子的戰役帶進敵國陣營。他表現理想，沒有理由假設當時的他不是衛民部的勤勉成員。但是，同志們，請別忘記他與北歐國家的這段早年關係。穆恩特同志在大戰後不久建立的情報網，多年後為他提供了藉口，使他得以遠行至芬蘭與挪威，他對當地情報網的責任成了他的掩護，讓他得以在外國銀行提領鉅款，作為他叛國行徑的報酬。請別搞錯：穆恩特同志並非設法推翻歷史驗證之人的手下受害者。他的動機首先是懦弱，接著是愚鈍，然後是貪婪；坐擁金山是他的夢想。諷刺的是，正是為了滿足他貪財慾望而精心設計的付款手段，讓他終究逃不過正義力量的追究。」

費德勒停頓，然後環顧法庭，雙眼突然散發出狂熱的光芒。利馬斯看得出神。

「讓我們來樹立教訓，」費德勒大喊，「給國家的其他敵人引以為戒；這些敵人罪大惡極，必須趁夜闌人靜時分才敢密謀策劃！」法庭後方的小群觀眾聽話地發出喃喃附和聲。

「他們想盜賣人民的血液，卻逃不了人民的警覺心！」費德勒發言的口氣有如在面對大批群眾，而非白牆小房間裡屈指可數的官員與警衛。

利馬斯這時才恍然大悟，費德勒完全不想冒險：特別法庭、檢察官與證人的言行，必須在政治上無懈可擊才行。費德勒無疑瞭解這種案件的後續反訴會帶來何種危險，因此以這種發言來守住弱點：他的辯論將列入記錄，如果有人想要反駁，必須膽識過人才行。

費德勒這時打開面前桌上的檔案。

「一九五六年底，穆恩特以東德鋼鐵代表團成員的身分派至倫敦。他額外的特殊任務是反顛覆那些流亡分子團體。在他執行任務期間，他冒了極大的風險，這點無庸置疑，也獲得了寶貴的結果。」

利馬斯的注意力再度被拉到中央桌子的三個人身上。主席左邊是年紀輕的男子，膚色較深，眼睛似乎半閉，頭髮細長又蓬亂，有苦行僧的那種灰暗膚色。他雙手細瘦，正不斷把玩著擺在面前那疊紙張的邊角。利馬斯猜他是穆恩特的人；為何如此猜測，他也很難解釋。桌子另一邊坐著年紀稍長的男人，頭髮轉禿，臉色開朗且討喜。利馬斯認為他看來有點蠢。他猜想，要是穆恩特的命運懸而未決，年輕男子會挺身辯護，而女主席會宣告他有罪。利馬斯認為第二名男子會因意見分歧而感到尷尬，因此與主席站在同一邊。

費德勒再度發言。

「一直到穆恩特的倫敦勤務進入尾聲，吸收行動才展開。我剛才說過，他置自己於極大的危險，因此與英國祕密警察發生衝突，他們對他發出逮捕令。穆恩特沒有外交豁免權（英國屬於北大西洋公約組織，不承認我國主權），因此只能躲起來。機場與海港受到監控，他的相片與特徵描述傳遍了英倫列島。然而穆恩特同志在躲藏兩天之後，竟然能夠搭計程車跑到倫敦機場，然後飛到柏林。『真高竿啊，』各位會這樣說，而他的確高竿。英國全部警力都在戒備，所有鐵公路、海運與空運路線都被時時監視，穆恩特同志卻能從倫敦機場搭飛機逃走。果然很高竿。或者，同志們，靠著後見之明的優勢，各位或許會覺得穆恩特的英國逃脫記有點太高竿、太輕鬆了，若是沒有英國當局的默許，這種逃脫絕對不可能成功！」法庭後方再度傳來觀眾的喃喃低語，比剛才更不由自主。

「實情是這樣的：穆恩特確實被英國人逮捕入獄，而他們在短暫、歷史性的面談中，提供他一個經典的二重選擇：穆恩特是要在帝國主義的監獄裡蹲上幾年、終結他亮麗的生涯，還是奇蹟似地回到祖國、跌破所有人的眼鏡，達到他展現過的潛能？英國人當然對於釋放他也開了條件：他必須提供他們情報，他們則會付給他大筆錢財。前面吊著紅蘿蔔，後面是棍子，穆恩特就這樣被吸收了。

「現在，英國有意讓穆恩特的事業步步高陞。我們還無法證明，穆恩特在清算次要西方情報員方面的成功，究竟是不是他帝國主義的主子背叛自家吸收的間諜、出賣那些可以犧牲的人，好藉此增添穆恩特的光環，目前我們仍無法證明，但當前的證據使我們得以做出這樣的假設：

「從一九六〇年開始——也就是穆恩特同志成為衛民部反間諜處主任那年——世界各地傳到我們手

上的跡象顯示，我國高階官員當中暗藏間諜。大家都知道卡爾．瑞梅克曾是間諜；當他被消滅後，我們以為驅魔工作已大功告成，但是謠言依然沒有停止的跡象。

「到了一九六〇年底，我們一位前間諜在黎巴嫩找上一名英國人，而大家知道這名英國人與英國情報局有所聯繫。這人打算賣給英國人——我們事後很快就發現——衛民部兩個處的完整組織架構表，他以前在衛民部那邊工作過。非常有趣的是，他的資料傳到倫敦後卻遭到退回。這或許能表示，英國人早已擁有這份情報，而且是最新的情報。

「從一九六〇年中起，我們損失外國間諜的速度快得嚇人，他們往往在獲派工作的幾個星期之內就遭逮捕。有時敵人企圖吸收我們的人來當雙面諜，只是不常發生，彷彿敵人懶得花這種力氣。

「後來——時間是一九六一年初，如果我沒記錯的話——我們受到命運之神的眷顧。我們獲得英國情報局手中有關衛民部之情報的大綱，至於我們如何獲得，在此將不描述。這份情報的內容完整、正確，而且新到令人瞠目結舌的地步。我自然把情報呈給穆恩特看，因為他是我的上級。他告訴我，他一點也不驚訝：他手中正在進行某些調查，並吩咐我不要採取行動，以免影響到調查的公正度。我承認，當時的有個想法閃過我腦海，儘管看似牽強和荒誕——說不定穆恩特本人就是出賣情報的人。

也有其他跡象指向這點……

「我幾乎無須向各位報告，最不會被懷疑、最不可能成為間諜的對象就是反間諜處首腦。這種念頭太令人厭惡，太像個鬧劇，因此很少人會思索這種可能性，更遑論公開表示了！我坦承，我本人也犯了罪，極度不願意做出這種看似異想天開的推論。此舉乃為錯誤。

「但是，同志們，最後的證據已經送到我們手上。我提議立刻呈上證據。」他轉頭望向法庭後方。

「帶利馬斯上前。」

•

他左右的警衛起身，利馬斯慢慢側身走出觀眾席，來到法庭中間不超過兩英呎寬的簡略通道。警衛對他示意說他應該面對主席桌站好。費德勒就站在離他不過六英呎遠的地方。首先是主席對他開口。

「證人，貴姓大名？」她問。

「艾列克．利馬斯。」

「年齡？」

「五十。」

「結婚了嗎？」

「沒有。」

「但是你結過婚？」

「現在單身。」

「職業是什麼？」

「圖書館助理。」

費德勒怒氣沖沖地插嘴進來。「你是前英國情報局雇員，對不對？」他怒聲說。

「沒錯。直到一年前。」

「本庭已經看過你的審問報告，」費德勒繼續說，「我要你再告訴他們一遍，你和彼得・貴蘭姆去年五月交談的內容。」

「你是說我們談到穆恩特的那次？」

「對。」

「我告訴過你了，我當時在圓場，在英國的辦公室，我們位於劍橋圓場的總部。我在走廊上碰到彼得。我知道他牽扯到芬南案，就問他喬治・史邁利後來怎麼了。之後我們談到已經死掉的迪特・弗萊，以及捲入這案子的穆恩特。彼得說，他以為馬斯頓——當時馬斯頓就是實際掌管本案的人——不希望穆恩特被抓到。」

「你怎麼詮釋這段話？」費德勒問。

「我知道馬斯頓把芬南案搞得一團糟。我猜他不願看到穆恩特出現在老貝利街的倫敦中央刑事法院，結果挖出任何醜聞。」

「如果穆恩特被抓到，會接受正式法律制裁嗎？」主席插嘴。

「要看是誰抓到他。如果是警方，他們會向內政部報告。一報上內政部，天大的權力也沒辦法阻止他被起訴。」

「假如是你的情報局抓到他呢？」費德勒詢問。

「噢，那就不一樣了。我猜他們若不是會審問他，然後試著拿他交換我們關在這邊的一位自己人，就是會給他一張車票。」

「什麼意思？」

「擺脫他。」

「你是說清算他？」費德勒現在負責所有問話了，特別法庭的成員則在面前的檔案上振筆疾書。

「我不清楚他們會怎麼做。我從來沒有被扯進那種遊戲。」

「他們難道不會嘗試吸收他為他們的情報員？」

「有，可是沒有成功。」

「你怎麼知道？」

「天啊，拜託你啊，我一遍又一遍告訴過你了，我又不是他媽的表演雜耍的海豹……我好歹當過柏林部門的主管四年。要是穆恩特是我們的人，我一定會知道。我不想知道也沒辦法。」

「有道理。」

費德勒似乎對這個答案相當滿意，或許很有信心特別法庭的其他人對這答案不盡滿意。現在他將注意力轉移到滾石行動，再度讓利馬斯講一遍管理檔案流通的特殊複雜保密措施，以及寫給哥本哈根與赫爾辛基銀行的信，還有利馬斯收到的那份回音。費德勒對著特別法庭說：

「我們沒有收到赫爾辛基的回信，我不清楚為什麼。不過容我為各位扼要重述。利馬斯於六月十五日把錢存進哥本哈根銀行；擺在各位面前的文件當中，有一份是來自北歐皇家銀行致函給羅伯特・朗恩的信件複印本。羅伯特・朗恩是利馬斯用來在哥本哈根開戶的假名。從那封信中（各位手上編號第十二號的檔案），各位可以看到整筆金額，一萬美元，於一星期後由帳戶聯名人領出。我想，」費德勒繼續說，頭往前排一動也不動的穆恩特身影一偏，「被告人六月二十一日就在哥本哈根，名義上是代表衛民部進行祕密工作，這一點他應該不會爭論。」他停了一下，然後繼續。

「利馬斯造訪赫爾辛基那次——他第二次去存款——時間是九月二十四日前後。」他提高音量，轉身正對著穆恩特看，「十月三日，穆恩特同志暗中前往芬蘭，再度宣稱是替衛民部出任務。」法庭一片寂靜。費德勒慢慢轉身過來，再度對著法庭發言。他以壓低又帶著威脅意味的嗓音問道：

「各位是否在抱怨這些是間接推測的證據？讓我提醒各位更進一步的事證。」他轉向利馬斯。

「證人，你在柏林活動期間，你與卡爾・瑞梅克搭上線，此人曾為德國統一社會黨主席團的祕書。你們兩人的關係本質為何？」

「他是我的情報員，直到被穆恩特的手下槍殺。」

「確實。他被穆恩特的手下槍殺。還有幾個間諜同樣在接受訊問之前，就遭到穆恩特同志火速清算。但是他被穆恩特的手下槍斃之前，是在擔任英國情報局的情報員嗎？」

利馬斯點頭。

「你能否描述瑞梅克與你稱作老總的這名男子見面的經過。」

「老總特地從倫敦過來柏林見卡爾。我想卡爾是我們成績最好的情報員之一，所以老總才想見見他。」

費德勒插嘴進來，「他也是最受信賴的情報員之一嗎？」

「是，當然是了。倫敦愛死了卡爾；他絕對不會搞砸。老總過來時，我安排卡爾來我的公寓，我們三人一起用餐。我其實不太喜歡讓卡爾去那個地方，但是我當然不能這樣告訴老總。要解釋很難，不過他們在倫敦的人喜歡出鬼點子，他們太脫離現實了，我很害怕他們會找藉口把卡爾接管過去——他們有能力這麼做。」

「所以你安排你們三人見面。」費德勒唐突插嘴。「結果呢？」

「老總事先要求過我，確保他能跟卡爾獨處十五分鐘，所以我在傍晚假裝蘇格蘭威士忌喝完了，離開公寓到狄炯家。我在他家喝了兩、三杯，借了一瓶酒才回去。」

「你回家後發現他們情況如何？」

「什麼意思？」

「老總和瑞梅克是不是還在交談？如果有，交談內容是什麼？」

「我回家時他們一句話也沒聊。」

「謝謝你，你可以坐下了。」

利馬斯回到法庭後面的座位。費德勒轉向特別法庭的三名成員，開口說：

「我想先談談瑞梅克這位被槍殺的間諜，卡爾·瑞梅克。各位面前的報告列出了瑞梅克洩露給身在柏林的艾列克·利馬斯的所有情報，是利馬斯目前為止能記起的部分。這是罪證確鑿的叛國證據。容我為各位總結：瑞梅克將整個衛民部的工作與人事明細表交給他的主子。如果利馬斯的話可信，瑞梅克甚至能夠描述我們最高機密會議的運作方式。身為主席團祕書，他能拿出最高機密會議的記錄。

「這對瑞梅克來說輕而易舉；他親自編撰所有會議的記錄。然而，瑞梅克是如何取得衛民部的祕密內務，這又是另話了。一九五九年底，是誰招募瑞梅克加入主席團重要的小組委員會衛民會，此委員會負責協調討論我們的國安事務？是誰提議讓瑞梅克獲得存取衛民部檔案的特權？是誰自一九五九年起（各位應該記得，就是穆恩特從英國回來的那年），會在瑞梅克生涯上的每個階段欽定他接下責任重大的職位？我來告訴各位，」費德勒大聲宣布，「就是那位職位獨一無二、能掩護瑞梅克從事間諜行動的人：漢斯狄特．穆恩特。讓我們回想一下瑞梅克是如何聯絡上柏林的西方情報局——他如何找到狄炯外出野餐時開的車子，並把底片放進車上。瑞梅克能事先得知風聲，各位難道不佩服嗎？他怎麼會知道要在哪一天、上哪裡找到狄炯的車？瑞梅克自己沒有車，不可能從狄炯位於西柏林的家一路跟蹤過去。他只有一條管道可以得知時間與地點，就是透過我們自己的國安警察單位，他們照例在車子一通過東西德邊境時便回報狄炯的行蹤。穆恩特能夠取得這種資訊，也讓瑞梅克能夠取得。這就是對漢斯狄特．穆恩特不利的證明。我在此告訴各位，瑞梅克是他的嘍囉，是穆恩特與帝國主義主人之間的連接點！」

費德勒稍微停頓一下，然後輕聲補充道：

「穆恩特——瑞梅克——利馬斯：這就是他們三人的指揮從屬關係，而全世界情報技巧的公理，便是讓每個環節盡可能遠離彼此，讓彼此不知道對方的存在。因此，利馬斯堅稱他完全不曉得對穆恩特不利的事，這其實很正確；這頂多證明他在倫敦的主子保密工夫到家而已。

「各位也已經得知，名為滾石行動的整個案子是如何在特別的保密性下實施、利馬斯又如何略知彼得‧貴蘭姆負責一個情報單位，理論上在研究敝共和國的經濟情勢——而這個單位出人意表，竟然出現在滾石行動檔案的限閱名單上。容我提醒各位，穆恩特在英國時受到幾個英國安全警察的調查，這同一位彼得‧貴蘭姆就是其中之一。」

坐在桌前的年輕男子舉起鉛筆，用嚴峻、冰冷和睜得老大的眼睛看著費德勒問：

「那麼，如果瑞梅克是穆恩特的情報員，為什麼穆恩特要清算他？」

「他別無選擇。瑞梅克引起懷疑，他的情婦行為不慎，跟人吹牛而出賣了他。穆恩特下令當場射殺他；放出風聲叫瑞梅克逃命，於是背叛的風險便解除了。之後，穆恩特也暗殺了那女人。

「我想占用一點時間來臆測穆恩特的手法。他在一九五九年回到德國後，英國情報局就玩起了等待的遊戲。穆恩特是否願意與他們合作，還有待觀察，所以他們給他指示並靜觀其變，掏錢很甘願，希望能值回票價。當時穆恩特仍非我們情報局的資深人員，在黨內的地位也不高——不過他看到的東西很多，並將他看到的東西開始報告出去。他當然是在沒有外來幫助的情況下與主子溝通的。我們必須假設有人在西柏林跟他見面，他短時間出國到北歐和其他地方時，有人會聯絡並審訊他。英國人一開始必會相當謹慎——誰敢大意呢？——他們殫精竭慮衡量穆恩特的情報，與已知情報相互對照，擔心他會玩雙面諜的把戲。然而他們逐漸瞭解到，他們其實挖到了金礦。穆恩特以他著名的系統化高效率從事他的叛國工作。起先——這是我的臆測，但各位同志，這依據的是我這份工作的長期經驗以及利馬斯提供的證據——最初幾個月，他們不敢建立起任何包括穆恩特在內的情報網。他們讓穆恩特當獨行俠，伺候他、給他錢，並跳過他們的柏林組織向他獨立下令。他們在倫敦成立一個有祕密間諜任務的迷你單位，由貴蘭姆主導（因為當初在英國吸收穆恩特的人正是他），而這個單位的功能連情報局內部都不清楚，僅有少數挑選過的圈內人才知情。他們以代號滾石的特殊系統付錢給穆恩特，毫無疑問他以異常謹慎的態度處置穆恩特提供的情報。因此，各位可以看見這和利馬斯的抗議相符，他宣稱對穆恩特的存在毫不知情——然而你們會發現，他不僅付款給穆恩特，**到頭來還實際從瑞梅克手裡取得穆恩特拿到的情報，並且轉交給倫敦**。

「接近一九五九年底時，穆恩特通知倫敦的主子，表示他在主席團中找到一位可以擔任他與倫敦之間中間人的人選。這人就是卡爾・瑞梅克。

「穆恩特是怎麼找到瑞梅克的？他怎麼敢確定瑞梅克願意合作？各位必須記得，穆恩特擁有特殊的職位，他能存取所有機密檔案，能竊聽電話、拆閱信件、僱用監視者；他有不容質疑的權利審問任何人，也握有這些人的私生活最鉅細靡遺的背景。更重要的是，他能很快消滅任何疑心——」費德勒的嗓音因憤怒而顫抖，「——把原本用來保護他們的武器轉過來對付他們。」他毫不費力地恢復剛才的理性神態，繼續說道：

「各位現在可以理解倫敦做了什麼事。倫敦方面繼續將穆恩特的身分列為嚴密看管的機密，默許穆恩特吸收瑞梅克，並在穆恩特與柏林情報單位之間建立間接聯絡管道。這便是瑞梅克會聯絡上狄炯與利馬斯的真正理由。這便是各位應該詮釋利馬斯的證據的角度；這就是你們應該如何衡量穆恩特叛國罪行的起點。」他轉身正面面對穆恩特，高聲大喊：

「你們的破壞分子就在那兒啊，恐怖分子！就是他出賣了人民的權利！

「我快講完了，只剩一件必須說明的事。穆恩特透過這些手法贏得了忠誠與機敏的名聲，並且永遠將可能洩露他祕密的人滅口，以人民之名殺人、保護自己的法西斯式叛國罪行，在我們自己的情報局內部節節高升。實在無法想像還有比這更嚴重的罪行。正因為如此——到了最後——由於疑雲逐漸籠罩在卡爾·瑞梅克身上，他已經用盡保護瑞梅克的手段，只能下令當場槍斃瑞梅克。所以他才派人暗殺瑞梅克的情婦。當各位將判決書呈上主席團時，切勿退縮而不願承認此人罪行當中的殘忍獸性。因為對漢斯狄特·穆恩特而言，死刑正是慈悲的判決。」

21 證人

主席轉向坐在費德勒正對面那位身著黑西裝的矮小男人。

「喀爾登同志，你代表穆恩特，你希望提問證人利馬斯嗎？」

「是，是，我希望待會兒提問他。」他回答，吃力地站起身，將金框眼鏡的鏡腳掛到耳際。他模樣親切，有點鄉村的樸實，頭髮全白。

「穆恩特提出之論點為，」他開始說，溫和的嗓音有股相當討喜的語調，「利馬斯在說謊；費德勒同志不是被設計，就是碰巧被引入一樁分裂衛民部的陰謀，藉此毀掉捍衛我們社會主義國家機關之名譽。卡爾．瑞梅克是英國間諜，我們對這點沒有異議——這部分確有證據。但我們質疑的是，穆恩特是否真的與他共謀，是否真的拿人錢財、背叛本黨。我們認為，這項指控缺乏客觀證據，而費德勒同志沉醉於權力美夢，盲目得無法做出理性思考。我們堅決認定，利馬斯從柏林回到倫敦後就在扮演一個角色，假裝迅速向下沉淪，酗酒和欠債，在眾目睽睽之下毆打店家，並裝出反美情節——這全是為了吸引衛民部的注意。我們相信英國情報局故意在穆恩特四周撒下間接證據，如外國銀行的付款，其提領日期與穆恩特在某國出現的日期不謀而合；不經意從彼得．貴蘭姆方面耳聞的證據，還有老總與瑞梅克的祕密會面，而討論的內容利馬斯無從旁聽：這些全提供了一整串的假造證據，而費德勒同志照單全收，他的野心完全被英國精準掌握。因此，他加入了一樁極其醜惡的詭計，目的是摧毀——應該說謀殺，因為穆恩特如今等著被判死刑——本共和國最具警覺心的捍衛者之一。

「各位會問，英國人素來慣用破壞、顛覆、走私人口的手段，現在怎麼會構思出如此鋌而走險的詭計？——可是，全柏林蓋起圍牆的堡壘後，阻撓了西方間諜的進出，他們還有什麼選擇？我們落入他們的圈套；以最好的角度來看，費德勒同志罪不過是犯下天大的錯誤；以最壞的角度來看，他與帝國主義間諜共謀破壞這個工人國家的安全，令無辜之人流血。

「我們同樣也有一名證人。」他和藹地對法庭點頭。「沒錯，我們也找到一位證人。你們難道真以為，在費德勒狂熱地私下密謀時，穆恩特同志對此一無所知嗎？從幾個月前，穆恩特同志就察覺到費德勒病態的心思。事實上，是穆恩特同志本人授權他們在英國接觸利馬斯。各位，如果穆恩特本身有涉案，他豈敢冒如此荒唐的風險？

「而當利馬斯在海牙做的第一次審問報告送到主席團時，各位認為穆恩特同志真的丟開報告沒看嗎？利馬斯抵達我國後，費德勒自行再做一次審問，卻沒有提出後續報告，各位難道真認為穆恩特同志如此駑鈍，渾然不知費德勒打的是什麼鬼主意嗎？在海牙的皮特斯傳來第一批報告時，穆恩特同志只消看一眼利馬斯前往哥本哈根與赫爾辛基的日期，就明瞭了整件事其實是個陷阱，用意在栽贓並詆毀穆恩特本人。這些日期確實與穆恩特前往丹麥與芬蘭的日期相同，這正是倫敦選擇這兩個日期的原因。請記住，穆恩特跟費德勒一樣清楚這些『早期跡象』。穆恩特同樣在尋找衛民部內部的間諜……

「因此等到利馬斯抵達德意志民主共和國後，穆恩特同志便津津有味地看著利馬斯以暗示與拐彎抹角的跡象助長費德勒的疑心。各位得瞭解，利馬斯從來沒有做得太過火，絕不過度強調，只是東丟一個、西撒一個不老實的微妙證據。而這時基礎早就打好……黎巴嫩的男人，以及費德勒口中奇蹟似的獨家情報，兩者似乎都證實了衛民部內部確實存在著高階間諜……

「這樁詭計做得精彩絕倫。英國痛失卡爾．瑞梅克之後，這招有可能讓英國反敗為勝——現在仍有可能。

「當英國人在費德勒的協助下、計畫謀殺穆恩特同志時，穆恩特同志採取了一項防範措施。

「他在倫敦發起一絲不苟的調查，檢視利馬斯在貝瓦特過著雙重生活時的每個微小細節；你們知道，他是希望在幾乎超乎常人的微妙詭計中，找到一些人為疏失。穆恩特同志認為，利馬斯在被放逐荒郊野外的這一大段時間裡，必然會因為得發誓過著貧窮、酗酒、墮落以及最重要的孤獨生活，結果信心破滅；他會需要有人陪伴，也許是個情婦；他會渴望與人接觸的溫暖，渴望對人透露他胸口另一個靈魂。各位，穆恩特同志果然料對了。技巧純熟、經驗老到的情報主管利馬斯，犯下了一個如此基本、如此人性的錯誤……」他微笑著說，「你們將會聽到這位證人說明，不過時候未到。證人已經來到法庭；穆恩特同志將證人找過來。這實在是令人佩服的防範措施。我稍後會再傳喚此一證人。」他開玩笑地拱起眉頭，彷彿在說大家應該允許他開開這個小玩笑。「現在，如果可以，我想對這位心不甘情不願的告發人艾列克．利馬斯先生問一、兩個問題。」

「告訴我，」喀爾登開始問。「你是生活優渥的人嗎？」

「別他媽的說傻話了，」利馬斯傲慢地說，「你明知我是怎麼被盯上的。」

「對，沒錯，」喀爾登大聲說，「那招的確高明。那麼我敢說，你其實身無分文囉？」

「對。」

「有沒有朋友肯借錢給你，或是送錢救濟你、幫你償還債務？」

「要是有，我現在就不會淪落至此了。」

「你沒有朋友？你想不到有哪位慷慨解囊的大善人，也許是你已經幾乎忘記的人，會願意拉你重新爬起來……幫你擺平債主等等的事？」

「沒有。」

「謝謝你。再一個問題：你認不認識喬治．史邁利？」

「當然認識。他以前在圓場。」

「他現在已經離開英國情報局了？」

「他在芬南案後就離職了。」

「啊——就是穆恩特牽涉到的案子。你在那之後有沒有見過他？」

「一、兩次。」

「你離開圓場後，有沒有再見過他？」

利馬斯猶豫了。

「沒有。」他說。

「他沒有去探監？」

「沒有。沒有人來探監。」

「在你坐牢之前呢？」

「也沒有。」

「對。」

「你出獄後——其實是你假釋的那天——有人找上你，對嗎？這人叫做艾許。」

「你跟他在蘇活區吃午餐。等你們兩人分手後，你往哪裡走？」

「我不記得了。可能是去小酒館吧。我不清楚。」

「讓我來幫你。你最後抵達艦隊街，搭上公車，然後從那裡靠公車、地下鐵以及私人汽車來回繞路，最後抵達切爾西。以你這種經驗的人而言，這種做法未免太不專業了。你記得嗎？如果你想要，我可以讓你看看報告，我這邊有。」

「也許你說的沒錯。那又怎樣？」

「喬治·史邁利住在貝瓦特街，就在國王路旁邊，這就是我要講的重點。你坐的車子轉進貝瓦特街，我們的情報員報告說你在九號屋子下車。那碰巧就是史邁利的家。」

「胡說八道，」利馬斯大聲說。「我認為我去了『八鐘』，我最愛光顧的小酒館。」

「坐私人汽車去的嗎？」

「這也是胡扯。我猜我是搭計程車去的，因為我一有錢就拿出來花。」

「那為什麼之前要到處繞路？」

「這根本是蠢話。他們大概是跟錯了人。跟錯人是你們該死的常會做的事。」

「回到我最初的問題。你沒想到史邁利會在你離開圓場後對你產生興趣？」

「天啊，我哪會想過。」

「他在你入獄後也沒有照料你的福祉，沒有花錢在你的受扶養家屬身上，在你遇見艾許之後也不想見你？」

「沒有。你想講什麼，我完全搞不清楚，喀爾登。不過我的答案是沒有。你要是有見過史邁利，就不會亂問這些問題。我們兩個就像你、我有天壤之別。」

喀爾登聽到他的答案似乎很高興，自顧自地微笑點頭，一面調整眼鏡位置，一面以誇張的姿態參考手中檔案。

「噢，對了，」他說，彷彿他剛才忘了某件事，「你向雜貨店老闆要求賒帳時，身上有多少錢？」

「一毛也沒有，」利馬斯滿不在乎地說，「我口袋已經空了一個禮拜。我想甚至更久。」

「你靠什麼過活？」

「東湊合西湊合。我之前生了病；發高燒。我有一個禮拜幾乎沒吃什麼東西。我猜就是這樣我才會緊張，害我情緒失控。」

「當然，圖書室仍然欠你薪水，對不對？」

「你怎麼知道？」利馬斯口氣尖銳地問。「難道你——」

「你為什麼不去領呢？這樣就不必跟老闆賒帳了，對不對，利馬斯？」

他聳聳肩。

「我忘記了。大概是因為星期六早上圖書室沒開門吧。」

「原來如此。你確定圖書室星期六早上不會開門嗎？」

「不確定。只是猜想而已。」

「好。謝謝你，我的問題到此為止。」當利馬斯坐下時，法庭門打開，走進來一名女性。她體型龐大、相貌醜陋，身穿灰色連身服，一邊袖子縫上盾形章。她身後站著的人是麗姿。

22
主席

麗姿緩緩走進法庭，張望四下，雙眼睜大，如同半睡半醒的孩子走進光線強烈的房間。利馬斯已經忘了她有多麼年輕。她看到利馬斯坐在兩個警衛之間時站住腳步。

「艾列克。」

她身邊的警衛將手放在她手臂上，引導她走向利馬斯剛才站過的地點。法庭裡鴉雀無聲。

「妳的姓名是什麼，孩子？」主席突然問道。麗姿修長的雙手垂在身旁，手指打直。

「妳的姓名是什麼？」主席再問一次，這次提高音量。

「伊麗莎白・金德。」

「妳是英國共產黨的黨員嗎？」

「對。」

「妳目前待在萊比錫？」

「對。」

「什麼時候入黨？」

「一九五五年。不對——是五四年，我想是在——」

她這時被騷動的聲響打斷；家具被用力推開時發出的摩擦聲，然後利馬斯嘶啞、高亢、可怕的嗓音灌滿整個法庭。

「你們這些混帳東西！放她走！」

麗姿驚恐地轉身，看到他站在那裡，蒼白的臉孔流著血，衣服歪斜扭曲，也看到一位警衛對他揮拳，打得利馬斯稍微跌倒；然後兩名警衛一起彎腰下去靠近他，把他拖起來，將他的雙手高高壓在背後。利馬斯的頭往前垂在胸口，痛得猛然往旁邊一扭。

「如果他再亂動，就把他拖出去。」主席命令，然後對利馬斯點點頭當作警告。「你如果想發言，等一下還有機會。乖乖等。」她轉頭對麗姿尖聲說，「想當然，妳很清楚自己是什麼時候入黨的吧？」

麗姿不發一語，主席等待半晌後聳聳肩。接著她傾身向前，以強烈的目光盯著麗姿，問她：

「伊麗莎白，妳的黨有告訴過妳保密的必要嗎？」

麗姿點點頭。

「妳也是否被告知過，千萬、千萬不得問其他同志有關黨的組織與配置的問題？」

麗姿再度點頭。「有，」她說，「當然有。」

「妳今天將會受到這項規定的嚴格考驗。假如妳什麼也不知情，那樣會更好。好太多。」她補上最後那句，忽然加重語氣。「我只能說：我們坐在這桌邊的三個人，在黨內階級非常高，我們在主席團的充分理解下代表他們，負責維護主席團的安全。我們必須問妳一些問題，而妳的答案將具有極高的重要性。如果妳據實並勇敢回答，妳就幫忙了社會主義的志業。」

「可是，是誰？」她低聲說，「被審判的人是誰？艾列克做了什麼事？」

主席越過麗姿看著穆恩特，說：「也許沒有人會接受審判。這就是重點。也許只有原告而已。被告是誰並沒有差別。」她補充。「在妳不知情的情況下，才能確保妳的供詞公允。」

有一會兒，寂靜籠罩在小小的法庭中；接著麗姿開口，聲音好小，低到主席直覺轉過頭去聽：「是艾列克嗎？是利馬斯嗎？」

「我告訴妳，」主席強調，「妳不知情的話，對妳比較好——會好太多。妳必須老實回答，然後就走。這是最明智的做法。」

麗姿一定是做出什麼手勢或是低聲說了什麼話，旁人沒有聽見或看見，因為主席再度傾身向前，以極為強烈的語氣說：

「孩子，妳聽好，妳想不想回家？照我的話做，妳就可以回去。但若妳……」她打住，用手比著喀爾登，神祕地補上：「這位同志想問妳一些問題，不會太多。然後妳就可以離開。要說實話。」

喀爾登再度起身，亮出他一貫親切、有如教會執事般的微笑。

「伊麗莎白，」他詢問，「艾列克．利馬斯以前是妳的情人，對嗎？」

她點點頭。

「你們是在貝瓦特的圖書室認識的，也就是你們上班的地方。」

「對。」

「妳以前從來沒有見過他？」

她搖搖頭：「我們是在圖書室認識的。」她說。

「麗姿，妳以前交過很多男朋友嗎？」

不管她回答什麼，都沒人聽見，因為利馬斯再度扯開嗓門大吼：「喀爾登，你這條豬玀！」但是麗姿一聽見利馬斯的聲音，就轉頭以相當大的音量對他說：

「艾列克，拜託別這樣。你會被他們拖出去的。」

「對，」主席冷冷評論，「沒錯。」

「告訴我，」喀爾登繼續以悅耳的語氣說，「艾列克是共產黨員嗎？」

「不是。」

「他知道妳是共產黨員嗎？」

「知道。我告訴過他。」

「妳告訴他的時候，他說了什麼？」

最可怕的事情在於，她不曉得該不該撒謊。問題像連珠炮，讓她沒有思考的餘地。大家都一直聆聽跟注視，等著一個字、也許是一個手勢來狠狠地傷害艾列克。除非她知道什麼有危險，否則她無法說謊；她會說錯話，結果害死艾列克，因為在她腦袋裡毫無疑問的是，利馬斯正置身於極大的危險。

「他當時怎麼說？」喀爾登再問一遍。

「他大笑。說他跟這類事情無關。」

「你相信他跟它們無關嗎？」

「當然。」

法官桌的年輕男子二度發言，雙眼半閉：

「妳認為那是對一個人類的有效評斷嗎？難道他跟歷史的走向和辯證法的影響力都毫無關聯？」

「我不知道。我只是這樣相信而已。」

「算了，」喀爾登說，「告訴我，他是不是個快樂的人？他會常常大笑之類的嗎？」

「沒有。他不常笑。」

「可是妳告訴他妳是共產黨員時，他卻笑出來，妳知道是為什麼嗎？」

「我認為他鄙視共產黨。」

「妳認為他痛恨共產黨嗎？」喀爾登以隨和的口吻問。

「我不知道。」麗姿可憐兮兮地回答。

「他是不是愛恨分明的人？」

「不……不，他不是。」

「可是他卻動手襲擊了雜貨店老闆。為什麼他要那麼做？」

麗姿突然再也不信任喀爾登了。她不信任那親切的嗓音，不信任那副善良仙子般的臉孔。

「我不知道。」

「可是妳有想過這一點吧？」

「有。」

「唔，那妳得出什麼結論？」

「沒有結論。」麗姿口氣平淡。

喀爾登若有所思地看著麗姿，也許有點失望，彷彿她把該背下的教義問答忘掉了。

「妳，」他問，這或許是最明顯的一個問題，「妳當時是否知道，利馬斯打算攻擊雜貨店老闆？」

「不知道。」麗姿回答，也許答得太快了，所以喀爾登聽了之後停頓一下，他的微笑也轉成感到有趣的好奇。

「一直到現在，直到今天為止，」他最後才問，「妳上一次見到利馬斯是什麼時候？」

「他坐牢之後我就沒再見過他了。」麗姿回答。

「那麼，妳最後一次看到他是什麼時候？」男人嗓音親切，卻非常堅持。麗姿很討厭背對著法庭；她希望能轉過去看利馬斯，也許看看他的臉，在那張臉上看出一些指引、一些跡象，讓她曉得該如何回答。她越來越替自己感到害怕；這些問題背後的指控與嫌疑，她都毫無概念。他們一定知道她想幫助艾列克，知道她很害怕，卻沒有人對她伸出援手——為什麼沒人肯幫她？

「伊麗莎白，在今天之前，妳最後一次見到利馬斯是什麼時候？」噢，她恨透了那副嗓音，那輕柔的嗓音。

「事情發生的前一個晚上，」她回答，「他跟福特先生打架的前一個晚上。」

「打架？不是打架吧，伊麗莎白。雜貨店老闆完全沒有還手對吧？他根本沒有機會。真沒有運動家精神！」喀爾登大笑，聽起來更加嚇人，因為沒有人跟著笑。

「告訴我，妳在最後那天晚上，和利馬斯在哪裡見面？」

「在他的公寓。他生病了，沒有去上班。他一直臥病在床，我常過去幫他煮飯。」

「還買食物？幫他採購？」

「對。」

「真好心。一定花了妳很多錢吧，」喀爾登以同情的口氣評論。「妳有錢養他嗎？」

「我沒有在養他。是艾列克給我的，他……」

「噢，」喀爾登尖聲說，「所以說他的確有點錢囉？」

噢，天啊，麗姿心想。噢，天啊，親愛的上帝，我說錯了什麼？

「不多啦，」她很快接著說，「我知道不多。一英鎊、兩英鎊，頂多這樣。他身上的錢不超過這個數字。他連電費和房租都付不出來——是後來有人幫他付的，他走了以後有個朋友幫他付。是朋友繳的錢，不是艾列克。」

「當然了，」喀爾登低聲說，「是朋友付的。特地過來付清所有債務。是利馬斯的某個老朋友，也許是他搬來貝瓦特之前就認識的人。妳有見到這位朋友嗎，伊麗莎白？」

她搖搖頭。

「我懂了。這個好朋友還幫他付了哪些帳單，妳知道嗎？」

「不……不知道。」

「為什麼吞吞吐吐？」

「我說不知道。」麗姿猛烈反駁。

「可是妳剛才在猶豫，」喀爾登解釋，「我在想妳是不是另有想法。」

「沒那回事。」

「利馬斯有沒有提過這個朋友？一個有錢、還曉得利馬斯住在哪裡的朋友。」

「他從來沒提過有什麼朋友。我並不認為他有朋友。」

「啊。」

法庭裡一片可怕的死寂，對麗姿而言更是嚇人，因為她宛如置身明眼人之間的盲童，與周遭的人處在兩個不同世界；他們可以用某種祕密標準來衡量她的答案，她卻無法從這種駭人的寂靜中得知他們發現了什麼。

「妳薪水多少，伊麗莎白？」

「一星期六英鎊。」

「妳有多少存款？」

「一點點。幾英鎊。」

「妳公寓的房租多少？」

「一星期五十先令。」

「數目可不小是吧，伊麗莎白？妳最近有付房租嗎？」

她無助地搖搖頭。

「為什麼沒付？」喀爾登繼續問。「難道妳沒錢付？」

她以很小的聲音回答：「我拿到了長期租約。有人幫我付錢，將租約寄給我。」

「誰？」

「我不知道。」淚水開始流下她的臉龐，「我不知道……請別再問我問題了。我不知道是誰……是六個禮拜前寄來的，是倫敦市的一家銀行寄的……某個慈善機構……一千英鎊。我發誓我不知道是誰……它們說是一個慈善機構送給我的。你什麼都知道——你告訴我是誰啊……」

麗姿雙手掩面哭了起來，仍然背對著法庭，肩膀隨著啜泣的動作抽動。現場沒有人動，最後她終於放下雙手，卻沒有抬頭看。

「妳為什麼不問？」喀爾登只這樣問。「或者，妳很習慣無名氏送妳一千英鎊當禮物？」

她沒吭聲，喀爾登則繼續問，「妳沒有問，是因為妳猜到了是誰。對不對？」

她重新把手蓋回臉上，點點頭。

「妳猜到是利馬斯送的，或是利馬斯的朋友，對不對？」

「對，」她勉強擠出話語，「我在街上聽到，那個雜貨店老闆收到一些錢，在審判之後收到某個地方寄來的一大筆錢。很多人在談這件事，我當時就知道一定是艾列克的朋友……」

「真是奇怪，」喀爾登幾乎像在自言自語。「真奇怪。」然後他又說，「告訴我，伊麗莎白，利馬斯入獄後，有沒有人跟妳聯絡？」

「沒有，」她說謊。她現在知道了，她很確定他們想證明對艾列克不利的事，關於錢或是他的朋友，跟雜貨店老闆有關。

「妳確定？」喀爾登問，他眉毛揚起，露在金框眼鏡之上。

「確定。」

「可是妳的鄰居，伊麗莎白，」喀爾登耐心地提出反對意見。「鄰居說，利馬斯被判刑之後沒多久，就有人來找妳——兩個男人。還是他們只是妳的愛人啊，伊麗莎白？像利馬斯一樣，是會給妳錢的床伴？」

「艾列克才不是床伴，」她哭叫出來，「你怎麼可以……」

「可是他給過妳錢啊。那兩個男的是不是也給妳錢？」

「噢，天啊，」她啜泣，「拜託別問……」

「他們到底是誰？」她沒有回答，這時喀爾登忽然大吼，是他第一次提高音量。

「是誰？」

「我不知道！他們開車過來的。艾列克的朋友。」

「更多朋友？他們想幹什麼？」

「我不知道。他們一直問我艾列克跟我講過什麼……他們說如果我想到什麼……就要我跟他們聯絡……」

「怎麼聯絡？怎麼跟他們聯絡？」

最後她回答：

「他住在切爾西……他姓史邁利……喬治．史邁利……他叫我打電話給他。」

「妳有嗎？」

「沒有！」

喀爾登放下手上的檔案。一陣死寂降臨法庭。喀爾登指向利馬斯，用一個更能令人留下印象的聲音說話，因為他的嗓音完全在他的控制之下：

「史邁利想知道利馬斯有沒有對她透露太多。利馬斯做了一件英國情報局從沒料到他會做的事：交了女朋友，還趴在她肩膀上哭泣。」然後喀爾登輕聲笑了，彷彿這是個好高明的笑話。

「和卡爾．瑞梅克做的事一模一樣。他也犯了相同的錯誤。」

•

「利馬斯有沒有談過他自己？」喀爾登繼續問。

「沒有。」

「妳對他的過去一無所知嗎？」

「不知道。我知道他在柏林做過一些事，幫政府做事。」

「這麼說來，他的確有談到過去的事，對不對？他沒有告訴妳他結過婚？」

麗姿沉默了很長一段時間，然後點點頭。

「他進監獄之後，妳為什麼不去看他？妳可以去探監啊。」

「我認為他不希望我去。」

「原來如此。妳有沒有寫信給他？」

「沒有。有，有一次……只是跟他說我願意等他。我想他不會介意我寫信。」

「妳沒想過他可能也會希望妳寫信？」

「沒想過。」

「他服刑完畢之後，妳沒有試著跟他聯繫嗎？」

「沒有。」

「他有沒有地方可以去？有沒有工作等著他——或有沒有朋友肯讓他借住？」

「我不知道……我不知道。」

「其實妳已經跟他一刀兩斷了，對不對？」喀爾登竊笑著問。「妳是另外交了男朋友嗎？」

「沒有！我在等他……我會永遠等他。」她止住自己的話。「我希望他能回來。」

「要是這樣，妳為什麼沒有寫信給他？為什麼不想辦法查出他住在哪裡？」

「他不希望我去找他，你難道不懂嗎？他叫我發誓……絕對不要跟著他，絕對不行……」

「所以他早就預期會去坐牢了，對不對？」喀爾登用勝利的語氣質問。

「不對……我不知道。我不知道的事情，我要怎麼回答……」

「還有在妳跟他最後見面的那個晚上，」喀爾登追問，嗓音嚴峻又霸道，「他打傷雜貨店老闆的前一個晚上，他有沒有叫妳再發誓一次？……有或沒有？」

她感到無限的倦意，以認命投降的可憐兮兮態度點頭。「有。」

「你們有沒有說再見？」

「我們說了再見。」

「當然是晚餐後的事了。當時相當晚了。或者妳有留下來陪他過夜？」

「晚餐後我就回家了……沒有直接回家……我先去散步，不知道是在什麼地方。只是隨便走走。」

「他告訴妳的分手原因是什麼？」

「他沒有說要分手，」她說，「從來沒有。他只是說他得做某件事，想跟某人討回公道，不計代價，之後或許有一天，等到一切都結束後……他就……會回來，如果我還在的話，還有……」

「而妳剛才說，」喀爾登以諷刺的口氣提問。「妳會一直等他回來，永不死心？妳會永遠愛著他？」

「對。」麗姿簡單回答。

「他有沒有說會寄錢給妳？」

「他說……他說事情不會有表面上看起來那麼壞……他說我會……有人照顧。」

「所以後來倫敦市某個慈善機構隨便給了妳一千英鎊，妳才沒有過問，對不對？」

「對！對，沒錯！現在你什麼都知道了——你早就全都知道……要是你已經知道，為什麼還找我來？」

喀爾登沉著地等她哭完。

「這一點，」他終於對面前的特別法庭說，「便是被告的證據。我很遺憾，這樣一個女孩子，認知被感情蒙蔽、警覺心被金錢磨鈍，竟然會被我們的英國黨同志認為適合在黨辦公室任職。」

他先看了利馬斯一眼，然後看費德勒，以粗蠻的口吻接著說：

「她是個傻瓜。不過，幸好利馬斯認識了她。復仇計畫因自己的設計者的墮落而遭揭發，這並非頭一遭。」

喀爾登向法官做個精準的小小鞠躬，然後坐下。

他坐下時，利馬斯就站起身，這一次警衛沒有攔他。

倫敦一定是精神錯亂到極點了。他告訴過他們——最好笑的就是這一點——他告訴過他們別去碰她。現在事情明瞭了，從他離開英國的那一刻，從他一踏出英國那時開始——甚至早在那之前，在他一進監獄之後——就有個該死的笨蛋到處善後，付清帳單、擺平雜貨店老闆與房東，當中最重要的是麗姿。簡直是發神經，異想天開。他們究竟想做什麼？殺掉費德勒、作掉他們的情報員嗎？破壞他們自己的行動？難道只是史邁利的計謀——是他不幸的小小良心逼他不得已這麼做嗎？現在只有一個辦法了——讓麗姿與費德勒脫身，自己來背黑鍋。反正他大概已經被英國一筆勾銷了。如果他能保住費德勒的命——如果他有辦法的話——那麼麗姿或許還有脫身的機會。

他們怎麼會知道這麼多？他很確定，他百分之百確定，那天下午並沒有人跟蹤他到史邁利的住處；至於公款的事——他們從哪裡聽到他侵占圓場公款的故事？那只是編出來給自己人消化的而已……怎麼會？看在老天份上，怎麼會這樣？

他困惑不已，既憤怒又羞愧到極點，慢慢穿過走道，步伐僵硬，宛若步上絞刑架的死囚。

23 認罪

「好了，喀爾登。」利馬斯臉色蒼白、冷硬如石頭，頭向後仰，稍稍偏向一旁，有如正在傾聽遠處的聲響。他身上散發出一種嚇人的冷靜，不是聽天由命，而是充滿自制，強得讓整個身體彷彿受到意志力的牢牢掌握。

「好了，喀爾登，放她走吧。」

麗姿瞪著他看，臉孔又皺又醜，黑眼珠盈滿淚水。

「不要，艾列克……不要。」在她眼中，法庭裡已經沒有其他人——只剩利馬斯，像個軍人直挺挺站著。

「別告訴他們，」她揚高嗓音，「不管你要講什麼，都別為了我而講……我再也不在意了，艾列克，我保證我不會。」

「閉嘴，麗姿。」利馬斯彆扭地說。「現在已經太遲了。」他的眼睛轉向主席。

「她什麼都不知道，完全不清楚狀況。帶她離開這裡，送她回家。剩下來的，我全告訴你們。」

主席短暫瞥了自己兩側的男人各一眼，思考了一陣，然後才說：

「她可以離開法庭；但是在聽審結束之前不能回家。接下來我們再決定如何處置。」

「我告訴妳，她什麼都不知道！」利馬斯大吼。「喀爾登沒說錯，妳沒搞懂嗎？這是個行動，是一個事先計畫好的行動。她怎麼可能會知道？她只是在一個神經病圖書室工作的挫折小女孩，對你們一點幫助也沒有！」

「她是證人。」主席簡短地說。「費德勒也許想質詢她。」她已經不喊費德勒同志了。

•

費德勒原本陷入白日夢狀態，一聽到有人提他的名字，似乎便清醒過來，而麗姿是首度在有自主意識的情況下看著他。他深沉的棕色眼睛盯著她半晌，對她淡然一笑，彷彿認出了他的族裔。他是個渺小淒涼的人，她覺得他放鬆的模樣很奇怪。

「她什麼都不知道，」費德勒說。「利馬斯說的沒錯，讓她走。」他的嗓音疲憊。

「你知道你自己在說什麼嗎？」主席問。「你明白這是什麼意思嗎？你難道沒有問題要問她？」

「她該說的都已經說完了。」費德勒的雙手在膝蓋上合十，他也盯著雙手，彷彿它們比法庭程序更令他感興趣。「供詞無懈可擊。」他點頭。「讓她走。她沒辦法告訴我們她不知道的東西。」接著他用某種嘲弄的正式口吻說，「我沒有問題要問證人。」

一名警衛打開門鎖，對外面的走道呼喚。在全然無聲的法庭裡，他們聽見一位女人回應的聲音，她沉重的腳步聲慢慢接近。費德勒突然站起來並抓住麗姿的手臂，帶著她走向門口。她走到門口時轉頭回望利馬斯，但是利馬斯已經移開視線，彷彿無法忍受看到鮮血。

「回英國去，」費德勒對她說，「妳回英國去。」突然間麗姿開始失控地痛哭。女獄卒一手搭在她肩膀上，支撐她的用意多於安慰，拉著她離開法庭。警衛關上門。她的哭聲逐漸遠去，直到完全消失。

•

「我能說的不多，」利馬斯開口，「喀爾登說對了。這的確是個圈套計。當我們失去卡爾．瑞梅克，我們就等於失去了蘇聯占領區唯一不錯的情報員，其他的全都已經死了。我們就是搞不懂——穆恩特幾乎就像是能在我們招募新人之前就揪出他們。我回到倫敦見老總，彼得．貴蘭姆和喬治．史邁利也在。喬治其實已經退休，搞一些很有學問的東西，語文學之類的。

「言歸正傳。是他們想出這個點子的：讓一個人誤入自己的陷阱，這就是老總說的話。順情勢敷衍行事，看他們會不會上鉤，然後我們再想出辦法——也就是反向操作。史邁利稱之為『歸納法』。假設穆恩特真是我們的情報員，我們要怎麼付錢給他、檔案會長什麼樣子，諸如此類。彼得想起一、兩年前有個阿拉伯人想賣衛民部的組織架構給我們，結果我們請他滾蛋。之後我們才發現犯下錯誤。彼得想到能把這件事納入計畫中——好像不接受那份情報是因為我們早就已經知道了。高招。

「接下來的部分你們自己能想像。假冒墮落沉淪：酗酒、有財務方面困難、謠傳我侵吞公款。全都配合得很好。我們讓會計處的愛希幫我們散布八卦，外加其他一、兩個人。他們的表現該死的一級棒，」

他補充，難掩驕傲之情。「然後我選擇一個早上——星期六早上，附近有很多人，豁了出去。結果上了當地報紙——我認為甚至還上了《工人日報》，屆時你們的人就會盯上我。從那時開始，」他輕蔑地補上，「你們就在自掘墳墓。」

「是你的墳墓吧。」穆恩特輕聲說。他沉思著，以淡得不能再淡的眼睛盯著利馬斯。「也許還挖了費德勒同志的墓。」

「實在不能責怪費德勒，」利馬斯無動於衷說，「他只是碰巧出現在現場而已。衛民部裡願意吊死你的人不只他一個，穆恩特。」

「反正我們應該要吊死你，」穆恩特安撫地說，「你殺了一個警衛。你還想害死我。」

利馬斯冷冷笑了起來。

「所有的貓在黑暗中都長得一個模樣，穆恩特……史邁利總是說有出差錯的可能。他說這可能會引發連鎖反應，連我們都阻止不了。你應該知道，他的膽量已經不如當年。自從芬南案之後——自從穆恩特在倫敦的事件後，他就判若兩人。有人說當時他出了事，所以才離開圓場。我無法理解的是，他們為什麼去付清債務，為什麼去找那女孩等等的。一定是史邁利故意破壞行動，錯不了。他一定是良心過意不去，認為殺人是不對的之類吧。籌備了這麼久、付出這麼多心血，竟然這樣亂搞行動，實在是瘋了。」

「可是史邁利痛恨你，穆恩特。我想我們全都痛恨你，只不過我們沒有說出來。我們把這整件事當成遊戲一樣策劃……現在想解釋也很難了。我們當時知道這是背水一戰：我們被穆恩特比了下去，如今試圖除掉他，可是這仍然只是一場遊戲。」他轉身面對特別法庭，「你們誤會了費德勒；他不是我們的人。以費德勒這樣的職位，倫敦何必冒這麼大的風險？我承認，倫敦確實是想借刀殺人。他們知道費德勒痛恨穆恩特——怎麼不會恨？費德勒是猶太人，不是嗎？你們很清楚，你們所有人一定都知道穆恩特的名聲，知道他對猶太人的看法。

「我來告訴你們一件事，因為不會有其他人告訴你們，所以就讓我來說。穆恩特把費德勒整得悽慘，還不斷引誘他上鉤，嘲笑他是猶太人。你們都知道穆恩特是怎樣的一個人，你們容忍他是因為他工作表現優秀。可是……」他結巴了一秒，然後繼續說，「可是看在老天爺的份上……蹚這灘渾水的人已經夠多了，用不著再送費德勒上斷頭台。我告訴各位，費德勒沒問題，意識形態健全。你們就是這樣說的對吧？」

他看著法庭，眾人也冷漠地看著他，幾乎像是好奇，眼神穩定而冰冷。費德勒已經回到自己的座位上，以刻意的冷靜聆聽著，這時表情空泛地看了利馬斯一陣子。

「結果計畫全被你搞砸了，對不對，利馬斯？」費德勒問。「像利馬斯這樣的老狗，進行個人情報生涯中最高榮譽的行動，竟然栽在一個……你怎麼稱呼她來著啊？……一個在神經病圖書室上班的挫折小女孩？倫敦一定也知情；史邁利不可能獨力完成。」費德勒轉向穆恩特，「說來也奇怪，穆恩特；他們一定知道你會調查他說詞的每一個部分。所以利馬斯才過著那樣的生活。可是，他們事後卻送錢給雜貨店老闆、幫利馬斯付了房租，也幫那女孩買了長期租約。他們做出這麼多令人驚奇的事……有他們這種老到經驗的人……卻付了一千英鎊給一個女孩子——給一個共產黨員——而這女孩本來應該要相信利馬斯一貧如洗。別告訴我史邁利這麼有良心。一定是倫敦幹的。多大的風險啊。」

利馬斯聳聳肩。

「史邁利沒說錯。我們無法停止連鎖反應，我們從來沒料到你會帶我來這裡——沒錯，荷蘭是料到了，但是這裡沒有。」他沉默了一會兒，然後繼續說，「我也從來沒有想到你會帶那個女孩過來。我真是太傻了。」

「可是穆恩特並不傻，」費德勒很快插嘴，「穆恩特知道要找什麼——他甚至知道那女孩會提供證據，我得說穆恩特真是聰明。他甚至知道租約的事，真是不可思議。我的意思是，那女孩又沒有告訴過別人，他怎麼能有辦法查出來？我瞭解那女孩；我能懂她……她不會對任何人透露任何事情。」

他瞥向穆恩特。「也許穆恩特可以告訴我們，他怎麼得知的？」

穆恩特猶豫了。利馬斯心想，多遲疑了一秒。

「是從她的認捐額看出來的。」他說。「一個月前，她提高捐款給黨的數目，一個月多十先令。我聽說了這件事。所以我試著查證她為何拿得出錢。結果被我找到了。」

「大師級的解釋。」費德勒冷冷回應。

現場沉默下來。

「我認為，」主席看了兩位同事一眼，「本庭現在已能向主席團提出報告。除非，」她補充，將冷酷的小眼睛轉向費德勒，「除非你還有別的話想說。」

費德勒搖搖頭。似乎仍有什麼事讓他覺得很有趣。

「這樣的話，」主席繼續說，「我的同事同意費德勒同志應被解除職務，直到主席團紀律委員會做出裁示。

「利馬斯則已遭到逮捕。我提醒各位，本庭沒有執行權力。毫無疑問，人民檢察官會與穆恩特同志配合，考慮該如何處置一位英國密探與殺人兇手。」

她向利馬斯背後的穆恩特瞥了一眼。然而穆恩特這時盯著費德勒看，毫無情緒的眼神有如絞刑手正在替死囚測量絞繩的長度。

霎時間，利馬斯就像個受蒙騙已久的人產生透徹至極的頓悟，搞懂了這整件恐怖騙局的真面目。

24 政委

麗姿站在窗前，背對著女獄卒，茫然看著外面小小的天井。她猜想，那邊是囚犯放風的地方吧。她在某人的辦公室裡；辦公桌上的電話旁擺了食物，不過她沒辦法碰。她覺得身體不舒服，疲倦得不得了，是肉體上的疲倦。她的雙腿痠痛，臉因為哭過而僵硬刺痛。她覺得渾身骯髒，好想洗個澡。

「妳怎麼不吃？」女獄卒又問一次，「都結束了。」她的口氣不帶一絲同情，彷彿這女孩是個傻瓜，有食物卻不吃。

「我不餓。」

獄卒聳聳肩，「妳可能有很長一段路要趕，」她說，「到了目的地就沒多少東西可吃了。」

「什麼意思？」

「英國的工人都在餓肚皮，」她自滿地宣稱，「資本主義分子讓他們餓肚皮。」

麗姿本想回話，但說了也是白說。何況，她只是想知道，她非知道不可，而這女人也許能解答。

「這裡是什麼地方？」

「妳不知道嗎？」女獄卒大笑。「妳該問問那邊那些人，」她對著窗戶點點頭，「他們能告訴妳這是什麼地方。」

「他們是誰？」

「囚犯。」

「什麼樣的囚犯？」

「國家公敵，」她迅速回答，「間諜。煽動者。」

「妳怎麼知道他們是間諜？」

「黨知道啊。黨對人的瞭解，比他們對自己的瞭解更深。難道沒有人告訴過妳嗎？」女獄卒看著她，搖搖頭。「英國人啊！有錢人吃掉了妳的未來，窮人卻給他們東西吃——英國人的現況就是這麼一回事。」

「誰告訴妳的？」

女人笑笑，沒有回答。她似乎很滿意自己的話。

「這個監獄專門關間諜嗎？」麗姿不肯罷休。

「這個監獄用來關那些無法承認社會主義現實的人，關那些自認有權利犯錯的人，關那些妨礙進步步伐的人。叛徒。」她以簡短兩個字總結。

「可是，他們犯了什麼錯？」

「我們必須剷除個人主義，才能打造共產主義。如果有一堆豬玀在妳的預定地蓋豬圈，妳怎麼蓋得起大樓？」

麗姿驚訝地看著她。

「是誰跟妳講這些的？」

「我是這裡的政委，」她得意地說，「我在監獄上班。」

「妳頭腦很棒。」麗姿評論，靠近她。

「我是勞工，」獄卒刻薄地回應，「把智力工人當成更高階層，這種概念非得摧毀不可。才沒有什麼階層，只有工人；身體與智力勞動之間沒有對立存在。妳沒有讀過列寧嗎？」

「所以說，這個監獄關的是知識分子囉？」

獄卒笑了。「對，」她說，「他們是自稱作風進步的反動分子，他們捍衛那些反抗國家的人士。妳知道赫魯雪夫怎麼說匈牙利的反革命事件嗎？」

麗姿搖搖頭。她必須裝做感興趣，必須讓這女人講下去。

「他說啊，要是及時槍斃兩、三個作家，就不會發生那種事。」

「現在呢？他們要槍斃誰？」麗姿很快接著問。「審判之後是誰要被槍斃？」

「利馬斯，」她漠不關心地回答，「還有那個猶太人，費德勒。」麗姿一時以為自己要倒下去了，但是她的手摸到椅背，設法坐下來。

「利馬斯犯了什麼罪？」她低聲問。獄卒以狡猾的小眼睛看著她。這女人的體型非常龐大，頭髮稀疏，在頭頂上拉起來，在粗脖子上面的後腦勺盤成髮髻。她的臉孔沉重，皮膚鬆弛又蒼白。

「他殺了一個警衛。」女人說。

「為什麼？」

獄卒聳聳肩。

「至於那個猶太人嘛，」她接著說，「他指控了一名忠貞的同志。」

「他們會為了這事就槍斃費德勒？」麗姿以不敢置信的口氣問。

「猶太人全都是一個樣子，」獄卒發表她的看法，「穆恩特同志知道如何對付猶太人。我們這裡用不著他們那種貨色。他們一入黨，就以為黨是他們家的。如果他們不入黨，就認為黨在搞陰謀對付他們。據說利馬斯和費德勒聯手策劃對付穆恩特。妳到底要不要吃這些東西啊？」她問，指著辦公桌上的東西。

麗姿搖頭。「那我就必須吃掉了。」她大聲說，可笑地假裝不情不願。「他們給了妳一顆馬鈴薯呢。妳一定有個情人在伙房工作。」這句評論讓她笑了起來，一直笑到吃完麗姿餐盤上最後一丁點東西為止。

麗姿走回窗口。

•

在麗姿的困惑思緒中，在羞恥、悲傷與恐懼形成的混亂中，占據她腦海的最駭人記憶，便是她在法庭裡看到利馬斯的最後模樣：他僵硬地坐在椅子上，雙眼迴避她的目光。她讓利馬斯失望了，他也不敢在臨死前看她；他不想讓她看到他臉上寫滿的輕蔑，或者，也許是恐懼。可是她哪能做出不同的決定？但願利馬斯當初能告訴她他打算做什麼——即使到現在她仍然搞不清楚——她願意為他撒謊騙人，什麼都行，真希望他曾告訴她！想當然，他知道這一點；想必他夠瞭解她，知道到了最後他說什麼她都會照做，知道她只要有能力就願意繼承他的形體與存在，接收他的生命、他的形象與他的痛苦；他應該曉得她曾祈禱，頂多只寄望有點機會能這麼做吧？可是，如果她沒被告知實情，她又怎麼能知情呢，怎麼能回答那些拉上面紗、暗藏惡意的問題？她所造成的毀滅似乎永無止境。她在狂亂的思緒中，回想起兒時得知自己每踩一步，都會毀掉成千上萬的微小生物，因而驚駭萬分；如今，不論她說謊或是說出真相——她很確定，甚至只是保持沉默——她都會被迫摧毀一條人命。也許是兩條人命，畢竟還有那位猶太人費德勒不是嗎，這人曾溫柔待她、扶著她的手臂叫她回英國去？他們會槍斃費德勒，那女人是這樣說的。為什麼非槍斃費德勒不可——為什麼不槍斃那個問她問題的老頭，或是在前排、坐在軍人當中的那個金髮男人，臉上一直掛著笑意？每回她轉頭，一定會看到他光滑的金髮腦袋，還有他光滑殘酷的臉孔，不停地微笑，彷彿這一切全是一場笑話。得知利馬斯與費德勒站在同一陣線，讓麗姿感到欣慰。她再度轉身面對獄卒，問她：

「我們在這裡等什麼？」

女獄卒把盤子推向一邊，站起來。

「等候指示，」她回答，「他們還在決定妳是不是得留下來。」

「留下來？」麗姿茫然重複。

「是證據方面的問題。費德勒可能要接受審判。我告訴過妳了，他們懷疑費德勒和利馬斯共謀。」

「可是共謀對付誰？他在英國要怎麼跟人共謀？他是怎麼跑來這裡的？他又不是黨員。」

女人搖搖頭。

「這是機密，」她回答。「只有主席團需要知道。也許是那個猶太人帶他過來的。」

「可是妳一定知道，」麗姿追問，嗓音中透出一點奉承，「您可是監獄的政委，他們一定有告訴妳吧？」

「也許吧，」獄卒沾沾自喜地回答，「那是最高機密。」她再說一遍。電話響起。獄卒拿起聽筒接聽，過了一陣子後瞥了麗姿一眼。

「是的，同志，馬上辦。」她放下聽筒。

「妳得留下來，」她簡短說明，「主席團要審議費德勒的案子。這段時間妳就待在這裡。這是穆恩特同志的意願。」

「誰是穆恩特？」

獄卒露出狡猾的表情。

「這是主席團的意願。」她說。

「我不想留下來，」麗姿大叫，「我要……」

「黨對我們的瞭解，超過我們對自己的瞭解。」獄卒回應。「妳必須待在這裡。這是黨的意願。」

「到底誰是穆恩特？」麗姿再問一次，可惜獄卒仍然沒有回答。

麗姿慢慢跟著她走過無盡的長廊，走過哨兵守衛的鐵窗，經過裡面沒有傳出聲響的鐵門，向下走了無數階的樓梯，在地表下方深處穿過整座天井，直到最後她感覺自己已經下到地獄，而且永遠不會有人在利馬斯死去時通知她。

當她聽見自己牢房外面的走廊傳來腳步聲時，她不曉得時間是幾點。說不定是下午五點，也有可能是午夜。她一直醒著，茫然盯著伸手不見五指的黑暗，渴望聽到一點聲響。她從來沒有想像過，寂靜無聲竟然能如此嚇人。有一回她放聲大叫，卻聽不見回音，什麼也沒有，僅有自己出聲的記憶。

她想像聲音有了形體，在堅實的黑暗之牆上撞碎，如同拳頭打在岩石上。她坐在床上時，雙手在身邊四處移動，感覺黑暗似乎增加了雙手的重量，彷彿她是泡在水中摸索。她知道牢房很小；她知道裡面有一張她正坐著的床，一個沒有水龍頭的洗手台，還有一張粗糙的桌子。她剛進牢房時看到這些，隨後燈光全滅，她發狂地衝向她記得的床鋪位置，結果撞到小腿，然後就一直待在床上，驚嚇得發抖不止。最後她聽見腳步聲，牢房也突然打開。

儘管她只能藉著走廊上微微藍光辨識對方的輪廓，她一眼就認出他是誰。這人身材精瘦敏捷，臉頰上的清楚線條跟金色短髮剛好被身後的光線照出來。

「是我，穆恩特，」他說，「立刻跟我走。」他嗓音輕蔑，卻又壓低，彷彿很不希望被人聽見。

麗姿忽然感到害怕。她記得獄卒說過「穆恩特知道怎麼對付猶太人」。她站在床邊瞪著來人，不知如何是好。

「快點啊，傻瓜。」穆恩特往前一站，抓住她的手腕。「快點。」她任由自己被拖進走廊。她困惑地看著穆恩特輕輕重新鎖上她的牢房門。接著穆恩特粗暴地抓住她的手臂，強迫她快步穿過第一條走廊，半跑半走。她能聽見遠處傳來冷氣機的嗡嗡聲；此外，她偶爾會聽見從走廊分岔出去的走道傳來的腳步聲。她注意到，穆恩特來到其他走廊時，會遲疑一下，甚至退回去，然後上前確定沒有來人，接著才示意她前進。穆恩特似乎認定她會跟過來，認定她知道原因；他幾乎就像把她當成一名共犯。

突然他站住腳步，將鑰匙插進一扇骯髒金屬門的鑰匙孔。她等著，驚恐得無法自己。他以蠻力向外推開金屬門，使冬夜甜美寒冷的空氣吹到她臉上。他再度向她招手，依舊是同樣的急迫感，她也跟著他下了兩個階梯，來到一條砂石小徑，穿過一座雜亂的菜園。

他們順著小徑走到一座通往外面馬路、精心打造的哥德式車道口。有一輛汽車停在那兒；車旁站著的人是艾列克．利馬斯。

•

「保持距離。」穆恩特在她開始往前移動時警告她：

「先在這裡等著。」

穆恩特獨自往前走，而她看著兩個男人站在一起低聲交談，感覺似乎有一世紀之久。她的心臟狂跳，全身因寒冷與恐懼而不斷顫抖。穆恩特終於走回來。

「跟我來。」他說，帶她到利馬斯所站之處。兩個男人彼此相視了一陣子。

「再見了，」穆恩特滿不在乎地說，「你是個傻子，利馬斯。」他接著說。「她是垃圾，就像費德勒。」他不再多說，轉身快速走入暮光中。

麗姿伸出手去摸艾列克，他卻半轉身過去，在打開車門時將她的手推開。他對她點頭，要她上車，她卻猶疑了。

「艾列克，」她低聲說，「艾列克，你在幹什麼？為什麼他要放你走？」

「閉嘴！」利馬斯嘶聲說。「連想都不要想，聽到沒？上車。」

「他說的關於費德勒的事，到底是什麼？艾列克，為什麼他要放我們走？」

「他放我們走，是因為我們已經盡了本分。快上車！」她拗不過利馬斯強大意志的強迫作用，於是上了車，關上車門，利馬斯上車坐在她旁邊。

「你跟穆恩特談了什麼條件？」她追問，嗓音中浮出疑心與恐懼。「他們說你們試圖共謀陷害穆恩特，你和費德勒兩人。既然這樣，他為什麼要放你走？」

利馬斯發動車子的引擎，很快就沿著狹窄的小路疾馳。道路兩旁是光禿禿的田野；在遠方，陰暗的單調山丘與越來越深的夜色交融，難以辨別。利馬斯看手錶。

「我們離柏林有五個鐘頭的車程，」他說，「我們必須在十二點四十五趕到科本尼克。應該可以輕鬆趕到才對。」

麗姿有段時間不發一語；她隔著擋風玻璃望向空盪盪的馬路，半成型的想法在她腦海裡構成迷宮，讓她感到迷惘及失落。滿月剛升起，冰霜如長長的裹屍布覆上田野。車子駛上高速公路。

「艾列克，你是覺得良心對不起我嗎？」她總算開口。「是不是這樣，你才叫穆恩特放我走？」

利馬斯沒有吭聲。

「你和穆恩特是敵人，對不對？」

他仍舊不語。他現在開得飛快，時速表指著一百二十公里；高速公路坑坑洞洞，顛簸不休。她注意到利馬斯把車頭燈全開，連反方向有來車時也懶得將頭燈往下轉。他開得很野蠻，身體向前傾，手肘幾乎靠在方向盤上。

「費德勒會有什麼下場？」麗姿突然問，而這次利馬斯回答了。

「他會被槍斃。」

「那他們為什麼不槍斃你？」麗姿很快接著問。「你跟費德勒共謀想除掉穆恩特，他們是這樣說的。還說你殺死了一個警衛。為什麼穆恩特要放你走？」

「好吧！」利馬斯忽然大吼。「我就告訴妳算了。我來告訴妳妳原本永遠、永遠都不應該知道的東西，是妳或我都不應該知道的事。聽好：穆恩特是倫敦的人，是他們的情報員；他在英國時被他們收買了。我們目睹到的，是一場為了解救穆恩特性命的卑劣爛行動的爛結局。他自己的部門有個聰明的小猶太人，開始猜到真相，這次行動就是為了保住他一命。他們可能會殺了他，殺了那個猶太人，妳懂嗎？現在妳知道事實了，願上帝幫助我們兩個。」

25 圍牆

「如果真是這樣，艾列克，」她最後說，「那我在這整件事裡扮演什麼角色？」她的嗓音相當平靜，幾乎不帶感情。

「我只能從我所知的去猜測，麗姿，還有從我們離開前、穆恩特告訴我的話。費德勒懷疑穆恩特，從穆恩特自英國回來後就開始；他認為穆恩特在玩雙面諜的遊戲。他當然痛恨穆恩特——他怎麼不恨？不過還是給他猜對了，穆恩特的確是倫敦的人。費德勒勢力太強，穆恩特無法單獨除掉他，所以倫敦決定幫他一把。我能想像他們怎麼進行腦力激盪，一副該死的學究模樣；我能想像他們圍坐在壁爐前，坐在他們那個該死的時髦小俱樂部裡擬定計畫。他們知道光是除掉費德勒還不夠，因為他可能已經向朋友透露，可能會出面公開指控，所以他們決定必須連**疑心**也一併除掉。在眾目睽睽之下重建名聲，這是他們為穆恩特策劃的事情。」

他轉進左側車道，想超車經過一輛大卡車與一輛貨櫃車，結果卡車出乎預料切到他前面，害他不得不在坑坑洞洞的路面上猛踩煞車，以免被卡車擠往左邊的防撞護欄。

「他們叫我去誣陷穆恩特。」他簡單地說。「他們說，必須除掉穆恩特，而我也同意玩下去。這次任務本來會是我的告別作。所以我開始墮落，揍了雜貨店老闆……接下來的事妳全知道。」

「連做愛也是假的？」她輕聲問。利馬斯搖搖頭。「可是這就是重點啊，妳懂嗎，」他繼續說，「穆恩特早就知道一切；他知道整個計畫；他找人跟我接觸，他和費德勒，然後他讓費德勒接手處理，因為他知道費德勒最後一定會自尋死路。我的任務是讓他們相信一件事，實際上也正是事實：穆恩特是英國間諜。」他猶豫。「妳的任務則是破壞我的可信度。費德勒被槍斃，穆恩特則撿回一條命、幸運地從一個法西斯式的陰謀脫身。他們利用的是戀情結束後的傷痛原則。」

「可是，他們怎麼會知道我的事？怎麼知道我們會湊在一起？」麗姿大叫。「老天在上啊，艾列克，他們甚至能預測誰和誰會相愛嗎？」

「那不重要——計畫沒要求我們相戀。他們選上妳，是因為妳年輕貌美，而且是共產黨員，也知道如果他們發出假造的邀請函，妳一定會來德國。職業介紹所的那個人，皮特，是他派我過去的；他們知道我會去圖書室上班。大戰期間皮特曾在情報局工作，我猜他們賄賂了皮特。他們只需要讓妳和我搭上線，即使只有一天也行，多久並不重要。事後他們就可以去拜訪妳、寄錢給妳，就算我們沒有談戀愛，他們也要弄得像是一場戀情，妳不懂嗎？也許是弄得像一段癡戀吧。唯一具體的重點是，等我們兩人被湊合在一起後，他們會寄錢給妳，好像是應我要求寄的。結果，我們這麼容易就讓他們稱心如意了……」

「對，我們是這樣沒錯。」然後她補充，「我覺得好骯髒，艾列克，好像我被抓去配種似的。」

利馬斯不發一語。

「這樣到底能不能讓你們情報局感到安心？利用一位……共產黨員，而不是隨便挑一個人？」麗姿繼續問。

利馬斯說，「也許吧。他們其實不太顧慮良心問題。只是為了方便執行任務而已。」

「我有可能會被關在那個監獄裡，對嗎？那是穆恩特的意願，不是嗎？他沒有必要冒險——我可能聽到太多東西了，猜到太多內幕。再怎麼說，費德勒是無辜的，不是嗎？可是話說回來，他是猶太人，」她情緒激動，「所以其實沒有差別，對嗎？」

「噢，天啊，省省吧。」利馬斯高聲說。

「但還是一樣，穆恩特竟然會放我走，這樣很怪——就算這是跟你談的條件的一部分，」她思索著。「我現在是個風險，對不對？我的意思是，等我們回到英國；一個共產黨員居然知道這些……他會放我走，根本不合邏輯。」

「我認為，」利馬斯回答，「他要利用我們逃走一事，來向主席團證明他部門裡仍有其他像費德勒一樣的間諜，非一一揪出來不可。」

「也包括其他猶太人？」

「這讓他有機會鞏固自己的地位。」利馬斯唐突地說。

「方法是繼續濫殺無辜嗎？你好像不覺得不安嘛。」

「我當然覺得不安。那讓我難受得要命，既羞愧又憤怒……可是我生長的環境和妳不同，麗姿。我沒辦法用黑白分明的角度看待事物。玩這行遊戲的人都要冒險。費德勒輸、穆恩特贏。倫敦贏——這才是重點。這次行動骯髒又下流，但還是值回票價。這就是他們唯一遵循的鐵律。」他一面說，嗓門一面放大，最後幾乎是扯開喉嚨大喊。

「你只是想欺騙你自己。」麗姿哭喊著。「他們做了壞事啊。你怎麼能狠心犧牲費德勒——他是好人呀，艾列克；我知道他是好人。而穆恩特……」

「妳在發什麼鬼牢騷？」利馬斯粗暴地質問。「你們的黨不是一直在打仗嗎？犧牲小我、成就大我，不就是那樣說的嗎？社會主義的現實是夜以繼日鬥爭、奮戰不懈——他們不就是那樣說的嗎？至少妳活下來了。我從來沒聽過共產主義分子提倡人命的神聖價值——也許是我弄錯了。」他譏諷地補上最後那句。「我同意，對，我同意妳有可能會被殺掉，這個可能性的確存在。穆恩特是條邪惡的豬玀；他看不出放妳一條生路有何道理。他的承諾——我猜他大概保證過要盡量幫妳——其實不值幾個錢。所以妳還是有可能會送命——今天，或者明年，不然是二十年後，死在工人天堂的監獄裡。我可能也會死。可是我好像記得，共產黨的目標是摧毀一整個階級；還是我搞錯了？」他從口袋裡掏出一包菸，遞給她兩根，外加一盒火柴。她點燃香菸，手指抖個不停，將其中一根遞還給利馬斯。

「你全部想通了，對吧？」她問。

「我們正好是合適的人選罷了。」利馬斯堅持論點。「我很遺憾，我也替其他人感到遺憾，其他成為合適人選的人。可是別對這些條件發牢騷，麗姿，這是共產黨的做法。用小小的代價換來巨大回報。為大眾犧牲一己。我知道，挑選符合資格的人、把計畫付諸在人身上，這樣並不好看。」

她在黑暗中聆聽著，有一段時間幾乎除了眼前消失在遠方的公路，以及腦袋裡的麻痺驚恐之外，對什麼都渾然不覺。

「可是，他們讓我愛上你，」她最後說。「你也讓我信任你和愛你。」

「他們利用了我們，」利馬斯冷酷回應，「他們欺騙了我們兩個，因為有必要這麼做。因為這是唯一的辦法。費德勒已經該死的快殺到大本營了，妳看不出來嗎？穆恩特眼看就要被逮到；妳難道不瞭解嗎？」

「你怎麼能顛倒是非？」麗姿忽然喊起來。「費德勒親切又好心，他只是在盡自己的本份，現在卻被你害死了。穆恩特是間諜跟叛國賊，你竟然保護他；穆恩特是納粹分子，你知不知道？他痛恨猶太人……你到底站在哪一邊？你怎麼可以……？」

「這種遊戲只有一條法則。」利馬斯反駁。「穆恩特是他們的人；他給了他們想要的東西。這句話應該很容易理解吧？列寧主義講求結交臨時盟友當作權宜之計。妳以為間諜是什麼樣的人？難道是神父、聖人和烈士嗎？他們只是一列道德敗壞的人，是愛慕虛榮的傻瓜，也是叛徒。他們是娘娘腔、虐待狂和酒鬼，靠著玩牛仔抓紅番的遊戲來替墮落的生活增添樂趣。妳以為倫敦的人會像僧侶一樣成天坐著、衡量對錯的輕重嗎？要是可以，我會宰了穆恩特，因為我對他恨之入骨；可惜現在他們正好需要他，他們需要穆恩特，這樣妳仰慕的那些低能大眾在晚上才能高枕無憂。他們需要他來維護妳我這種低賤平凡老百姓的安全。」

「可是，費德勒呢？你難道不同情他嗎？」

「這是戰爭，」利馬斯回答，「打起來寫實又噁心，因為它是極小規模的交手、是近距離血戰；我承認，有時候難免害死無辜的性命。可是，這和其他戰爭比較起來根本不算什麼，和上一場大戰或下一場大戰相比都微不足道。」

「噢，天啊，」麗姿輕聲說，「你根本不懂。你不想瞭解。你是拚命想說服自己。他們做的事情其實可怕多了；他們掘出人們的人性，在我或是他們利用的任何人身上這樣做，然後拿來在他們手中轉變為武器，拿來傷人和殺人……」

「老天爺啊！」利馬斯大叫。「開天闢地以來，人類還會做什麼別的事？我什麼都不信，妳難道不懂嗎——連毀滅或無政府主義都不信。我很討厭、很厭惡殺人，但是我看不出他們有什麼選擇餘地。他們才不會勸人改變信仰，也不會跑到教堂講道台或是黨大會的講台上，叫我們替和平、上帝還是什麼東西奮鬥。他們只是可憐兮兮的王八蛋，拚命想避免傳教士轟得你死我活。」

「你錯了，」麗姿絕望地大聲說，「他們比我們所有人都更邪惡。」

「因為我在妳當我是流浪漢的時候跟妳做愛嗎？」利馬斯野蠻地問。

「因為他們的輕蔑，」麗姿回答，「蔑視真實和美好的事物；蔑視愛情，蔑視……」

「對，」利馬斯同意，他突然顯得疲倦，「那就是他們付出的代價；用同一句話鄙視上帝和馬克思。如果妳的意思是這樣的話。」

「那讓你變得和他們一樣，」麗姿繼續說，「跟穆恩特和其他所有人一樣……我早該看出來的；我是被踢著玩的人球，對不對？被他們踢著玩，也被你踢著玩，而你根本無所謂。只有費德勒不是這樣……可是你們其他人……你們都把我當作……什麼也不是……只是交易用的貨幣……你們全都是同一副德性，艾列克。」

「麗姿，」他絕望地說，「看在上帝的份上，相信我。我痛恨這種做法，我恨透了；我好累。但發瘋的是這個世界，是全人類。我們只是小小的代價……可是這到什麼地方都一樣，都有人被欺騙誤導，有人被犧牲生命，有人被槍斃和關進監牢，有整群、整個階級的人被一筆勾銷，什麼都沒換來。而妳，妳的黨——天曉得共產黨是不是建立在普通老百姓的屍體之上。妳絕對沒有像我一樣看過人們死去，麗姿……」

他一面說，麗姿一面回想起單調的監獄天井，還有女獄卒說的話——「這個監獄關的是妨礙進步步伐的人……那些自認有權利犯錯的人。」

利馬斯突然緊繃起來，隔著擋風玻璃望向前方的景物。在車頭燈的照射下，麗姿認出有個人影站在馬路上，手裡拿著小小的手電筒，在車子靠近時忽開忽關。「是他。」利馬斯喃喃說；他關掉車頭燈與引擎，讓車靜靜向前滑行，等到接近那人時，利馬斯向後靠，打開後車門。那人上車時，麗姿沒有回頭看。她僵直地盯著前方，在雨中望向街道盡頭。

•

「以三十公里的時速開車，」那人說，嗓音緊張害怕，「我會告訴你怎麼走。等我們到達目的地後，你們必須下車衝到圍牆邊。探照燈會打在你們應該爬牆的地點；站在探照燈的光束裡別動。光束移開後就開始爬牆，你們有九十秒的時間。你先上去，」他對利馬斯說，「女孩子再跟進。下半部會有鐵梯可用，之後你就要盡力把自己拉上去。你得坐在牆頭拉女孩子上去。懂了嗎？」

「我們懂，」利馬斯說，「我們有多少時間？」

「如果你用三十公里時速開的話，大約九分鐘就到那裡。探照燈會在一點五分準時打在圍牆上。他們能給你九十秒，不能再多。」

「超過九十秒會怎樣？」利馬斯問。

「他們只能給你們九十秒，」那人重複，「否則就太危險了。只有一個分遣隊收到消息而已。他們認為你是準備滲透到西柏林的人。他們只知道不要讓你們太輕鬆闖關。九十秒夠用了。」

「該死的希望如此。」利馬斯語帶挖苦。「你認為現在幾點了？」

「我跟管理分遣隊的士官對過錶，」那人回答。後座短暫亮起一盞燈，復又熄滅。「現在是十二點四十八分。我們一定要在十二點五十五分出發。再等七分鐘。」

他們在全然的寂靜中坐在車上，唯一的聲響是打在車頂的雨聲。圓石路在他們前方直直延伸到遠方，每隔一百公尺有根骯髒的街燈。四下無人。他們頭上的天空被弧光燈的不自然光線照亮。偶爾有道探照燈束會掃過頭上，然後消失。利馬斯瞧見左邊天際有道閃爍不定的光，強度不斷改變，好像火焰映出的光線。

「那是什麼？」他指著說。

「新聞傳訊，」那人回答，「裝滿整個鷹架的燈，對東柏林打出新聞標題。」

「當然。」利馬斯喃喃說。他們現在非常接近馬路盡頭。

「你們無法回頭，」那人繼續說，「他跟你說過了吧？沒有第二次機會。」

「我知道。」利馬斯回答。

「如果有事出了差錯——比如你們跌下來或受傷——別往回走。他們在圍牆附近區域是當場格殺勿論。你們非爬過去不可。」

「我們知道，」利馬斯重複，「他跟我說過了。」

「你們一離開車子，就進入圍牆周圍的區域了。」

「我們知道。可以閉嘴了，」利馬斯回嘴。然後他補上，「你要把車開回去嗎？」

「你們一下車，我就開走。我也是在冒生命危險。」那人回答。

「真可惜。」利馬斯冷冷地說。

車上又是一片沉寂。然後利馬斯問：「你有槍嗎？」

「有，可是不能給你；他說我不應該給你……說你一定會跟我要槍。」

利馬斯靜靜笑了起來。「換做是他就會給。」

利馬斯發動引擎，緩慢向前開去，車子發出的噪音似乎響遍了整條馬路。

車子開了大約三百碼後，男子激動地低語，「這裡右轉，然後左轉。」車子駛進一條窄巷，兩旁有空盪盪的市場攤位，車子只能勉強通過。

「這邊左轉，快！」

他們再度轉彎，開得很快，這次來到兩棟高樓之間，開進看似死巷的地方。巷子中間掛著晒衣繩和衣物，麗姿心想他們究竟能不能從底下鑽過去。車子開近似乎是盡頭的地方時，男子說：「再左轉——

順著路走。」利馬斯將車子開上路肩，穿越人行道，順著一條寬闊的步道走，左邊是破敗的圍牆，右邊是一棟沒有窗戶的高樓。他們聽見頭上某處有個女人的聲音在大喊，利馬斯喃喃說，「噢，閉嘴啦。」他笨拙地駕車繞過步道的一個右轉彎道，接著幾乎是立刻來到大馬路上。

「往哪裡走？」他質問。

「直接過馬路——經過藥房——藥房和郵局中間——就是那裡！」男子往前傾身，身子探到他的臉幾乎與他們兩人平行。他現在伸手越過利馬斯，指尖按著擋風玻璃。

「給我縮回去，」利馬斯嘶聲說。「把你的手拿開。你的手揮來揮去，我他媽的怎麼看得清楚？」他猛力把車切到一檔，快速開過大馬路。他往左邊瞥一眼，很震驚地看見三百碼之外布蘭登堡門的矮胖輪廓，也看到門下停了一群模樣邪惡的軍車。

「我們要往哪裡去？」利馬斯突然問。

「快到了。現在放慢速度……左轉，左轉，往左！」他大叫，利馬斯即時猛力轉動方向盤；車子鑽過一個天井的狹窄拱門。這裡的窗戶有一半不是沒了，就是用木板封死；空洞的門口對他們敞開，對一切視而不見。天井另一端有個開放通道。「開進去，」男人低聲命令，口氣在黑暗中浮現出焦急，「然後向右急轉彎。你會看到右邊有盞路燈；再過去那盞壞了。開到第二盞時，關掉引擎讓車子滑行，直到你看見一個消防栓。就是那裡了。」

「你他媽的為什麼不乾脆自己開？」

「他說應該讓你開；他說這樣比較安全。」

他們經過車道口，向右大轉彎。他們在一條漆黑的窄巷裡。

「關燈！」

利馬斯關掉車燈，慢慢駛向第一盞路燈。他們勉強可以看見前方有第二盞，沒亮。他們熄掉引擎，靜靜滑行通過路燈，直到他們認出前方二十碼處有個消防栓的模糊輪廓。利馬斯踩煞車，車子停下來。

「我們在哪裡？」利馬斯低聲說。「我們過了列寧街，對嗎？」

「葛瑞夫斯瓦街。之後我們往北走，現在是在伯納街的北邊。」

「潘寇區嗎？」

「差不多。你看。」男子順著一條巷弄指著左邊。他們看到巷子另一端有一小段圍牆，在疲憊的弧光燈下呈灰棕色，牆頭上有三道帶刺鐵絲網。

「這女孩要怎麼爬過鐵絲網？」

「你們爬牆的地方，鐵絲網已經剪斷了，空出一小塊縫隙。你們有一分鐘的時間走到圍牆邊。再見。」

他們三人全下了車。利馬斯拉住麗姿的手臂，她嚇了一跳，彷彿被他弄痛了。

「再見。」德國男子說。

利馬斯只是低聲說：「等我們爬過牆後再發動引擎。」

麗姿在蒼白的燈光中看著那個德國人一陣子，似乎短暫看見一張年輕焦急的面孔，是個強裝勇敢的男孩的臉。

「再見。」麗姿說。她掙脫利馬斯的手，跟著他穿越馬路，進入通往圍牆的窄巷。

他們走進窄巷時，聽見車子在身後發動、轉彎並迅速朝他們開過來的路駛離。

「自己先跑了是吧，你這個混帳東西。」利馬斯喃喃說，回頭瞥一眼遠去的車子。

麗姿幾乎沒在聽他說話。

26 解凍

兩人快步走，利馬斯邊走邊不時向後瞧，確定麗姿有跟上。他走到巷尾時停下腳步，躲進一道門口的陰影中，看自己的手錶。

「兩分鐘。」他低語。

她什麼也沒說。她直直凝望前方的圍牆，以及圍牆後面高聳的黑色廢墟。

「兩分鐘。」利馬斯重複。

兩人面前是一道三十碼長的帶狀區，沿著圍牆兩端延伸。他們右邊約莫七十碼處有座瞭望台，其探照燈光束正沿著這條帶狀區移動。空氣中飄蕩著絲絲細雨，讓弧光燈的光線顯得灰黃又慘白，宛若紗窗隔開了後面的世界。四處看不到人跡；沒有半點聲響。像一個空盪盪的舞台。

瞭望台的探照燈開始猶豫地沿著圍牆朝他們的方向照過來；每次光束一停下，他們就可以看見個別磚塊與倉促塗抹上沙漿的線條。就在他們注視時，光束在他們正前方停住。利馬斯查看手錶。

「準備好了嗎？」他問。

她點點頭。

他抓住麗姿的手臂，開始從容不迫地走過帶狀區。麗姿想用跑的，但被他抓得好緊，根本沒辦法跑。

兩人現在已經朝圍牆走了一半路，明亮的半圓形燈光拉著他們前進，光束直接照在他們上方。利馬斯打定主意將麗姿緊緊帶在身邊，彷彿擔心穆恩特會食言，不知如何在最後關頭將她一把奪走。

當他們就要抵達牆邊時，光束快速往北移動，讓他們暫時陷入全然漆黑的世界。利馬斯仍抓著麗姿的手臂，摸黑引導她前進，左手向前伸出，直到他突然摸到粗糙尖銳的煤渣磚。現在他可以辨別出圍牆了，而往上看時便能看到三道鐵絲網，以及固定它們用的殘酷模樣鐵鉤。有如攀岩釘的金屬楔子被人敲進磚頭中。利馬斯抓住最上方的一個，迅速將自己往上拉，直到爬上圍牆頂端。他用力拉下方的那道鐵絲網，它便往他的方向倒開。鐵絲網已經剪斷。

「來吧，」他焦急地低語。「開始爬。」

他平趴在圍牆上，往下伸手，抓住她往上伸直的手，開始在她的腳踩到第一道金屬梯時慢慢將她拉上來。

倏然間，整個世界似乎轟然爆成火焰，強光從四處、從上方跟兩邊照過來，強大的光線聚焦在他們身上，以蠻橫的精準度突然撲上他們。

利馬斯一時眼盲，把頭撇開，發狂扭著麗姿的手臂。現在她整個人被懸吊在半空中；利馬斯覺得她的手正在滑脫，慌張呼叫，繼續將她往上拉。他什麼也看不見——只有在眼前狂亂舞動的混亂色彩。

接著警報聲歇斯底里地哀嚎起來，然後是慌亂的命令吆喝聲。他用跪坐的姿勢跨坐在圍牆上，用自己的雙手抓住她的兩隻手，開始一吋吋拉上來，自己隨時有墜落的危險。

然後他們開槍了——一次一發子彈，開了三、四槍，他感覺到麗姿顫抖了一下。她細瘦的手臂從他手裡滑落。他聽見圍牆西邊有人用英語說：

「跳啊，艾列克！快跳啊，老兄！」

現在每個人都在大喊了，英文、法文、德文混在一起；他聽見史邁利的聲音從相當靠近自己的地方傳來：

「女孩子呢？那個女孩子在哪裡？」

他以手遮擋強光，低頭望向牆腳，最後總算勉強看到她，動也不動地躺在那裡。他遲疑了一陣，然後以相當緩慢的動作爬下剛才的階梯，直到他站在她身邊。她死了；她的臉孔偏向一旁，黑髮散落在臉頰上，彷彿正在為她擋雨。

他們似乎猶豫了一會兒，不敢再開槍。有人大聲下令，仍舊沒有人開槍。最後他們開了兩、三槍射中他。他站在那兒怒目環視，有如競技場裡被矇住眼睛的蠻牛。利馬斯倒地時，看見一輛小轎車被兩輛大卡車擠得稀爛，車上的孩童越過車窗揮手，神情愉快。

後記（一九八九）

《冷戰諜魂》——我的第三本小說——改變了我的人生，使我必須跟我的寫作能力硬碰硬。直到這書出版之前，我都真的是在祕密寫作，躲在祕密世界的城牆裡面寫，拿另一個名字當筆名，不受嚴肅書評的注意力騷擾。等到這本書一上市，我安靜緩慢的人生進展便從此斷絕，不管我花了多少力氣試著重建它——比如跟我的家人逃到一座偏遠的希臘島嶼。因此《冷戰諜魂》是我無辜歲月的最後一本書，在這之後的作品不論好壞，都是我得在公開環境裡進行的實驗。在接下來的時間，對於出版產業而言，並沒有所謂的「小型」勒卡雷作品存在——這對任何能夠供養自己的藝術家而言，是他們既嚮往又憎惡的扭曲現象。

我極為匆促地在為時五星期裡寫完這本書。我在英國大使館於克尼希溫特爾（Königswinter）租用的住處趁凌晨寫作，偶爾在大使館辦公桌前寫，甚至在我搭車輛渡輪來回橫渡萊茵河時、坐在方向盤後面寫，有時則是停在西德總理艾德諾（Adenauer）的防彈賓士（還是BMW？）旁邊，他則莊嚴地走去辦公室。當我能回報總理在讀哪份報紙時，檔案館裡就會引發一陣興奮，而大使館媒體部門也永遠能很快推論，哪些重要新聞的執筆記者正在影響這位偉人的腦袋——只是我猜根本沒有；他早就過了受影響的年紀了。有時我會迎上他的眼，我偶爾感覺他甚至會對著坐在車裡的我微笑，那是輛掛著外交部牌照的 Hillman Husky 小車。但他笑的時候，模樣像是古老的印第安紅番酋長，表情模式也跟其他凡人的模式不同。

使我撐下去的東西當然是柏林圍牆：它一開始建造時，我就從波昂搭機飛過去看。我跟一位大使館的同事同行，而當我們回瞪那些防守克林姆林宮最新城垛、被洗腦的黃鼠狼臉小惡棍們時，他叫我把臉上的咧嘴笑弄掉。我沒察覺我在咧嘴笑，所以那想必是我在面對嚴肅得可怕的時刻時會有的感傷咧笑。我目睹的東西顯然沒什麼好笑的，而在我內心深處只能感到嫌惡與驚恐——這正是我該有的感受：對一個發瘋的怪物理想而言，柏林圍牆正是絕佳的演出舞台。

我們太容易就遺忘這種驚嚇了。在我位於克尼希溫特爾鎮的住處裡，第一座路障設立的消息傳來時，工人正在油漆餐廳牆壁。這些工人既然身為好德國人，便只是安安靜靜地洗乾淨刷子；而既然他們是愛家的好男人，接著就回家去。英國大使館在其祕密會議場所中討論使館的撤離計畫，可是世界都準備要終結了，你還能撤到哪邊去呢？在查理檢查哨——也就是腓特烈大街穿越口迅速被世人熟知的稱呼——美國與蘇聯東方集團國的坦克隔著一百呎長的路對峙，槍砲瞄準彼此的砲塔。它們不時會用引擎向對方叫囂，理論上是要暖機並準備隨時出擊，實際上只是在對彼此搞心理戰，就像拳擊手在大賽之前那樣。在圍牆背後，有英國、美國、法國與西德情報員不留神地被逮到。就我所知，沒人曾料到這種事，此刻只能接受他們一事無成，反正當中許多人可能也對其他陣營效忠。其餘的則是所謂的敵營留守探員，在圍牆建立之後的通訊手段就必須靠隱藏無線電，以及事先約好的信件編碼——這正是為了這種最終可能性而設立的。有了圍牆以後，諜報行業變得更偷偷摸摸、更冒險、更可疑和想當然遠比過去擁擠得多。那些現在困在西德的蘇聯探員心裡會想什麼，我也只能想像。但想當然他們不是真的受困，僅僅是在經營自己的特務人生時更為不便罷了。

柏林圍牆也屹立不搖，鞏固又增高，保護它的有一條地雷帶，還有被刷得好細緻的泥土，你連兔子腳印都能清楚追蹤。偶爾有人會攀過牆、用車撞、從底下挖隧道，或是造一架滑翔翼飛過去，這種蠻勇故事在歷史上不計其數，而成功逃出來的男女都成了英雄，想當然是因為他們人數少之又少，因為他們好勇敢。那些記得圍牆的人，讀到東德的今日新聞，便能在少數人的英雄主義與多數人逼近的解放行動之間拉出一條關係線。我們的西方宣傳在這方面說的完全沒錯：東德政權確實被它統治的人們憎恨。那些逃命者是如今更龐大的人民大軍的前鋒，幾乎所有針對東德領袖腐敗大亨的指控都得到了合理化。或許，就是這點讓我的小說更顯得令人膽顫心驚吧。

是什麼促使我寫下這本小說？靈感源自何處？噢，到了這種地步，幾乎任何答案都有可能帶有偏見。我知道我對我的職業與私人生活極為不滿，我也承受了極大的孤獨與個人困惑。或許有些獨處及痛苦感找到路，滲進了艾列克·利馬斯身上。我知道我想要被愛，而我自己的過去與我的內向使這點無法成真。所以或許鐵絲網跟故事的陰謀頂替了擋在我跟自由之間的其他障礙。我曾一貧如洗太久，我嚴重酗酒，我開始質疑，對我選擇職業的智慧產生最深刻的疑問。擁抱一個組織和奮力掙脫的熟悉過程，取代了我對婚姻與工作的關係。瞪著柏林圍牆就像是望著挫折本身，而它碰觸到我內心的怒氣，並找到管道注入這本書。我很確信，我在當年的訪談對這些隻字未提，也許是因為我仍然太像間諜，或者也許是我跟自己還沒那麼熟，沒有認清到這點：我藉由講述一個精巧的故事，以便在我自己的混亂中創造出某種痛苦的秩序。

很顯然我再也沒有這樣寫作了。有陣子人們形容我的伶俐話是我「一書作家」，說《冷戰諜魂》是本僥倖的傑作，其餘作品則都只是就業輔導。接續本書的小說《鏡子戰爭》更接近我經歷過的現實與痛苦，卻被英國書評貶為無趣又不真實。或許真是這樣吧，因為我不記得當時有半個支持我的英國聲音。

但《冷戰諜魂》是如此成功，我即使躲起來也一清二楚。我的婚姻破裂，我承受了名氣灌注到作家身上時會有的多數戒斷症狀，即使那些人假裝名氣不存在也一樣。我找到一位睿智的新妻子，重新振作，總歸倖存下來了。我再也沒有理由別像以前那樣全力寫作，不必每次都避開自己才華的鋒頭，看看它背後有什麼或沒有什麼。

不過當然，我永遠不會忘記那時歷史的可憎舉動，和我內心的某種絕望機制不謀而合，還有讓我寫出改變我一生的小說的那五個星期。

約翰・勒卡雷，一九八九年十二月[21]

21 柏林圍牆於一九八九年十一月九日倒塌，兩德一九九〇年十月統一。

勒卡雷 作品集 03

冷戰諜魂
The Spy Who Came in from the Cold

作者　約翰・勒卡雷 John le Carré
譯者　宋瑛堂
副社長　陳瀅如
總編輯　戴偉傑
編輯　林家任
行銷　陳雅雯、趙鴻祐
封面繪圖　Emily Chan
封面設計　井十二設計研究室
排版　宸遠彩藝
印刷　通南彩色印刷股份有限公司

出版　木馬文化事業股份有限公司
發行　遠足文化事業股份有限公司（讀書共和國出版集團）
地址　231 新北市新店區民權路 108-4 號 8 樓
電話　(02)2218-1417
傳真　(02)2218-0727
客服專線　0800-221-029
Email　service@bookrep.com.tw
法律顧問　華洋法律事務所 蘇文生律師

出版日期　2020 年 2 月　三版一刷
出版日期　2024 年 1 月　三版四刷
定價　340 元

國家圖書館出版品預行編目

冷戰諜魂 / 約翰．勒卡雷 (John Le Carré) 著 ; 宋瑛堂譯．--
三版．新北市 : 木馬文化出版 : 遠足文化發行 , 2020.02
304 面 ; 14.8×21 公分．-- (勒卡雷作品集 ; 3)
譯自 : The spy who came in from the cold
ISBN 978-986-359-760-5(平裝)

873.57　　108023289